风雨三山情

蔡庆来 杨越 编著

江苏大学出版社
JIANGSU UNIVERSITY PRESS
镇江

图书在版编目（CIP）数据

风雨三山情/蔡庆来，杨越编著. -- 镇江：江苏
大学出版社，2024.4
ISBN 978-7-5684-2031-0

Ⅰ.①风… Ⅱ.①蔡… ②杨… Ⅲ.①民间故事—作
品集—镇江 ②纪实文学—作品集—中国—当代 Ⅳ.
①I277.3 ②I25

中国国家版本馆 CIP 数据核字（2023）第 173549 号

风雨三山情
Fengyu San Shan Qing

编　　著/蔡庆来　杨　越
责任编辑/吴小娟
出版发行/江苏大学出版社
地　　址/江苏省镇江市京口区学府路 301 号（邮编：212013）
电　　话/0511-84446464（传真）
网　　址/http：//press.ujs.edu.cn
排　　版/镇江文苑制版印刷有限责任公司
印　　刷/南京玉河印刷厂
开　　本/700 mm×1 000 mm　1/16
印　　张/17.5
字　　数/300 千字
版　　次/2024 年 4 月第 1 版
印　　次/2024 年 4 月第 1 次印刷
书　　号/ISBN 978-7-5684-2031-0
定　　价/68.00 元

如有印装质量问题请与本社营销部联系（电话：0511-84440882）

序一

三山民间传说，名胜宝库里的瑰宝

白娘娘水漫金山、甘露寺刘备招亲、《瘗鹤铭》大字之祖、焦山古炮台抗英军……镇江三山，最宝贵的是山水、是建筑，以及那些山水、建筑中的传说。

讲故事、听传说，是很多人童年生活中最具趣味性的一段经历。或奇幻、或美丽、或动人的民间传说最能满足人们对"故事"的定义与联想，而每个风景点的形成都有着一两段可以追溯的轶事典故，这些故事各具特色，稍加修饰便可以让沉淀了百年千年的传说绽放出异样的光彩。

我从小最爱听故事，张果老倒骑毛驴吃肴肉、三嫂子面锅里下锅盖……这些传说故事伴着蒲扇、烟袋、板凳、老爷爷、老奶奶，几乎陪伴我度过每一个夜晚。在镇江，一个个传说口口相传，除了故事本身，能够打动人心的便是这些画面或回忆……

山水总相似，文化大不同。

最初，蔡庆来整理三山资料的时候，找到了大量有关"三山民间传说"的手稿材料，还发现了不少珍贵的《白蛇传》晚清戏文唱本。三山的人文底蕴丰厚，数百年来周边的渔夫、僧人、工匠、农夫等民间人士口中流传有众多引人入胜的民间故事传说，这些民间故事传说蕴含着浓厚的地域历史文化，最能体现镇江历史风貌和老百姓的情感，具有挖掘、整理、传承、弘扬的价值，于是我大力支持他的材料搜集工作。

如今，镇江文旅集团的工作人员们通过努力，把三山民间故事整理好申报为非遗项目。将来，可以用这些特色文化来"包装"我们的风景名胜、打造我们城市旅游的亮点，相信会有更多的游客从外地来到风景如画的镇江，听这些动人的传说。美丽的三山，也将会逐渐成为游人们的精神家园、梦里水乡。

江苏源春食品科技发展有限公司董事长

吴国杰

序二

近期，收到蔡庆来的《风雨三山情》文稿，捧读之余，内心深处有一种遏制不住的感动。多年来，我深知他立志继承弘扬镇江深厚的历史文化，经过多年的潜心研究，虽历经磨难，但始终初心不改，取得了丰硕成果。尤其令我感动的是，只要镇江文史方面有新发现、新线索，他就会跑去考证调查、究根探源，力求搞清楚来龙去脉。这种对镇江文史的热爱精神，对文史工作的执着追求，一直是我学习的榜样。

其实，正是这种热爱和执着，让他在全市文史工作中有了发挥特长的一席之地。2023年7月28日，在镇江市政协组织召开的文史馆馆员聘任仪式暨政协文史工作座谈会上，他被聘为政协首届文史馆员，这是对他文史功底和研究成果的充分认可。如今，《风雨三山情》即将付梓，我深信这部著作的问世，对大家了解镇江的文史，尤其是三山文史，一定大有裨益。

捧读本书，我最大的感触是，其有别于传统文史资料的叙述方式。作者通过塑造唐正心、佘开福、柯善庆等一个个新中国成立之初镇江园林工作者的生动形象，以他们的经历把镇江三山的文史典故生动地展现出来。这种纪实小说式的叙述方式，更容易拉近与读者的距离，可以让读者身临其境地感受历史的变迁，从而更加深刻地体味镇江悠久的历史和独特的文化。所以，这本书既是一本很有价值的文史著作，又是一部优美的文学著作。读完这本书，我对庆来也有了更深的认识，他不仅有丰富的文史知识储备，同时还有深厚的文学素养，两者结合自然会产生强烈的艺术感染力。

本书的另一个特色是"以小见大"。镇江的文化源远流长、博大精深，这座城市自古以来风烟俱净，南北兼容，既融合了苏南的细腻，也揽入了苏北的豪爽。作者选择用"三山"这个镇江最具有代表性的形象来展开叙述，虽然笔触更多地集中在三山上，但其实反映的是镇江的时代发展和历史文化。实际上，"三山"所代表的公园文化，也是社会发展的风向标，公园文化也最容易让人们深入了解并感受所在城市的厚重与活力。新中国成立之初，被称为镇江名胜的三山——金山、焦山、北固山，因久历战火乱世而凋敝，金山寺遭遇大火几乎成了一片废墟，焦山上大庙小庵生存艰难，北固山自抗战时便遭遇了日军的轰炸处于无人管理的状态。镇江市政府非常重视三山名胜的恢复建设，1951年安排建设科工作人员，由佘开福、柯善庆等同志牵头，协调金山、焦山和北固山的历史遗留问题，同时也把公园的修缮建设提上了日程，终于在1953年建成了金山公园、焦山公园。

历经70年，人们对金山公园、焦山公园及镇江各公园建设之初的历史记忆早已模糊不清了。怎样留住这段历史，不让这段史实湮灭，是文史工作者、爱好者的使命。我对庆来的敬佩，一方面来自他发掘研究的认真精神，另一方面来自他一直不变的担当与执着，这种担当与执着体现的是他对镇江文史的深厚情感。从2019年开始，庆来就多方搜集20世纪50年代关于园林建设方面的资料，并访谈了多位和园林建设有关的老同志，力求重现1953年前后金山公园、焦山公园成立时的原景，其中的艰辛与不易，只有经历过的人才能知道。而且，他塑造了一批园林工作者的生动形象，让我们深切地感受到镇江园林人艰苦创业的精神，这种精神对于我们汲取奋进力量，在新征程中更加坚定、自觉地践行初心使命，具有很好的教育意义。

作为一名文史工作者，我真切地期望有更多像《风雨三山情》这样的好书问世。相比镇江悠久的历史、深厚的文化，我们当前的研究还远远不够。镇江的历史不仅是一份宝贵的文化遗产，也是一份珍贵的财富。历经三千多年的世事变迁，这片土地聆听着历史的钟响，承载了太多的古往今来。一代代的文人墨客，为中华民族优秀传统文化的传承与发展做出了贡献；镇江的文化艺术如诗词、书法、戏曲等，具有极高的审美价值，在全国的影响不言而喻。近年来，全市高度重视历史文化的传承与保护，实施了一系列文化保护项目，使更多民众参与到镇江文化的传承与保护工作中来，这些努力不仅有助于保持镇江文化的原生形态，也有利于推动镇江文化的创新发展。希望更多的文史爱好者能够积极投入传承发扬镇江历史文化的工作中，让镇江的历史文化在新时代展现新风采、实现新作为。

镇江市政协文化文史委主任
宗加伟

序三

镇江是一座历史文化底蕴深厚的城市，在文化自信的三大资源——优秀传统文化、革命文化、社会主义先进文化等方面都拥有极为丰富的资源，需要我们当代镇江宣传思想文化工作者系统梳理研究，形成镇江文化的知识体系和叙事体系，在创造性转化、创新性发展中讲好镇江故事、传承镇江文化，树立镇江的文化自信，巩固镇江的文化主体性。

经过千百年的历史文化积淀，三山已经成为镇江文化的物质载体和标志性形象或者说意象。三山或为浪漫之山，或为诗词之山，或为书法之山，或为英雄之山，或为宗教文化之山，或为民俗文化之山……作为累积千年的文化载体和标志，作为现代城市公共文化生活的空间，三山已经形成丰富的、深厚的、体系化的、立体的文化意象和表达能力，必将持续地焕发传播力、影响力，从而寄托镇江人乃至全世界人的生命情感和文化情怀。

一代人有一代人的责任，我们宣传思想文化工作者一定要接续过去的光荣和骄傲，对新时代的镇江人而言，则必须靠自己去建构、去创造。我们要建构镇江人的共同愿景和文化理想，提炼、展示镇江的精神标志和文化精髓，构建中国镇江的话语和叙事体系，在叙事时空上打通过去、现在和未来，在叙事内容上融汇文化自信的三大资源，在叙事方式上融合全媒体叙事抒情方式，在叙事主体上动员全体市民的叙事主体性。我们要讲清楚镇江的历史人文底蕴，讲清楚镇江人的奋斗姿态和奋斗精神，讲清楚镇江的美丽和魅力，真正讲好镇江故事，让世界读懂镇江，让镇江走向世界。

在镇江生活了近40年，我越来越喜欢这座城市，对镇江的历史文化也兴趣浓厚。这几年在网络上认识了几位热爱镇江文化的独立研究者，虽未谋面，但我知道有一批笔耕不辍、致力于研究宣传镇江文化的文史爱好者，印象深刻的有吴桐、樵山、小李探花等。在2021年筹备成立镇江文化资源研究会的过程中，我认识了镇江文旅集团的干部蔡庆来，才知道原来镇江网络文坛特别活跃的"小李探花"就是他。

蔡庆来是非常勤奋、很有思想的年轻同志。在研究会第一次讨论镇江文化资源研究项目时，他就提出以金山、焦山、北固山的非遗申报为主题开展研究。2023 年是金山公园、焦山公园成立 70 年，2024 年是镇江园林系统建立 70 年，他和杨越等同志从多年前就开始采访，收集了大量文史资料，形成了一部镇江园林史志类书稿，后因市委宣传部文艺处项目资助政策要求，他们又花力气将其改写成了纪实小说。

这部纪实小说追踪金山公园、焦山公园初建的历史，以 70 年前《旅行杂志》专栏作家和记者三次寻访镇江三山名胜的经历为叙事线索，叙述了镇江近代园林史话、白蛇传故事、金焦北固三山寺院等掌故。作品还塑造了唐正心、佘开福、柯善庆、任家年、王桂元等一批镇江初代园林工作者的生动形象，歌颂了镇江园林人艰苦创业的精神，记录了京口区非遗项目"镇江三山民间故事"的缘起，谱写了一曲风雨三山情的赞歌。

这部小说兼具故事性（文学性）和史料性（纪实性），语言通俗流畅，生动形象，是传播镇江文化、体会镇江文化、弘扬镇江文化的最新文本，相信也一定会对镇江城市影响力的提升发挥作用。是为序。

江苏科技大学教授
镇江市文艺评论家协会主席
镇江文化资源研究会副会长
张坚强

目录

第一章

浮玉寻鹤铭

焦山江面的木帆船（20 世纪 50 年代初，陈大经提供）

　　2024 年，五一小长假前，在镇江金山公园西侧的芙蓉楼里，一场关于"三山民间传说"的座谈会正在举行，会议桌上泛黄的手稿材料让参会的嘉宾们不胜感慨。

　　其中一份表格上的人名栏填写着"正心"，参会嘉宾吴国杰问道："这个名字真有意思，他是公园的老员工吗？"

　　旁边的许金龙老先生看着这张 70 多年前的表格上的名字，脑海中浮现出许多往事……

　　1951 年 10 月 2 日，一个红日初升的清晨。

　　江水掠焦山而过，清冽的秋风带着一丝松脂的清香，聆听着林间啁啾的鸟语，这座小岛的初秋，显得格外秀丽。

　　江滩上正埋头割着芦苇的唐正心嘴里哼着"水漫金山"的戏文，他抬起头擦了一把汗，看见江中一艘木帆船慢慢靠近山门码头。

　　这时，泊船码头那边遥遥传来一声招呼："正心，有游客到啦。"

　　"哦，晓得喽……"唐正心应了一声，收了手里的镰刀，双手在衣服上快速一抹，快步跑到码头边，只见帆船已经靠岸。从船上依次跳下几位游客，有男有女，有说有笑地顺着码头石阶上了岸，满面愉悦。

　　唐正心走过去和船家打了招呼，一边帮着把木船拴在码头石桩上，一边询问客从何处来。船主介绍，领头几位游客来自浙江舟山，同行的都是家人朋友，第一个跳下船的那位先生叫丁智德，50 岁上下，是浙江一家出版社的编辑，也是全国知名刊物《旅行杂志》的特约专栏作家，这次偕夫人、女儿及他的一位女学徒旅行。

　　他们的旅游行程是无锡、扬州、镇江，今天清晨刚从扬州乘坐汽车于 6 点 50 分到六圩江边。他们一打听，头班渡轮要 8 点才开，时间上要浪费一个多小时，即便坐船到了镇江，还是要雇渡船到焦山，所以一行人索性就打算在六圩江边雇船，正巧有一艘要返回镇江象山渔业乡的木帆船，可以直接驶到焦山，和船主谈好雇船费用 5 万元（新中国成立初期的旧币 5 万元，相当于现在的 5 元）。这艘木帆船比较大，丁智德脑子活络，又在江边拼了 4 个人上船，所以分摊下来每人只有几千块。

　　丁先生一行人非常健谈，船上的一个多小时，很快就和拼船的几位客人熟

焦山的大门及码头（20 世纪 40 年代左右，焦山公园提供）

悉了，成了同游的伙伴。

待众人都下了船，丁先生得知唐正心是焦山岛的招待，于是便请他做个导游。

渡口前就是寺庙大门，门口摆着一对有气势的石狮子，重檐式的大门上方悬挂着"定慧寺"三个鎏金大字，立柱上镌刻着两副楹联。

一副是：

云影山光天接地，风平浪静月沉江。

另一副是：

天上人间皆净土，溪声山色总禅机。

唐正心领着一行人穿过一条被古柏覆盖的砖石路，面前出现了一座黄墙斑驳的山门。门旁左右的楹联引人注目：

长江此天堑，中国有圣人。

字体古朴典雅，丁先生细看落款，是清代光绪年间巴州廖伦所写。他用四川话念了一遍，跟挽着他的妻子打趣："呦，这还是你的老乡呢。"丁太太的老家在四川巴州，她看了落款，笑着捶了他一下。丁家姑娘和一起的女伴特别要好，抱着笑成一团。

离开照壁向东，便是江南名刹定慧寺了。定慧寺的殿前有一组牌坊，刻着"汉隐士焦光先生三诏坊"，牌坊前有一棵高大的古柏，令人称奇的是这棵柏树歪着腰，有半截在一块大理石上

焦山门口的石狮及楹联（20世纪三四十年代，焦山公园提供）

撑着。唐正心对丁先生一行讲道："这棵柏树被称为'六朝柏'，大概有1600岁，

民间传说年岁大的老树可以治胃气痛，于是大家都来此处刮取树皮，结果大树就这么被人刮倒了。后来有一位上海的银行家来拜佛时看到了，就牵头多人捐资，做了这一桩善事：将木柱插入大树中心，再用铁圈箍牢，下面用白色大理石砌墙。寺里的和尚又在边上围了一圈砖，防止人再进去刮树皮，所以这棵老树还能保持到现在。"

顺着唐正心的手指，众人看到枯萎的大树竟然还有一枝绿叶，啧啧称奇。

"六朝柏"旁还有一棵秃了的老桧，唐正心对众人说："寺里有位老和尚，取这棵桧树的枝制了一串手珠，手珠红如血、香如檀，老和尚视若珍宝，每天在手上盘，越盘香气越浓郁。"

焦山的古柏（20 世纪 70 年代，陈大经拍摄）

　　大殿前还有几棵需要两人连抱才能抱得住的老银杏，满树枝繁叶密，果实累累。

　　丁先生围着老树转了两圈，摸着下巴道："焦山上种植的柏树、银杏倒是挺多的。"

　　唐正心说："焦山的种植都是有讲究的，寺庙需要用柏树叶擦拭铜器，柏树的种子百香籽质地坚硬，可以做成诵经的念珠法器，所以焦山多植柏树。"

　　丁先生点点头，又问道："那银杏树呢？"

　　唐正心道："银杏树长白果，白果温肺益气、浓缩小便，和尚们晚上念经睡得晚，为了减少夜尿，提高睡眠质量，所以要经常吃白果。"

　　焦山定慧寺是一座源于东汉献帝兴平年间的古刹，原名"普济寺"，有1800多年历史，它不仅是镇江最古老的寺庙，就是在全省及全国范围内，也是一个"老资格"了，因此各方面都非常讲究。这座寺庙到了宋朝时改称"普济禅寺"，元代时被火焚毁，明代宣德年间由一位名叫觉初心的和尚重建，全盛时的普济禅寺有98间殿宇、3000多名和尚。清圣祖康熙皇帝南巡来游焦山，御赐寺名为"定慧寺"，寺名一直沿用至今。

定慧寺匾额（20世纪80年代初，陈大经拍摄）

　　唐正心给大家解释寺名"定慧寺"："'定慧'是佛家修行的纲领。'定'，就是去掉一切私心杂念；'慧'，就是由'闻、思、修'三方面来增长智慧，由戒生定，由定生慧，修持终生，是出家人的基本准则。"

　　丁先生听得很受用，连连点头。那位站在他身后的女学生，看唐正心端着手，口若悬河地给大家讲解"定慧"二字，一本正经的模样像个得道小高僧，大觉有趣，不由掩口扑哧笑出了声。

　　唐正心循声看过去，恰好看到这位短发姑娘一双圆圆的眼睛正望向自己。姑娘名叫张小侬，高中毕业后便进了丁先生所在的编辑部学习排版，算是丁先生的徒弟，和丁太太母女关系最好，丁家姑娘见到她就"阿姐阿姐"地喊，丁太太也特别喜欢她，把她当干女儿一样宠，出门旅游也要带着她。只见略带羞涩的她有着一张红扑扑的桃花般青春美丽的脸庞，看唐正心朝她望过来，吐了吐舌头，垂下头和丁家姑娘手拉在一起。

　　和她目光交утрое了刹那的唐正心，没来由地心头一跳，赶紧默念几句"由戒生定，由定生慧"，把心思赶紧转到为大家介绍焦山名胜上："定慧寺是江苏省境内最古老的寺院之一，在佛教界有着显赫地位，直到近代，仍保持着很大的规模。可惜的是，在抗日战争爆发后，因为焦山扼守江中险要，也是一座军事要地，日本兵由东向西进攻镇江时，隔江炮击，炸毁了山上一部分寺庙，万幸的是焦山上的主要建筑还完好。"

　　丁先生一行在殿门前上了三炷清香，然后进大殿拜佛。大殿是唐代重檐歇山式建筑，因年久失修，出现了屋架脱榫糟朽，梁柱上的雕漆斑驳，有几根柱子甚至有些歪斜。唐正心右手一抬，示意大家抬头看悬在大殿正梁上的一块匾额，介绍道："这是康熙皇帝南巡来到焦山时，御笔赐给定慧寺的'香林'二字。整座大雄宝殿的屋顶，全部是由木榫将木块接合而成，不用一根铁钉，梁上的雕龙画凤，是宋代的彩绘。大殿建筑饱含了古代工匠的超群手艺，政府目前已拨款修缮焦山上的寺庙庵院，秉着修旧如故的原则，保存现状和恢复原状，还真是件不容易的事情呢。"

　　看过"十八罗汉雕塑"和"观世音菩萨海岛图"后，出大殿，唐正心引他们来看寺中的藏经阁，给大家介绍道："这里所藏经卷是国内最完备的。过去金山寺也有一处藏经阁，但在1948年的那场大火里，数万卷佛经被焚毁。焦山的经卷分藏在十个大木橱中，每个木橱有五十几个大抽屉。新中国成立前，常年有两百多位寺僧在定慧寺内研究佛学，现在焦山佛学院已疏散了。"

说到这里，唐正心叹了一口气："过去焦山除了定慧寺，山上山下还有十几座小庵，每座庵都有自己的镇庵之宝，有不少经卷非常珍贵。可惜抗战一爆发，日本飞机就飞到焦山轰炸，把山上山下许多小庵炸了，收藏的珍贵经卷也一同被毁了，真是太可惜了。"

丁先生一行几位大多是有学问的人，望着这些大木橱唏嘘感叹，希望这些经卷能得到良好保存。

就这么一路走，一路聊，唐正心把岛上的情况跟他们做了介绍："焦山全部大小寺庵，原来有僧尼千余人呢，过去在苏北有不少地。靠得比较近的，焦山向东不出十里有座岛叫江心洲，江心洲上有一万多亩田地都是寺庙的产业，所以那座沙洲也叫和尚洲。过去这些田地租给农民，所得的收入足够供养和尚们吃斋念佛。"

"过去和尚们只管念经打坐，现在要是不劳动，温饱就成了问题，所以现在和尚们也开始从事生产工作了。"唐正心指着不远处一位扛着一把锄头的老僧说道。

丁先生对当下焦山和尚如何生活的话题感了兴趣，和唐正心聊了起来，弄清了近年的状况：原来，焦山有个特殊情况，岛上分大寺和小庵，大寺是定慧寺，定慧寺过去经历多年积累，田产多，和尚们向来专事念佛。大寺中有能力出众而不能担任住持、监寺的和尚，都会入驻定慧寺左右前后的小庵；小庵大多是大寺的分庵，本属定慧寺，平时各庵大半以招待游客获得收入，收入也是小庵的生活补助，这个传统避免了寺庙人才流失。不过，20 世纪 30 年代初，静严法师升任定慧寺住持后，复建了华严阁等招待游客食宿的楼阁，提升了大寺的接待水平，这么一来，游客到焦山食宿首选大寺，其他各庵受影响，生意一落千丈，大寺和小庵就有了一些矛盾。抗日战争和解放战争后，定慧寺尚能勉强维持，但有些小庵就维持得吃力了，更困难的小庵就面临着生存问题了。

新中国成立之初，虽然整个国家上上下下忙着抗美援朝、土地改革等大事，但是镇江市政府很重视三山名胜的建设，最初两年也是先派出建设科的一些工作人员，由佘开福、柯善庆等同志牵头，协调金山、焦山和北固山的历史遗留问题，同时也把公园的修缮建设提上了日程。

佘开福和工作组经常来焦山组织和尚们开展政治学习，焦山的和尚思想认识也逐渐地提高了，现在已经组织起来自己进行江滩、菜园的生产，定慧寺的方丈茗山法师牵头，将焦山岛上的十多个小庵统一归并到定慧寺，目前留下的19个和尚中，除去几位年迈无力的，还有12个中青年和尚可以生产。在工作组的帮助下，焦山成立了"焦山游客招待处"，办了一个大众食堂，有荤素菜供应，还把僧房整理了，为游客提供住宿。

唐正心说："这样既解决了各庵的生存困难问题，也结束了焦山近千年来寺庵各自生活、寺僧各自修行的历史，现在僧人们都自食其力，寺庵也越来越好了。"

说着前面就到了焦山食堂，靠着食堂不远处就是几排用于游客住宿的僧房。丁先生一行游客一边参观，看到这些僧房都窗明几净，清洁敞亮，一边听唐正心介绍在这里住宿的行情：要是包月住每月只收宿费3万元，膳食费中熟米六斗，茶水费1.5万元，被褥费1万元，总计20余万元（相当于现在20多元钱）就可以住上一个月。

丁先生一行和随行的几位游客交头接耳，小声讨论着如果要疗养，倒是可以到焦山来，这里的性价比确实非常高。

僧房附近有不少砖墙，墙上碑石甚多。丁先生走上前观看了一会儿。他和张小侬在编辑部工作，又经常给报刊供稿，都喜欢随身带个笔记本，一路走走记记游览中收集到的素材，两人发现这墙上竟有不少"乾隆御书"，正要上前端详，丁太太看他们走走停停，有点不耐烦："这种封建社会的遗物，有什么保存价值呢?"

看到夫人不高兴了，丁先生赶忙解释："啊呀，这些都是文物呦，非常有价值，没想到乾隆皇帝在这个岛上留下这么多题字。"

唐正心一跷大拇指："丁先生您说得太对了，焦山上有许多题字的石刻，这是因为古时候焦山瘗鹤岩有一块碑铭，名气很大，传说是王羲之留下来的，叫《瘗鹤铭》，乾隆皇帝就特别喜欢《瘗鹤铭》，所以几次南巡，都来焦山看碑。当年，为了方便皇帝来焦山，地方官员还在焦山建了三座行宫。如今，山上有个'古物陈列室'，里面也有乾隆皇帝的御笔手迹。丁先生你们都是有学问的，一定要去看看，还有清朝皇帝的龙袍、年羹尧的战袍、水浒一百单八将的画像展出呢。"

听说有皇帝的龙袍，大家顿时都来了劲，因为那个年月龙袍可是一件稀罕的东西，大家都听说过，但都没见过。众人兴致勃勃地跟着唐正心登山，沿着石阶往山上走，山上杂树很多，竹林尤其茂盛。

穿过竹林时，唐正心告诉大家："焦山盛产竹子，过去焦山的和尚用山上的竹子制成手杖，称作焦公杖。买一根焦公杖爬山，可以省不少劲。"

别看焦山不太高，走了这一段山路，丁先生等人竟然脚酸腿乏，后背汗都出来了。但唐正心却在前面走得轻轻松松，呼吸均匀，走在后面的张小依看到他裤脚卷起，露出的鞋袜很奇特，鞋子三面通透，袜子像是用一根带子兜住了脚。

恰巧走到焦山东峰最高点，看见一座双层楼亭，亭的上层横额题有"吸江"二字，楼梯盘旋而上，回廊四通，八面有景。据说因为过去金山有座"吞海楼"，挺气派，焦山和尚不甘示弱，特造此"吸江楼"。唐正心拱手请大家上楼坐下，歇一歇脚，顺便眺望远处的江景。

只见四周一片江水，东面更是开阔。唐正心望着江面说："古时候这里就是长江的出海口，出了这里，向东就是东海，所以这里也是'古海门'。"他指着山下水中一座小小的石山接着说："这座小山叫松寥山，别看是个小山丘，李白还给它写过一首诗。"他念道：

吸江楼（近代外国人拍摄，金存启提供）

石壁望松寥，宛然在碧霄。

安得五彩虹，驾天作长桥。

仙人如爱我，举手来相招。

丁先生一行定睛看去，那个小山丘三四丈高，从高处望去，就像一只大青螺浮在白浪上面，山丘上都是凌乱岩石和低矮杂树。唐正心指着一只盘旋在半空的青黑色鸟说："因为松寥山在江心里，离岸又不太远，有一种叫鹡鸲的鸟喜在山顶上建巢搭穴，千百年来，鸟粪堆积成一块块青白色，所以本地人又称它鸟粪山，或者癞痢山。"

众人看着松寥山，想到那顶上黑白斑杂的竟然是鸟粪，都乐了，特别是张小侬，捂着嘴笑的模样特别可爱。

丁先生对唐正心说："我们是舟山人，舟山就是东海里的一座大岛，海里有很多小岛没有人居住，是海鸟的天堂，长年累月，岛上就积起了厚厚的鸟粪。听人说，南海一带，鸟群把海里的一些小岛当中途休息站，鸟类在珊瑚礁上觅食，捉鱼虾吃，吃完在礁石上留下鸟粪，时间一长，就积成了表面的鸟粪石层，日积月累，这些鸟粪岛就一年年地长高了。"

唐正心说："鹡鸲这种鸟很猛，战斗力强，特别会打架，有这种鸟在，猛

镇江焦山旁的松寥山和夷山（拍摄于 1881 年左右，金存启提供）

禽恶鹫就不敢来。我们这边的渔民喊它'鹈鹕子'，江里的鹈鹕子抓鱼吃，靠近岸边的鹈鹕子抓鸟吃。"

他向再远的地方一指："你们看，再向前三四里的江面上，还有一座差不多大的小山，那座山叫夷山，又叫小焦山。"

顺着他指的方向，众人看到再远一些的江心里，果然还有一座小山，看上去比松寥山略小。唐正心说："松寥山和夷山正好在江里行船的路线上，老远看去，像两个石阙一样，古时候人就说这是一道天生的海门，镇江老人们常说的'古海门'就是它。"

焦山北部水域（近代外国人拍摄，金存启提供）

听完，众人脑海中不由浮现出江海交际之处横立着一扇"海中之门"的画面。唐正心指着松寥山和夷山那边的江面，告诉大家："古海门那边的江面，小船一般不敢走，看起来是一片平水，实际上漩涡极多，特别凶险。焦山的和尚师父说，十几年前，上海联华影片公司要拍一部叫《漩涡》的电影，就带着导演、演员、摄影师来镇江三山一带拍摄江里的漩涡，但他们不知道镇江这段长江里的漩涡是隐藏在水下的，江面上的摄制组到了焦山，在焦山山下转了一圈，能拍摄到的漩涡不多，又到北固山下寻找漩涡，也没拍到。和他们想象中的江流里一个接一个的漩涡完全不一样，还蛮失望的。"

"呀，我知道这部电影，讲的是一个感情纠葛的故事。一个汽车司机原来的家庭非常美满，但他被女主人勾引，主仆恋爱，陷入了感情的漩涡，结果他善良的妻子知道这件事后抑郁而死，这个司机在悔恨之下，和女主人同归于尽了。"张小侬非常喜欢看电影，不仅看过这部电影，还写过影评，她对这些上海摩登派的电影比较熟悉，"这部电影的主演是陈燕燕，没想到影片还来这里取过外景。"

提到陈燕燕，丁太太也有了印象："陈燕燕就是嘴角上有一颗小痣的女明星吧？"

张小侬说："是的，陈燕燕的丈夫就是知名摄影师黄绍芬，可惜陈燕燕后来的婚姻，也像这部电影一样陷入了凶险的漩涡。"说着，她轻轻地叹了口气，摇了摇头。

丁太太和另一位同行的女客忙问道："她后来发生什么事情啦？"

张小侬说："陈燕燕先是被自己的闺蜜陷害，这个闺蜜跟电影公司老板串起来，在她的水里下了蒙汗药，让她失身于老板，造成她和黄绍芬离婚了，但没过两年，陈燕燕又被这个老板抛弃，一度精神失常。"

吸江楼旁有一块诗赞石刻，刻录着清代名士齐彦槐的一首诗：

> 东望海漫漫，扶桑涌一丸。
>
> 曾登岱顶屋，不及此亭观。
>
> 水气连天白，霞光照壁舟。
>
> 遥闻曙钟动，江阔万鹰盘。

丁先生把这首诗念了一遍，感慨道："旧社会，就算是体面的明星，都会在那种污浊的社会环境里陷入凶险的漩涡，现在我们打破了旧秩序，建立了新中国，我们的生活就像诗里说的'霞光照壁舟'一样，有着光明的前景。"

又玩赏了一会儿，众人登梯而上。吸江楼二层有座木刻的佛像，乌黑发亮的佛像有四张面孔，分向东西南北四个方向，表示这里可以眼观四面，耳听八方。楼柱还悬挂有清代郑板桥题写的楹联："汲来江水烹新茗，买尽吴山作画屏。"

楼檐挂有小铃，阵风吹来，叮当作响，极目远眺，大江南北旖旎风光一览无余。众人停留了半天，已经休息完毕，起身向山顶走去。

吸江楼前有一个水泥浇筑的炮位，大炮早已被拖走，只剩下了一个圆形的大坑，四壁留着十几个尖圆形的直立放置炮弹的小龛。唐正心给众人解说："晚清光绪时，两江总督张之洞为了加强江防武备，在这里安置过两门快炮，这两门炮可以四面旋转，发炮速度很快，据说每分钟能击炮十发。抗战时日本鬼子打过来，这里开炮击中过鬼子的汽车，不过后来焦山沦陷，这个炮台被废弃了。"

向前不多远，就来到山上的"古物陈列室"，众人向门口一位老僧交了1000元（现在币1角钱）的参观费，进室参观。

陈列室里确实有一件清朝皇帝的衣服，明黄色的龙袍用木衣架张挂在室中央，唐正心介绍说这是光绪皇帝载湉的龙袍，原收藏在焦山的别峰庵，康有为来焦山游览时，看到了这件旧龙袍，无限感慨，泪流涟涟地写了几首绝句，每首绝句下都有自注，用于说明他和载湉的关系。康有为的绝句手卷就放在龙袍的旁边，是对皇帝龙袍最好的备注。

墙边还有据说是年羹尧的战袍、东汉伏波将军马援的铜鼓。年羹尧的战袍来历不详，铜鼓是100多年前两江总督张井赠送给焦山寺庙的。铜鼓旁还有张井写的一首《送铜鼓藏焦山纪事》的长诗，诗上说"阔径三尺高杀一，三叠微学蜂腰洼。鼓心隆起俨棋局，周遭怒踞六虾蟆。腰垂四耳便索贯，其中空洞下口夸。黝然古泽光可鉴，通体细缬牛毛花。恨乏款识纪年月，定伏波耶诸葛耶……"张井也不知道这是当年伏波将军马援与交趾交战时所获的铜鼓，还是诸葛亮七擒孟获时所获的铜鼓。可惜的是，抗战期间收藏铜鼓的水晶庵被日军的飞机轰炸过，再寻到时，只剩下一角鼓面了。

室内墙边展陈着100多幅绢画，每幅画高约一尺，宽七八寸，画着一位梁山上的好汉，构图极佳，用笔工细、有力，人物精神奕奕，让人感到他们确是活生生的水浒英雄形象。画像作者是谁不得而知，仅一幅画边有"古闽青芝作"五个字，也无法判定这是什么时候的作品。但丁先生仔细观察了一番，发现轰天雷凌振的画像上，凌振举着的火器很像近代的步枪，从这一点来看，可能是近代的作品。

其他如周鼎、贝叶经卷、岳飞的笔墨、唐伯虎的"竹林七贤图"、四块有山水的小石，名目繁多，丁先生觉得还是值得一看的。听唐正心讲得头头是道，丁先生问他怎么对这里的文物了解得如此详细，唐正心说："我是这个'文物陈列室'的服务员啊。"

张小依跟他熟悉后也不认生了，笑着跟他开玩笑："怪不得你这么殷勤，带着我们爬这么远的山路来看龙袍。"说得唐正心怪不好意思的，不过游客们也知道食堂、住宿，以及陈列室的收入都是作为整理焦山名胜的经费进账的。新中国刚成立不久，镇江的名胜风景百废待兴，重建恢复正提上日程，焦山游客招待处也是为了开源。于是众人请唐正心作导游，带领他们沿途讲一讲焦山的人文掌故，唐正心欣然答应。

文物陈列室建在山上，由于不是周末，来游玩的人不多，唐正心就领着一行人，漫步到山顶。只见焦山的周围都是浩浩江水，波涛由西向东奔流着，树木葱茏的焦山，一堆青绿，宛若在江心中浮动一般，大江南岸是象山，两山之间的江面上，一片片白帆掠过。

看着江中的风景，张小侬突然问唐正心："对面那座山，为什么叫象山呀？"

唐正心解释道："我听焦山别峰庵的师父讲，焦山的寺庙精研《华严经》，最尊崇文殊和普贤两位菩萨，文殊菩萨的坐骑是青狮，普贤菩萨的坐骑是白象。焦山郁郁青青像一头青狮，过去被称为'狮山'，后来焦光隐居在此，后人便将狮山改名叫焦山；象山过去被称为'石公山'，山上巨石累累，远看像一头白象，两座山隔江相峙，仿佛一狮一象，所以就称那座山为'象山'了。"

象山（1987年，陈大经拍摄）

张小侬听得津津有味，一路走着，看到一块石壁上刻着"浮玉"两个大字，落款为赵孟奎。因为这两个大字，石壁被称为"浮玉岩"，"浮玉"二字非常传神，她不由赞出声来："这焦山，真像扬子江里浮着的一片碧玉荷叶啊！"

唐正心笑道："你说得没错。我们焦山周边乡里流传的民间故事中，在古时候，焦山就叫荷叶山，长满奇花异草，芳香扑鼻，圆圆的像张大荷叶，铺在江面上，今天漂到东，明天漂到西，来回漂动。"

出来旅游，最高兴的就是听故事长见识，众人听到有故事，再看前面一棵六朝松下有石桌石凳，便坐好听唐正心讲这个"荷叶山"的故事。只见他像个说书先生，不紧不慢地念来一首诗：

　　　　　扬子江水日日淌，
　　　　　荷叶山上百花香。
　　　　　扬子江水夜夜奔，
　　　　　渔家日子愁煞人。

唐正心赶多了庙会，学了民间花鼓戏开场前要说一段定场诗的规矩，待定场诗念完，他的故事便开始了：

"都说世上三桩事最苦，撑船、打铁、磨豆腐。其中，撑船排在最前面。古时候，长江里有很多渔船，一年三百六十天在江里打鱼。刮大风，下大雨，白天黑夜都在江里，船就是家，家就是船。长江虽有岸，但是南北两岸都是财主家的，渔民想靠岸，还得向财主家缴停泊船的租金。

"一条条渔船经过荷叶山时，渔民都很高兴：'普天之下，只有这块地方不是财主家的。我们渔家上无顶的、下无踩的，如果这座荷叶山能稳住，我们

焦山江面渔民（近代外国人拍摄，金存启提供）

靠船上去避避风、躲躲雨，渔家可就有个窝啦！'

　　"有一条小渔船，驾船的是一对年轻的小两口，经过荷叶山时停下来，都会朝山上望望，他们非常喜欢荷叶山上的景致，千看万看看不厌，约定这荷叶山哪天稳住，就住上去。"

　　看得出游客们都很喜欢这个民间故事，特别是张小侬，一双亮晶晶的黑眼睛望着唐正心，俊俏中透着灵气，见唐正心也望向她，便也露齿一笑。唐正心忙错开眼神，继续讲述这个故事：

　　"有一年夏天，天气闷热。小两口把船摇近荷叶山，丈夫身上大汗直淌，就一个猛子栽到江里去了。

　　"他往深水里钻着钻着，一碰，碰到一根粗梗子，顺着这粗梗子往江底下摸，发现这梗子是生根在泥肚里的，怎么也拔不动；他又顺着梗子往江上浮，水性好的他向上游，东游西游，一碰，又碰到一根断梗，顺着梗子往上摸，竟然摸到了一座山。他心里明白了：'原来这座山真的是一张大荷花叶子变成的，连着江底的荷梗不知道什么时候断了，这荷叶山就来回浮动了。'于是，他解下腰间的带子，把两段梗子梢扎在一块，这山就稳了。

　　"回到渔船上，丈夫告诉了妻子荷叶山的秘密。这荷叶山一稳住，渔船唤渔船，你传我，我传你，消息就这么传开了。荷叶山成了渔家们停靠的窝子，热闹兴旺起来了。"

　　众人听着故事，山上风停了，江面上波光粼粼，两条渔家的白帆船静静停着。

　　唐正心接着说："不过俗话说好事多磨啊，好日子还没过半年，到了初冬。一天大清早，渔家们发现这山在不停晃动，不好！荷叶山又浮动起来了！冬天的江风特别大，岸边的渔船被拖得直漂。"

　　说到这里，他发现大家正陶醉于水光山色之间，有点走神，就故意卖了一个关子，轻咳了一声，停了一停。

　　张小侬正听得入神，连忙发问："后来呢？"

　　唐正心从腰间摸出一个红皮小葫芦，拔开塞子喝了口水，继续讲这个故事："小夫妻俩心里知道，上次的腰带不结实，没把荷叶梗扣牢靠，荷叶山又浮动起来了。于是，妻子从舱里拿来一根又长又结实的丝带子递给丈夫，嘱咐道：'终归要牢牢稳住它！'

　　"想到穷苦的渔家人又要失去避风港，丈夫急着要下江，妻子舍不得，从舱里端出一瓦壶烧酒和一瓦盆鲴鱼，说：'天太冷了，你喝点酒挡挡寒气，吃了鲴鱼，早去早回。'

　　"丈夫吃完要下江了，妻子拉紧丈夫的手：'江深水冷，我真不放心你啊！'

　　"丈夫说：'我很快回来，你就在这荷叶山北面等着我吧。'说完，丈夫就跃入江中。这时，江中狂风大浪，天色剧变，一阵暴雨过后，天气越来越冷。

　　"妻子目不转睛地巴望着江里，心里念叨：'丈夫在江里怎么样了？'

　　"在江里，丈夫就像一条鱼一样，箭一般地游向荷叶山下面的梗，一把抓住后用力拖向另一根荷梗。他用尽所有力气，抓住上下两段荷叶梗，用那根丝带子把它们扣了起来，不料，他刚扣好，荷叶山被猛烈的江风一吹，'啪'的一声，丝带子又断了。看到山剧烈地晃动着，丈夫急了，一手抓住上段荷叶梗，一手抓住下段荷叶梗，用尽全身的力气，荷叶山又稳住了。江面上的打鱼人看到荷叶山又稳住了，都靠了过来，纷纷找地方避风。

　　"一天又一天地过去了，妻子的两只眼睛时时刻刻巴着江里望，就是不见丈夫回来。

　　"她苦苦思念着自己的丈夫。她流泪了，流一滴，冻一滴，流下的眼泪全冻起来了，冻得硬铮铮的，像铁石一样。她变成了一座小山，那些眼泪也变成了一座小山。

　　"多少年过去了，荷叶山像扎了根一样，再也不浮动摇晃了，周围的渔民和樵夫都来山上居住、打柴，人们叫这座山'樵山'，又叫'焦山'，而焦山北边多了两座小石山，高的一座叫'贤妻山'，它面前矮的一座叫'眼泪山'，这两座小山永远陪在焦山旁边。"

　　讲完之后，唐正心对大家说，这个故事原来是焦山边的象山乡一带流传的花鼓戏，往年庙会请唱曲的来表演，他听过两次，也就会讲了。每年焦山的和尚都会在山下池塘里种植荷花，一到夏天，接天莲叶无穷碧，人们到焦山纳凉赏荷，都会讲"焦山是座荷叶山"这个故事。

　　虽知道这只是一个民间传说，但众人都觉得心里有些难过。张小侬虽然爱笑，泪点却低，听了故事的结局眼圈都红了，为那对小夫妻的善行感动不已。大家想起焦山旁边一高一矮的松寥山和夷山，越想越觉得像那位苦苦守候在山边盼着丈夫归来的妻子。

听完故事，大家起身，向山南沿石径下山。经过的山崖石壁上都有不少古人石刻题字，唐正心也指点大家看瘗鹤岩，告诉大家《瘗鹤铭》原来就是刻在瘗鹤岩下面的，过去夏季水涨时节，岩常被江水淹没，铭也常遭受江水冲击。突然有一天，瘗鹤岩被雷电轰击，岩崖崩塌，《瘗鹤铭》也随之坠入江中。这些巨石只有在枯水期才能露出水面，观摩书法的人想要看字，就得躺在泥沙之上。到了宋朝，丹阳郡守钱彦远在江里捞到残石一块，在焦山建了一座宝墨亭，将这块残石和另外三块梁唐名刻放在里面，还请当时闲居镇江的诗人苏舜钦、本邑名流刁约、苏颂等作记传以纪其盛。可惜不久之后，宝墨亭被毁，放在里面的碑刻也不知下落。

直到清朝康熙年间，闲居镇江的苏州知府陈鹏年自掏腰包命人打捞，历时三月，得到残石五块，仅存残字90余个，在定慧寺旁建宝墨轩加以保护，后来移过几次。抗战爆发后，镇江沦陷，《瘗鹤铭》被日军觊觎，但碑刻被焦山的和尚藏于瓦砾之中，免遭劫难。现在，这几块铭碑被嵌置在华严阁西边的墙壁上。

丁先生对《瘗鹤铭》非常感兴趣，一路走一路谈这个话题，他发现有不少古代名人为了观摩《瘗鹤铭》，专门跑来镇江登焦山观摩。路边一块大石头上，竟然竖立有一块陆游题字的石刻，书法飘逸、秀润、挺拔，为陆游的手书真迹。

丁先生走上前去，抚摸着这块摩崖石刻，一字一字

陆游《踏雪观瘗鹤铭》题刻（20世纪70年代，陈大经拍摄）

地读出来：

陆务观、何德器、张玉仲、韩无咎，隆兴甲申闰月廿九日，踏雪

观瘗鹤铭，置酒上方，烽火未息，望风樯战舰在烟霭间，慨然尽醉，薄晚，泛舟自甘露寺以归。明年二月壬午，圜禅师刻之石，务观书。

这篇73字的短文里，完整地记载了诗人一行活动的时间、地点、人物和所见、所闻、所感，满满都是陆游对国事的深切情感。看得出这位爱国诗人和镇江有着很亲切的关系，短文中"隆兴甲申"是宋孝宗隆兴二年（1164年），当时陆游刚满40岁，在镇江担任通判一职。一生渴望收复失地的他，在镇江当官期间致力重整武备，提供抗战的战略战术，为北伐中原做了很多准备工作。听着丁先生读石刻上的内容，同行的人似乎都隐隐感受到陆游北伐中原的勃勃雄心。不过后来陆游在镇江备战太积极，招致了御史们"鼓唱是非，力说张浚用兵"的弹劾，一年后被调离镇江，改任隆兴府通判。

遥想这位爱国诗人曾站在这座山巅上，远望艨艟战舰出没于烟霭的场景，大家对陆游那种急迫收复中原的情怀感同身受。张小侬也不由想起了他的另一首诗，轻声念了出来：

死去原知万事空，但悲不见九州同。

王师北定中原日，家祭无忘告乃翁。

看着这块摩崖石刻，想到陆游也曾踏着大雪登上焦山来观看《瘗鹤铭》，丁先生一行人的心突然火热起来。特别是丁先生，他一直听说，泱泱中国，唯有两铭弥足珍贵。一是北铭，曰《石门铭》，凿刻在陕西汉中褒城斜谷石门崖壁上，人称"不食人间烟火的仙品"；二是南铭，曰《瘗鹤铭》，藏在江苏镇江焦山之麓，世称"书中之仙"。知道这块慕名已久的铭石就在前方，他迫不及待地请唐正心带路朝华严阁走去。

从三诏洞前的小路一直向下走，很快就走到华严阁西边，果然看到一堵砖头墙，有几块石碑砌在上面。左首的是一方颜真卿的"东方朔画像赞"石刻，但这不是一块唐碑，而是清代道光年间江都人汪延龄重摹勒石的新碑。墙中间才是古朴的《瘗鹤铭》石碑，这块古碑铭原有百余字，被一些人偷偷凿走了一些刻字，后来在江里泡了几百年，被陈鹏年打捞上来后只剩下90余个字，如今砌在墙上受风雨侵蚀，有些字也不是特别清晰了。

一行人内心火热，端详着《瘗鹤铭》碑：由五块不规则的刻石拼镶而成的石碑，正上方一块是圆形的，左下方一块是长方形的，正下方一块呈锥形，另两块则说不上是什么形状。每块石面上，勒刻着十几个或二十几个字。碑色

《瘗鹤铭》碑刻（20世纪50年代，陈大经提供）

皴黑，阴刻呈白。

很多游客是奔着《瘗鹤铭》来焦山的，为方便参观，墙边竖有木牌，上有说明。《瘗鹤铭》自古有多个版本，如金山本、邵亢本、别刻本、玉烟堂本等，真伪莫辨。其中名气最大的是金山本，源自一千多年前的唐代，当时镇江金山寺有一位佚名僧人，在藏经阁的一本经书背面抄录了《瘗鹤铭》全文，被宋代文人刁约在金山寺经房中发现，后人称之为"金山本"。有学者比较推崇此文本，知名度颇高；也有评家认为'其字错杂，失序多矣'。而木牌上用的铭文是康熙年间一位叫张弨的，他在焦山实地勘察三天后，考得铭文169字，据说比较接近全文。丁先生等人对照着木牌上的说明文字，去看墙上的大字：

华阳真逸撰　上皇山樵书

鹤寿不知其纪也，壬辰岁得于华亭，甲午岁化于朱方。天其未遂吾翔寥廓耶，奚夺余仙鹤之遽也。乃裹以玄黄之巾，藏乎兹山之下。仙家无隐晦之志，我等故立石旌事，篆铭不朽。词曰：相此胎禽，浮丘著经。余欲无言，尔也何明？雷门去鼓，华表留形。义惟仿佛，事亦微冥。尔将何之，解化□□。西竹法里，厥土惟宁。后荡洪流，前固重扃。左取曹国，右割荆门。山阴爽垲，势掩华亭。爰集真侣，瘗尔作铭。

绛岳徵君　丹阳外仙尉　江阴真宰

这碑虽经过了千年的风蚀而残缺破损，却仍然字字笔势开张，点划飞动，潇洒纵横，错落有致。再远观之，字字如仙鹤，有的伸长头颈，细长而纤巧；有的卧在地上，惬意而妩媚；有的跷起一条腿，强劲而凝练……丁先生等人看着这些字，刹那间完全沉浸在《瘗鹤铭》的拳拳深情和深邃思想中了：

鹤寿之长，难以计算。壬辰年间，于华亭得到了它，却在甲午年间死于京口。上天尚未让我实现乘鹤去遨游蓝天的愿望，为何又突然将我仙鹤夺走？于是将亡鹤裹上黑色和黄色的丝帛，埋入此山下的土中，仙家并不想隐晦什么，我们特地在这崖壁上刻石写下不朽的铭词：看这只仙鹤，却是仙人浮丘公的化身。面对着我默默无言，你又何必道出真情。在山阴城雷门的鼓内，你敲击的鼓声传至洛阳，在辽东城门的华表上，有你唱丁令威成仙歌的身影。其中道理，人们只能了解大概，你的生平也那么若隐若现。你还要到哪儿去呢？埋在土里只求安宁。身后是奔腾的波涛，前面被道道巨门阻挡。向左取道山东半岛的曹国，向右劈开长江中游的荆门山。在干爽的高处就势掩埋仙鹤。于是邀集仙家朋友，在仙鹤入葬时写下送别的悼词。

对照译文观看了好久，丁先生才直起身子，扶了扶眼镜问道："唐先生，这铭是何人所书呀？"

唐正心说："铭文上说写这篇铭的叫'上皇山樵'，这个道号应该是一位修道之人的，因此有的人说是南朝的陶弘景，也有的人说是唐代的王瓒、顾况。但乾隆皇帝当年登焦山观《瘗鹤铭》的时候，说了句'非晋人不能'。皇帝爷的话可是金口玉言，大家就都说这字和王羲之有关了。而且，焦山上还流传着一个《大字之祖》的故事，说这《瘗鹤铭》是王羲之为纪念山上的仙鹤而写的。"

听到有故事，大家都围了上来，再走几步就是华严阁，唐正心招呼大家走过去坐在阁前的台阶上。

众人把他围在中间，张小侬从挎包里掏出笔记本，拿出笔来做记录。唐正心倒也不拿乔，轻咳一声清了清嗓子，讲了起来：

"相传晋朝时，有一年春天，老树抽芽，百花吐艳，王羲之来到京口拜见老丈人郗鉴，在镇江小住。有一天他登上焦山游览，在焦山南麓一座小庵里，他看到一对仙鹤，嘴尖颈细，眼蓝顶红，扇动双翅，迈开长腿，显出冲霄凌云的姿态，心里非常喜欢。

"只见一只仙鹤突然亮开双翅，径直向空中飞去。另一只也不示弱，'格啊格啊'地叫成一片，直冲云霄。两只仙鹤在空中一上一下，一前一后，盘旋起舞，煞是好看。王羲之是大书法家，仙鹤的舞姿在他眼里好像变成了一个舞动的'大'字，他似乎入了梦境一般，手指不停地划来划去，嘴里喃喃地说：'灵动古朴，如鹤飞舞。'

"过了好久，如梦初醒一般的王羲之，问焦山的和尚能不能把这两只仙鹤卖给他，当家和尚同意了。因为王羲之还要去办公事，就请和尚先费心照管，等他回来再带走这两只仙鹤。"

"这一走，可不就出意外了。"唐正心两手一摊，接着说："过了几个月，王羲之办完事回来，心中念念不忘两只仙鹤，急忙赶上焦山。一见到当家和尚，他劈口就问：'仙鹤呢？'

"当家和尚叹了口气：'上个月，那只雄鹤生了病，不几天就死了。剩下的那只雌鹤，孤孤单单，冷冷清清，不吃也不喝，没几天也死了。两只鹤埋在了后山。'

"王羲之随着当家和尚上了后山，后山是峭壁悬崖，面对着浩浩长江，仙鹤就埋在山上。王羲之心里浮现出两只仙鹤在天空中翱翔的身姿，下山之后，挥笔写下'瘗鹤铭'三个大字。'瘗'是埋葬的意思，'铭'是记载的意思，又有镂刻的意思。接着就写下碑文，请人刻在了焦山的摩崖之上。

"这《瘗鹤铭》有一百多字，书法真是神来之笔：近看字字笔势开张，点画飞动，变化无穷，不落俗套；远看个个像仙鹤。整个石碑上就好像有无数只仙鹤展开双翅，在云霄中穿来穿去，翩翩飞舞。

"从此，这座山又有了一个名字，叫'鹤山'。

"不知过了多少年，有一天夜晚，电闪雷鸣，风雨交加。忽然轰的一声，这块矗立在鹤山的摩崖石刻，受到雷的轰击，掉进了滚滚大江。从此来到这里观赏石刻的人都是乘兴而来，败兴而归。

"不知又过了多少年，有一年冬季，水落石出，这块碑竟露出头来。大概是年深日久，江水冲刷或者别的什么缘故，碑上字迹模糊，很难辨认，有的字几乎连一点痕迹也没有了。来看碑的，人人摇头叹息，就把这块碑改叫'雷公石'，又叫'无字碑'。

　　"不久，又是一个风雨交加、雷声轰鸣的夜晚，忽然飞来一群仙鹤，停在无字碑上，抖动着被雨淋湿的翅膀。

焦山脚下的雷公石（20 世纪 80 年代，陈大经拍摄）

"渐渐地，渐渐地，仙鹤不见了。风停雨止，游人上山游览，惊奇地发现这块无字碑不仅有了字，而且字字清楚，仍然是疏密相间，变化万千，遒劲有力，神采飞扬。于是，人们传开了，说这是仙字，是仙鹤变的，字体和原来的一模一样。有人说得更神，说这群仙鹤每天在太阳刚升时，就飞到碑上变成了字，到了太阳落山，这群仙鹤又不知飞到什么地方去了。还有人说这块碑上的字，本来就是仙鹤变成的，有一百多个。石碑沉到江底的时候，有一些仙鹤找不到家，上不了窝，因此只剩下92个字了。那些找不到家、上不了窝的仙鹤，每天夜晚就在鹤山上空盘旋飞翔，'格啊格啊'地叫个不停。

"如今，大家看到这些从江里捞出来的残石，石头上这些潇洒纵横、浑厚奇妙的大字，每天都吸引着络绎不绝的书法爱好者和兴致勃勃的游客来焦山探秘呢。"

焦山碑刻（20世纪四五十年代，陈大经提供）

听完唐正心的故事，众人再望向那五块书法残石，这石上的字越看越像灵韵飞动的仙鹤。特别是丁先生，他发现尽管历经岁月沧桑，多年凿剔描摹，石刻的笔画已变得圆浑缺棱，但其长短错综，左右相让，计白当黑，疏密有致，在无意的参差不齐中显出矫变飞动的线条美，让人感到每个字都十分灵动，透散出一种不可言传的东方气韵，他恨不得找来宣纸、鬃刷等拓碑的工具，立即就拓印了碑文带回去。

第二章

骑驴上金山

北固山沿江风光（20 世纪 40 年代，北固山公园提供）

　　众人正沉浸在精神享受至高妙之处，不知是谁的肚子发出了咕噜咕噜的响声。恰这时，从山门那边匆匆跑来一人，丁先生一看是船主，原来丁先生他们四位跟船主商量好在船上吃鱼。上午爬山，不知不觉已到中午，船主已经在船上做好了午饭，在码头看到他们，赶紧迎过来请他们上船吃中午饭。

　　另几位游客告辞去了焦山上的食堂用餐，丁先生一步三回头、恋恋不舍地离开了《瘗鹤铭》碑刻，跟大家上了船。唐正心见他确实喜爱这些碑文，就说："焦山别峰庵住着一位擅长全形拓的师傅，拓印碑刻的技艺特别厉害，要是丁先生实在喜欢，我就请他拓了《瘗鹤铭》的字，再找机会托人带给您吧。"

　　丁先生听了喜出望外。突然想到，唐正心也陪他们走了一个上午，有点过意不去，好在这木帆船够宽敞，就热情邀请唐正心也上船挤挤，让船主再加两个菜。唐正心本想推却，却看到张小侬满脸的期盼，便说了声"盛情难却"，上船在船头小方桌边盘腿坐下，船头五人挤挤正好。

　　船主姓曹，因为排行老大，人们都喊他曹老大，惯在江上行船打鱼，烧得一手好鱼鲜，旁边是他十八岁的儿子曹永斌，正在帮忙打下手。曹永斌的妈妈走得早，他从小在渔船上长大，夏天一身光，冬天一层单，水里泡、泥里滚，捕鱼捉虾，日晒雨淋，弄得浑身黑漆生光，所以大家给他取了一个诨名"小黑鱼"，他把烧好的菜和鱼端到小方桌上。鱼碗上桌，丁先生刚拿起筷子，一看那鱼扁扁的怪模样，怪道："这是什么鱼呀？怎么眼睛长在额头上，还歪着个嘴？"

曹永斌一听，就知道客人没见过这种江鱼，捂着嘴，在旁边偷乐。唐正心解释道："丁先生您是海边城市人，可能没见过扬子江里的鱼。这种鱼是正宗长江里的野生鱼，我们称它'草鞋底'，奇就奇在它歪着嘴，没有鱼鳞，味道特别鲜，而且这鱼身上只有一根大鱼骨，没有别的刺，吃起来也特别方便。"

听了唐正心的介绍，众人伸筷夹起仔细观察，这草鞋底鱼的眼睛全长在鱼身一侧，看上去好像海里的比目鱼，左边鳍上缺一块肉，看上去像是歪着一张嘴。

一尝，这鱼果然鲜嫩无比。

曹老大端着饭盆进来给大家装饭，笑着跟大家说："我们镇江这段的长江里，有好几种鱼都长得怪，味道鲜。"

说着他就坐靠在船板边，给大家讲了一个长江鱼的掌故："草鞋底鱼是个歪嘴，但它的嘴又不是天生歪的，是怎么歪掉的呢？"

他讲起了渔业乡流传的小孤山（民间又称"小姑山"）故事："一年春天，东海的河豚游到长江来，要去朝拜长江上游的小孤山。大家都知道呐，河豚肚子里有气，一碰到危险就像个气球一样鼓起来了。草鞋底鱼看见游过来的河豚，就取笑它：'你大肚子连天的，还去朝拜哩！'河豚气鼓鼓地说：'你笑，不要把嘴笑得歪过来！'说着说着，肚子气得更大了。草鞋底鱼一看，扑哧一笑，嘴果真笑歪了。直到现在草鞋底鱼还是个歪嘴。"

不少人没见过河豚鼓气的模样，可想到草鞋底鱼笑得嘴歪歪的形象，又听曹老大一口镇江话幽默诙谐，也不禁笑了起来。

唐正心说："我们镇江靠江边，船老大的故事跟江里面的鱼啊一样多，几天几夜都讲不完。"

这时曹永斌弓着腰，从船尾端过来一个大砂罐，招呼大家让一让别烫到，小心翼翼地放在桌上，再轻轻掀开罐盖，一股奇香钻入众人鼻中。曹老大说："今天你们有口福了，这是清炖的'水底羊'！"

张小侬奇道："水底还有羊？"

曹永斌嘿嘿一笑，回道："江里不仅有羊，还有猪呢。"

陶盆里盛的就是焦山水域特有的鮰鱼，这种鱼白而隐红，身上没斑纹，肉细刺少。和刀鱼比它没有刺，和河豚比它没有毒，和鲥鱼比它又容易捕捞到。鮰鱼在春天菜花盛开和秋天菊花盛开的时候最肥嫩，渔民分别称之为"菜花鮰"和"菊花鮰"，因为拿它炖汤，汤汁稠黏乳白，吃起来肉质细嫩，民间就给它起了个名字叫"水底羊"。

曹老大挥挥手让儿子退下，笑着对客人说："焦山是扬子江流域有名的江鲜出产地，因为焦山周围江滩淤积，芦苇和水草也多，盛产一种黑小虫，那些从海里洄游到江里产卵的鱼类，游到焦山这段捕吃江里的黑小虫，所以长江里焦山这一段的鲥鱼、刀鱼、鮰鱼、河豚这些鱼鲜格外肥美，是最富名气的。要是你们春天来，就能品尝到有名的镇江三鲜——刀鱼、鲥鱼、鮰鱼中的另外两鲜了。镇江有句老话说得好，保证鲜得打嘴巴子都舍不得丢这口鲜味。"

张小侬拿调羹舀了一勺色白如奶的鱼汤，放在嘴边轻吹，抿了一口。曹家父子是懂烹鱼的，加了一点熟猪油提香，让人觉得味道醇厚香甜，异常鲜美。丁先生和丁太太也动了筷子，觉得鱼肉酥烂，膏肥脂厚，口感真有点像羊肉。

丁太太看到鱼汤里一团白嫩的鳔，伸筷子夹到张小侬的碗里，见她不识此物，便笑着告诉她："这是鮰鱼鳔，胶这么肥厚，是鱼肚中的上上品，有营养的好东西，快吃了。"

丁家姑娘才13岁，正是调皮的时候，看到妈妈夹菜给张小侬，有点吃醋了，朝她做个鬼脸："哼，妈妈偏心阿姐，好东西都先给阿姐吃。"

看到姑娘闹情绪，丁先生忙打圆场，撩了一筷子鱼腹边的软肉给姑娘："阿囡你误会了，这鮰鱼啊是有讲究的，你看这鮰鱼鳔的形状像什么，是不是像一颗心？对喽，过去古人啊就把鱼鳔称为'美人心'，这鱼肚子上的肉呢是鱼身上最嫩的地方，称为'美人肝'，我和你妈妈，把你们姐妹俩这对美人花当作心肝宝贝呢。"

这番话让两位姑娘喜笑颜开，特别是张小侬这个十七八岁的大姑娘，笑起来更是让看到她的人如见春光，如见曙色。唐正心看得怔住了，甚至感到有点晕。

说笑间，一顿丰盛的渔家风味已吃好，将船上简单收拾一下，下一站先去北固山，再去金山。

唐正心突然想到七里乡亲戚家还有个东西要送，顺路搭个便船走一趟也方便。于是他和曹老大打个招呼，上岸去取了一件包裹，就搭乘木帆船，和丁先生一行一同离了焦山。

木帆船沿着象山一线的金线港，如一条弧线似的，向北固山划去。

曹老大对这一带的渡口很熟悉，船行速度很快，大约半小时，船就停靠在了北固山北江边的甘露渡。

几人踩着跳板上岸，唐正心领着他们途经山下的观音洞，顺沿后峰的一条小路上了山。北固山有三座峰：前峰、中峰和后峰。前峰绵延到城中，和中峰、后峰被一条象山路隔断；中峰峰顶有一座高大的气象台，可惜在抗战期间建筑内部全被破坏了，长年挂着一个铁锁。后峰是最北一峰，也是北固山的主峰，三峰中风景名胜最多的地方。不过从江边上山，上山的路是一条狭窄崎岖的小径，路口石壁上刻着"钓鲈处"三个大字，据说是东晋时谢玄在此垂钓鲈鱼而得名。

虽然北固山只有70多米高，但途经这么陡峭的山壁，爬上去可不容易。一行人费了好一番周折，才气喘吁吁地登顶。丁先生年龄最大，平时估计又缺少运动，喘了好一会儿，才起身向甘露寺走去。

几人在船上听曹老大说，最初的甘露寺是建在山下的，后来寺屡遭火灾，搬到山上，屡建屡毁，有时建在山下，有时建在山上。原本山上的甘露寺也很壮观，可惜在抗日战争初期，被日本人的飞机炸成了一片瓦砾场，只剩少部分建筑尚在。

大家爬上山来，果然见到寺庙一片断壁残垣的凄凉模样，不由暗暗握紧拳头，在心里骂了一声："这杀千刀的小鬼子。"

观看了山门和残破的大殿后，大家就在山顶上随意逛逛，看到"清晖亭"里有一块清代重刻的"天下第一江山"石碑，丁先生觉得未免形容甚过，认为焦山的景色比这里更好。

坐在亭子里休息，看唐正心坐下后，抬脚将鞋面掸了掸，张小侬又看到他那与众不同的鞋袜，忍不住问道："你这袜子好奇怪呀，像用一根带子绑着脚一样。"问后惊觉自己一个女孩家，不应贸然询问年轻男子的鞋袜问题，脸微一红。

唐正心并不在意，随口答道："这是金山的赶斋袜，我从小习惯穿这个，

走起山路来特别
轻快。"

张小侬听了掩口
一笑:"赶斋袜? 这名
字听起来真有意思。"

"清晖亭"后面,
还有一座唐代的铁宝
塔,人称"甘露寺定
砂针"。

铁塔原有七层,
最上面两层在明朝时
遇到强台风被吹断了,
唐正心对他们说,镇
江有句老话"风吹铁
宝塔,水淹京口闸",
讲的就是镇江曾经遭
遇特大风暴的民间
记忆。

被称为甘露寺定砂针的铁塔 (20 世纪 50 年代,北固山公园提供)

铁塔的上面几层,据说从清代初起,就屡遭巨雷轰击。本是用来镇山定江
的铁塔,屡遭劫难,风摧雷击,还有海啸,但甘露寺历代的和尚意志如铁,屡
毁屡建,毁去了再复制配上。到了光绪十二年 (1886 年),一阵巨雷轰击后,
铁塔只剩下铁须弥座和第一、二层了,这时甘露寺已渐衰落,无力再修复铁
塔,以至于到了民国后相当长一段时间,人们见到或照片拍摄的都是残存两层
的铁塔,到如今铁塔第二层的檐已残破不堪,摇摇欲坠,像是要脱落下来
似的。

众人再走近看,铁塔身上有四面八门,每面都有佛像和飞天像,由于年久
日深,这些像锈迹斑驳,面目不清,但铁座上镂刻的云水纹和龙戏珠纹令人无
比惊艳。

丁先生问道:"古人能手工造出如此巨大而精致的铁塔,还把它安置在山
顶上,真让人敬佩。不过这座铁塔原有七层,修复后也是一个名胜景观,现在

破败成这个样子，怎么都没修一修？"

　　唐正心说："过去民国政府是不问这个的，只有一些热心人倡议修复铁塔。抗战前有位名人吴养臣，老家在镇江，有一次从北平回家乡，游北固山的时候，一看铁塔朽坏得只剩下废基了，于是牵头呼吁镇江地方人士一起出力，兴复这座北固铁塔。但这么大的古代铁塔，也不是普通铁匠能修复的，几年后日本侵略者又打了过来，日本人败了后国内又爆发了内战，之后这件事情就无人再提了。"

　　大家叹息再三，再转到甘露寺背后的西北角，看到一块形状似羊的石头，大小和真羊差不多，石头右侧腹上刻着两个字"狠石"。

　　看到这个"狠"字，张小侬笑问："这石头怎么狠了？它狠在哪里了？"

　　她水汪汪的眼睛望着唐正心，唐正心不太好意思地挠挠头道："为什么叫'狠石'，我也不太清楚，只知道这块石头很有来历，据说三国时孙权曾经坐在上面，和刘备讨论怎么抵抗曹操大军的事情。"

　　丁先生来解了个围："狠是形容羊的，《史记》里面记载宋义为了打压项羽，下了一道军令，便是：'猛如虎，狠如羊，贪如狼，强不可使者，皆斩之。'"

　　大家不禁赞叹起丁先生的强闻博识，丁太太也觉得脸上光彩，赶忙把手里的帕子递过去给丁先生擦汗，丁家姑娘和张小侬轮流坐上狠石远眺江天。向东望去，青螺一般的焦山浮沉在浩渺烟波之中；向西放眼，平阔的江面上一行行运输船交织飞驶。北固山上松柏成林，山下不远处还有一些屋舍，人们正操持着手里的活计。站在山顶视野非常好，可以看到江滩上大片的芦苇和农田。

　　唐正心告诉众人，那片江滩叫"大东滩"，每年滩上都会长出大量的芦柴，穷苦人就去割了晒干到城里当柴火卖。讲到这里，他心里灵光一闪，想到张小侬爱听故事，说道："这片江滩和'狠石'倒是有一个有趣的民间故事呢。"

　　果然张小侬听到有故事，忙从狠石上下来，请他坐上去给大家说说。唐正心也不推辞，坐好后抚摸着狠石的头，打开了故事匣子："这狠石，古时候就是一只石羊，也不知道在北固山上多少年了，年代一久，石羊就通了灵性成了精。"

　　这故事一开头就吸引了大家的注意，张小侬和丁家姑娘更是眼睛一眨不眨地听着。

　　唐正心接着往下讲："这长江水啊，今日潮，明日潮，潮水带下来的泥沙，

大东滩（1964年，陈大经提供）

又聚在上面，越聚越大，最终成了大东滩和征润州。石羊望着江滩上长出了禾苗，望着沙洲上长出了芦苇，后来又长出了树木；望呀望的，总会望到一位十八九岁的年轻姑娘，这姑娘圆脸，笑起来眼睛像月亮一样弯弯的，柳一样的细腰，穿着件本白色的短衫，在那里挑肥车水，割麦栽秧。石羊很是奇怪，'怎么老是这姑娘一个人下田做活？'"

张小侬听他形容这姑娘时，有点疑惑怎么姑娘外貌有点像自己，于是更竖起耳朵听他讲下去。

"因为江滩在水边，不时闹水灾，人穷得全搬走了。唯独这个叫芦花的姑娘，身不离田，手不离锄。石羊被她感动了，决心帮助她做些农活。这天五更头里，月亮还没有下山，天上还有星，江心里雾蒙蒙的。石羊悄悄地走下北固山，游过江，到芦花姑娘的田里翻土耕地。直到天发白了，才游回到北固山甘露寺背后。

"天亮了。芦花扛着犁，走到田边子上一看，咦，田已经耕过了。翻上来的泥，油淌滑水的，整整齐齐的。是哪个耕的呢？这样的好心，倒要看看究竟是哪个？

"芦花留神了好多天，一个人影子也没有望见。下种了，一天五更头里，石羊又悄悄地下山，游过了江，到了芦花田里头，把麦种好了，再游回到北固山上。

"芦花拎着麦种来一看，啊呀，麦种全下齐了！她弯下腰来拨开泥土再细细看了一遍，麦种都出芽了。估摸还是那个耕地的人做的事。这么好的心，是哪一个呢？割麦了，栽秧割麦紧似火，月亮还在中间，芦花就拿着镰刀下田了。才割了半垄，只听见对面'嚓嚓嚓'，有人飞快地割了过来。到底是哪一家在抢我的麦子呀？芦花直起腰一看，大半亩麦子割掉了，一排一排整整齐齐地放在田里。

"再一看，原来是一个20岁出头的短发小伙子，穿着一身青灰色的衣衫，腰间扎着一根黄带子，气喘吁吁躬在她的麦田里，十分卖力地割着麦子，割得飞快呢！"

听到这里，张小侬敏锐地注意到，唐正心这个故事里的小伙子，打扮上倒也很像他自己。

唐正心见张小侬注意上了自己，朝她露齿一笑，接着讲这个故事：

"小伙子被芦花发现了，清秀的脸上写满了不好意思，看着芦花，光笑不说话。芦花心里明白，之前替她家耕地、下种的都是他了。小伙子告诉她：'我叫石羊，住在北固山上头，甘露寺后边。'

"芦花听了，扑哧一笑。哪有人家住在那个地方的？她以为小伙子不想实说，也就罢了。

"天快亮了，石羊急匆匆地打了一个招呼，一转身就不见了。芦花赶到江边，只见大江里白花花的，一只船也看不见。

"这一年，芦花家打的麦子，一亩抵得上十亩的收成。村上人都说要是家家收这么多，那日子就好过多了。这话打动了芦花，芦花想：'去找石羊，请他帮帮忙看。'

"芦花起个早，上北固山望望。爬到山上，绕到甘露寺后边一看，一户人家都没有。她跑到甘露寺里问老和尚：'请问寺院后头，还有一家叫石羊的吗？'老和尚回她：'这后边从来没有住过人家。石羊倒有个石羊，石头的，在后边山顶上。'

"芦花跑到甘露寺后边，当真有座石雕的羊。芦花想：难道就是他吗？她走去拍拍石羊：'你认得我吗？'石羊竟然说话了：'认得，认得，你是

芦花。'

"芦花一听,这就是替自己收麦的小伙子的声音嘛。芦花蹲下来,拿手摸着石羊,告诉它:全村人都想收到像她田里那样的好麦子。石羊看她诚心为人,就答应去试试,约好芦花在麦田里等。

"第二天清早芦花下田一看。呀,所有的麦子,一夜之间全割光了!再一看,只见有个人正躬着腰割着麦呢。原来石羊昨天晚上就来了。到了天亮,全村人下田,看到麦都割倒了,惊疑了好久好久。捆捆挑挑,运到麦场,打下来一看,虽不及芦花家的多,但同往年相比,也要多出好几倍呢。江滩和沙洲上所有的农户听到这消息,都跑来看,羡慕极了:'要是都打这么多,大家日子就好过了。'芦花听了,又把这话记在心上,她希望江滩上住的人们都过上好日子。

"芦花又上北固山同石羊商量,石羊答应了:'今儿晚上我来,你同我一道割麦。'

"这年麦熟,全江滩的年成,是从来不曾有过的多。

"北固山下有个土地公,晓得北固山上的石羊帮百姓忙到好年成,就想:'纸包不住火,日后人都晓得石羊灵验,都到北固山去供它,还有哪个供我啊?弄不好,庙还保不住,我连个蹲身之处都没得呢。一山不容二虎,打人不如先下手。'他就修了一本,奏到天庭,说石羊'滥用法术,勾引民妇,触犯天条'。天庭接到奏本,派出天兵到北固山抓走了石羊,对他用了很多刑罚。"

听到这里,唐正心看到张小侬明显地一皱眉头,脸上露出焦急的神色,心想,这真是个善良的姑娘,他把这个故事讲得更是绘声绘色了:"这些情形,芦花她哪里知道呢?"

"麦子收场就栽秧了,芦花来找石羊,笑着说:'起五更,睡半夜,季节不等人。石羊啊,你跟我去江滩上栽秧吧。'石羊没有回音。芦花有点诧异,呼唤了好几遍,石羊一点回音也没有。芦花着急了,大声嚷道:'你怎么不作声?哪个得罪你啦?'左呼右唤,看石羊还是不睬她,芦花呜呜地哭了起来。

"失魂落魄的芦花回到江滩上,向村里人哭诉了一遍。全村人这才晓得:麦子收成好全靠北固山的石羊,于是村里人同芦花一起到北固山找石羊,对着石羊说:'我们麦收那么多,全亏了你,还望你跟我们到大东滩,帮我们种好稻子,争个丰年呢!'

　　"石羊一点回声没有。大家又说：'芦花是我们村里的好姑娘，你好歹开个口，同芦花说句话吧！'石羊还是没有回声。芦花急死了，拍着石羊，哭着说：'大家伙儿都来求你了！你一句话不说，难道你是石心、石肠、石肝、石肺，是一块'狠石'吗？'

　　"沙洲的乡亲们看石羊总是默不作声，全都眼泪鼓鼓地说：'芦花哭得这么伤心！石头人见了也会掉眼泪，你连一句话都没得，你真是不通人性石心石肠的'狠石'吗？'

　　"打这个时候起，人们不叫它石羊，改叫它'狠石'了。

　　"其实，芦花和村民们不知道，石羊被抓进天牢，受尽了煎熬，受够了折磨，一关就是数年。后来天庭查清了，放石羊回到北固山。天上一天，人间一年。芦花和同村人早已不在人世，北固山下已经换了好多代人了。

　　"回到北固山的石羊，头朝北望，永远看着江中的沙洲。狠石的故事，一直流传到如今。"

北固山和征润州（20世纪80年代，陈大经拍摄）

　　说罢故事，唐正心补充了一句："旧社会都是小农经济，过去三山周边都是江滩水田，农民们闲暇时，都会讲故事解乏，所以这类关于小农的民间传说特别多。"

　　北固山的狼石确实头朝北望，看着江水滚滚向东。听完故事的丁先生夫妻俩小声讨论，这故事里的石羊似乎有点像男生版的"田螺姑娘"，而张小侬眼里泛着泪花，为石羊和芦花姑娘的遭遇感伤不已，看来不管在哪个时代，悲剧色彩的爱情故事都会让人产生共情。

　　坐在山顶上，在重建中的甘露寺等建筑旁，几人闲谈了一会儿《三国演义》里的甘露寺招亲和辛弃疾的两首名词，觉得这座山虽然不太高，但在文学领域却是有很高的地位。

甘露寺建筑（20世纪80年代，陈大经拍摄）

　　丁先生凭栏向东望去，只见江流滚滚，苍翠的焦山犹如一只巨大的青螺漂浮在万顷碧波之中；朝西观看，只见远处金山一座玲珑宝塔背后，千峰万岭，山峦重叠。"东西浮玉两点青"，陶醉在赏心悦目之中的他，突然想起一件事情，问唐正心知不知道"海岳庵"在北固山什么位置，他想去游览一下。

　　"海岳庵？"唐正心一愣，摸了摸后脑勺，想了好一会儿说没听过北固山有这么一处地方。

丁先生觉得非常奇怪，大名鼎鼎的米芾在北固山的海岳庵古迹，在书法爱好者心中是一个非常神往的必游目的地，他在出发之前就做足了功课，有一本旅游指南中是这么形容海岳庵的："宝晋书院，系米芾之海岳庵宝晋斋古迹，所谓以研山明宅是为。""有广厦二十余间，皆以楠木建筑。""院中石刻，向有米先生像、苏东坡像、宝晋斋研山图、米友仁跋、杨一清诗、唐孙鲂王湾诗、赵义世贰修海岳庵记、董其昌《海岳庵小记》等，自宋迄清，虽曾有兴废，而未根本划除。"……所以他来到北固山就很想看一看海岳庵。

下午时节，北固山上游人不多，一行人沿途找人询问海岳庵。在半山一棵老银杏树下，遇见一位看守山上建筑的中年人，这位看守人叫徐长安，听到丁先生问海岳庵所在，讲了句很令人吃惊的话："大概 20 年前，山南坡下有座'宝晋书房'，就是你们说的海岳庵，但是已经被当时的镇江县教育局给拆了。"

北固山建筑群（20 世纪 30 年代，陈大经提供）

徐长安说起了一段令人瞠目结舌的往事：

原来，米芾在北固山修建的海岳庵，经历宋元两代后只剩下了旧址，甘露寺的僧人在旧址上重建了，到了清初又遭损坏。到了乾隆年间，丹徒知县在庵遗址上建了一座书院，因为米芾的海岳庵里有专门收藏书画的宝晋斋，所以将书院命名为"宝晋书院"。

宝晋书院是一座培养科考人才的机构，有点像后来的高等学府，因风景独特而成为北固山一处名胜。此后，历代镇江地方官府对宝晋书院都有必要的资金扶持，比如将扬中沿江的一座沙洲命名为"宝晋洲"，沙洲上有公产芦滩3万多亩，每年收取的赋税都拨给宝晋书院作为资助。辛亥革命后，科举考试被废除了，书院也随之废了，公产收归镇江县教育局保管。

然而到了1933年12月，镇江县教育局不知道出于什么目的，看到宝晋书院稍有倾颓，竟然全部拆除了。消息传出去之后，镇江地方人士惊呆了，唐邦治、柳诒徵、马锦春等9位有识之士联名上书省教育厅、县政府请保书院，要求严令该局先行停工，一面将已拆之楠木、砖石等建筑物赶紧追回修复，院内那些珍贵石刻一一搜集齐全，以保古迹。一时间，镇江地方舆情激愤，报纸上和民间都有镇江人热爱家乡文化古迹的呼声。

教育厅接函后派员前来调查，然后交了一份调查报告：查看到尚存的书院房屋已经破败不堪，瓦砾成堆；后厅木料存放在木商处，砖瓦用于建筑县实验小学。然后县教育局用各种理由搪塞，说这座宝晋书院是清代乾隆时期在海岳庵旧址上重建的，很多石刻都只见记载没有实物，记载的13件石刻拆的时候只见一件，庵里的两块古碑据说早已毁于雷火，遗址房屋的木料经勘察证明不是楠木而是杉木，除了正屋三间稍好外，偏屋四间均遭破坏，都是那种半瓦半草的状态。教育局局长也一再解释，自己拆除的不是文物，没有摧残更没有毁坏文物。

教育厅听了汇报，然后让教育局拆卸之物暂不要动，听候厅方解决。结果是，县政府根据教育局的呈报，再呈报教育厅核示：让教育局在原庵原址，建立一座亭子以资纪念。

最后教育厅做出了结案："……原迹本已荒芜不堪，将砖瓦拆建县实小本属可行，惟处理职责，未能尽周，此案可免予追究，着即将原有碑铭重新建立一亭，以资纪念。"

就这样，千年的海岳庵，毁在了民国政府的公文流转中，最后消失了。

张小依听到这里，满脸错愕地说："这不是葫芦僧乱判葫芦案吗？海岳庵就这么没头没脑地被拆掉啦？"丁先生顿足长叹道："唉，只有在民国政府这样的奇葩政府里，才会有这种糊涂透顶的糊涂官，发生这种混账事！"

没寻访到海岳庵，丁先生一行都有点遗憾。

遛马涧（20世纪70年代，陈大经提供）

下山时，唐正心带着众人沿后峰西北侧山间的一道小坡缓缓而行，途间山岩上石刻"遛马涧"三个大字，据说刘备和孙权在这里赛过马。丁太太和姑娘只见两面云崖夹峙，中间这条小径贯通上下，通人都有一定的难度，怎么也想不到这是当年孙刘赛马的地方。

这遛马涧确实不是凡人能遛马的地方，山路陡峭超过六十度，几人手足并用、小心翼翼地经临水峻壁而下，有一段甚至要蹲着才能慢慢移动，不时感觉山风劲吹。好在这条古道并不长，不一会儿就能下到江边的沙地，待回到山下的木帆船上，众人已是腿脚酸胀。

曹老大和儿子早已等候多时，待众人在船舱里坐好，就一前一后撑起船篙向金山方向划去。

行驶了半个多小时之后，坐在船舱里正揉着腿足的几位，突然听到江面上传来"轰咚、轰咚"的敲鼓声音，不一会儿鼓声越近，他们纷纷把头探出去，看到了令他们难忘的一幕。

浩浩荡荡一长串的排筏，几个撑篙工人站在筏头，稳稳地向沿江码头靠去，船头有人用力敲鼓，江边还隐约飘来几声唱曲，非常热闹。

站在船头的曹老大哈哈一笑，对众人说："诸位都是去金山游玩的，之前金山寺有个帮工叫老贺，他讲过一个谜语，我给大家猜一下，'船头上打鼓'——打个地名，诸位可猜得出不？"

船上的人都在猜谜，张小侬歪着头想了一下，很快就说出了答案："谜底是不是'镇江'？"她想到在船头上打鼓嘛，鼓声阵阵，肯定把江面给震得惊天动地的喽。

曹老大大拇指一竖："对的，就是'镇江'，这位姑娘真是聪明，其实在我们这边也不是'船头上打鼓'，而是'木排上打鼓'。我听老渔民说，从前，镇江这块地方也不叫镇江。这里江面很宽，每年上江都放来大批木排筏，这木排筏嗨呃！总有里把路长，在上面种瓜种菜，还养鸡养鸭。这里水急，船只多。长木排筏一来，就常常出事情，不是木排筏跟船撞，就是木排同木排碰。"

伸袖子撸了一把汗，曹老大接着说："老出乱子，总不是事唦！有人就想要是木排筏一来先打个招呼就好了，有人

三山流域江面上的排筏（1986 年，陈大经拍摄）

讲：'这样好了，在每个木排筏上放一只大鼓，等木排筏一来就敲鼓报信，不就行了吗?' 从此，每个木排筏上都有个圆桌大的鼓，船只一过金山，三个人把鼓敲得'轰咚、轰咚'的，老远就能听到，船家和走在前面的木排筏听到鼓声，忙不迭让道。这'轰咚、轰咚'的鼓声把江水也震动了，有人说：这里就叫镇江吧！后来人喊多了就喊镇江了。"

丁先生出游之前就做足了功课，知道镇江从三国时叫京口，隋唐时称润州，到了宋徽宗时升润州为镇江府。这座城市恰好位于长江和运河两条大水道的交叉口上，所以自古以来就是长江沿岸的一个重要水陆码头，地理区位优越，每年都有大量物资在这里中转，再转运到祖国各地去，因此这里的货运码头也格外繁忙。

唐正心告诉众人，沿江这条路叫苏北路，过去苏北路上大小码头有二十几个，现在并成了七八个。镇江过去是很大的木材聚集地，从上江放排到镇江古渡口的江岸边，有座规模很大的排筏站，刚才听到的敲鼓声就是从排筏站传过来的。现在是淡季，排筏不多，到了夏季，站在长江边经常可以看到江里满满

当当木排的壮观场景。

曹老大把竹篙一摆，说："镇江自古以来就是木材集散地，过去南方北方的木客都要到排筏码头来做买卖，南北方的人来得多了，就有觅宝的回族商人在码头上寻宝贝。"

"他们最能识宝，能看到别人看不到的宝贝。"曹老大一边撑船，眼望着江岸寻着靠码头的岸脚，一边嘴不停地讲着故事，"镇江码头过去有个排筏场，一根根大木头堆在场上，有一根大木桩结了个蜘蛛网，上面粘了许多小虫子，有个很大的蜘蛛在中间。有一天，一个经过的觅宝的回族商人看见了，他晓得这根大木桩子里有宝贝，就去找场主，说要买这只蜘蛛，而且跟场主说你要多少钱我就给多少钱。场主感到很奇怪，非要他说买了去有什么用才能卖。"

"再三问话，这个觅宝的回族商人才说了真话，说金山下面有条金龙船，每年端午节，这条金龙船就露出水面来，晒晒太阳。拿了这只蜘蛛，到端午节那天放在金龙船船头的千斤桩上，前绕三转，后绕三转，再把蜘蛛抓住，围着金山转三转，最后再把蜘蛛带到船边来，这条船就会带人去水晶龙宫拿宝贝。"曹老大一边讲着故事，一边抬手招呼儿子曹永斌把缆绳准备好。

见到船上人听得都很专心，曹老大满意地摸摸胡子，继续讲道："场主听完，就说有多少钱也不卖了。等到端午节那天，场主带着蜘蛛来到金山，果然看见一条金光闪闪的金龙船露出水面在晒太阳，场主就按回族商人说的方法去做了。哪晓得把绕过金山的蜘蛛又放到金龙船上时，金龙船竟慢慢沉了下去。场主看到金龙船沉了，大惊，急得要命却又无计可施，只能眼睁睁看着宝船沉入江里。"

"过了几天，场主又看见上次那个回族商人来了。回族商人看到场主，就问有没有取到金龙船。场主说没有，把怎么做的如此这般说了一遍。回族商人才知道原来场主确实是按照方法做的，但商人说最后他应该把蜘蛛放到船头当头锚，金龙船才能认人为主，不然龙船就跑掉了。场主听了后悔极了。"木帆船慢慢靠近民船码头。

曹老大把竹篙一点，船头稳稳立住，他算得分毫不差，船一到岸，故事也刚刚讲完。

唐正心先跳上岸，把缆绳拴好，再帮着丁先生一行将行李放上岸，搀着几位陆续登岸，搀扶到张小依时，两手相触，一缕女子清香飘来，姑娘羞得脸上升起两团红晕，一双杏一样的美目像含着露水，把唐正心看得一时愣住了。

上了岸，就要找车了。过去是可以坐船前往金山游玩的，在1900年前后，金山四周沉沙堆涨，逐渐和陆地连成了一片。

告别了曹家父子，唐正心帮着丁先生一行提着行李走出码头，临近马路的小广场是几排砖头房，唐正心去找驴车。他告诉丁先生一行几位，晚清后，骑着毛驴上金山就成了镇江的时髦，驴主人训练过驴子，在码头上想用驴子代步，只要给了租金，驴主人就给驴半根油条吃，客人骑上就可以去金山了。驴子自己认路，到了金山大门口，驴子就停下来，让客人下来，然后自己溜溜达达地回到原处。如果客人赖着不走，驴子就撅起屁股把客人掀下去。如果有人在半道上想把驴子牵到别处去，驴子会停下来，牵也不走，拽也不走。

丁先生一行就在砖头房附近看热闹，码头上的人们正围着一位红衣女子，听她唱"十杯酒"小曲。

"十杯酒"小曲是流传较广的一种俗曲，演唱形式为坐唱，一二人至七八人，正式登台时以琵琶、弦子、月琴、檀板等乐器伴奏，民间的也有辅以碟盘、酒杯击节合动而歌。那位红衣女子化了一点淡妆，拿筷子敲着酒杯唱小曲，已唱到了第五杯酒：

五杯酒儿泪汪汪，
洋龙扎在马路上，
众百姓见着了忙哎啊啊子曲，
众百姓见着了忙，
一心要烧天主堂。
今儿洋鬼子着了忙，
搬到了太古上哎啊啊子曲，
搬到了太古上。
六杯酒儿整三双，
一瞒皇上二瞒众姓王，
瞒不过五家邦哎啊啊子曲，
瞒不过五家邦，
上下轮船不来往，
今儿洋鬼子想到上洋，

　　　　　水路不通商哎啊啊子曲，

　　　　　　水路不通商。

　　　　　七杯酒儿酒又香，

　　　　　线报局子着了慌，

　　　　　电报儿到上洋哎啊啊子曲，

　　　　　上海鬼子怒气冲上，

　　　　　忙把兵船调镇江，

　　　　　与你家动刀枪哎啊啊子曲，

　　　　　　与你家动刀枪……

　　众人听了两三段，正听得入神，唐正心已经找来了一辆驾驴拉大车，后面还跟着两头毛驴，毛驴背上垫起了鞍子，前后均微凸，内塞软物，适合客人骑着。

　　丁太太、张小侬和丁家姑娘坐上大车，车板后半截放行李。驴主人是一个穿短褂的老头，搬行李上车时嘴里哼着小曲调子，丁先生一听，和码头上那个红衣女唱的一样，问了才知道，原来这曲子叫"火烧洋楼十杯酒"，讲的是1889年镇江人民大闹英国租界、火烧领事馆的事情。

　　老头手提鞭子指向道路对面，告诉他："那边是义渡小码头街，翻过一道坡，云台山的另一边就是过去的英国领事馆，过去洋鬼子在镇江占地搞租界，做了不少坏事，镇江人恨透了他们。到现在，镇江还有不少老年人会讲镇江人打英国鬼子的故事呢。"

　　看车上人都已坐好，东西也装好了，老头请丁先生和唐正心各骑一头毛驴，他从怀里掏出个油纸包，把里面的油条撕成三段，往驴嘴里一塞，又摸摸驴头，顺着驴身一阵摸，最后在驴屁股上"啪"地一拍，驴子就不紧不慢地起步。毛驴的颈间挂着一串铃铛，跑起路来哗哗作响。

　　渡口离金山大约也就四里路，老头也不跟车，驴子不用人牵，慢悠悠地朝金山方向拉车，丁先生和唐正心骑驴跟在车后，边走边拉呱。丁先生第一次骑驴，感觉还蛮稳当。唐正心告诉他："骑驴上金山，在镇江是风俗，尤其到了过年，一路上来来去去看到的都是毛驴，这些驴子都来自东门，镇江还有句老话，'南门的松，北门的葱，东门的驴子，西门的翁'，这是镇江城有名的四景。"

说着说着，就来到金山四岔路口，看到了金山寺的宝塔。

金山寺的规模极大，过去从山脚到山顶，能看到层层的殿阁、座座的楼台把山包裹了起来，一座宝塔高耸，塔与山、寺浑然一体。在下午的阳光照射下，整座山金光闪闪的，众人赞叹道："金山果然名不虚传！"丁先生道："镇江有句老话叫'焦山山裹寺，金山寺裹山'，还真是非常贴切的。"

驴蹄子踢踢哒哒，再一盏茶的工夫，到了金山寺的山门前。等一行人下车把行李物品都拿下来，唐正心牵着驴，把大车掉了个头，也学着老头在驴屁股上拍了一巴掌，这几头驴子闷声不吭，拖着车慢吞吞往回走了。

大家见这座千年古刹的大门竖悬着"江天禅寺"匾额，匾额框外装饰着"九龙绕祥云"，气魄威严，尤其是那方康熙皇帝的御印赫然在上，不愧为名山古刹，皇家禅院。"江天禅寺"四字上方，还有"日""月"二字，分别用圆圈着。

唐正心解释道："'日'为金字红底，'月'为金字蓝底，寓意江天禅寺与日月同辉。"

不过丁先生几人一进庙门，顿时大为失望——看到到处都是断壁残垣，凄凉不堪。

唐正心告诉他们："1948年春天，金山寺发生了一场大火，大雄宝殿、藏经阁等主要建筑共两百多间全被烧了，现在只留高处的一些屋子和一座宝塔是完整的。如今，人民政府为了保护文物古迹，正在组织人员整修金山名胜呢。"

张小依惊道："不得了，烧成这样，这场大火可以说是一场浩劫了。"

唐正心痛心道："这场大火确实是一场浩劫。原来的金山，寺舍楼台林立，整座山被寺庙的建筑裹着，山下树木多，江边芦苇也多。新中国成立之前，镇江就原打算在这里建造一座金山公园，将东边和附近的一座吴园连起来，在那边开个大门。"

讲到这里，他用手指向东南方向："那边的吴园，是一座水里的绿洲，本来的主人姓曹，所以最初叫曹园，光绪年间曹家在洲上建了一座承志堂，后来办成承志中学堂。到了民国时候，曹园换了姓吴的主人，改名叫吴园。吴家在园子里种植了很多奇花异草，特别是种了很多珍贵名种菊花，都是过去镇江人平日里看不到的，因此到吴园参观的人就多了，园子名气也大了。可惜抗战一爆发，日本人打了过来，占了这个园子，改办酒精厂，好好的一座吴园就毁了。"

然后他又指着西边方向，继续说道："西边连到中泠泉，北边连到江边，公园里再种植名花异草，养上珍禽异兽，建溜冰场或游泳池。正准备修建，日本兵就打过来了。抗战胜利后，国民党当局热衷于搜刮老百姓和打内战，建金山公园的事情彻底歇下去了。"

随后，他又招呼大家看向靠近江边的几座废弃的残墙，说道："那是内战时所建，是关押进步人士的地方，游览胜地成了阴森的禁区。唉，作孽哦。没过两年，金山寺就遭了大火。"

1948 年金山寺大火时的照片

谈到这里，唐正心越说越难过："1948 年的 4 月 6 日下午，当时我在焦山的山顶，就听别峰庵的老和尚喊起来了，'快看啊，金山寺那边怎么黑烟滚滚、火光滔天啊！'我一看，不得了喽，这火烧大了，山下寺庵里的和尚听说金山寺着火了，也纷纷上山来看。焦山寺庙赶紧派人过去帮忙救火，我也自告奋勇赶去帮忙救火了。"

"等我们赶到靠近新河桥的时候，看到警所派出来的卡车和各种旧式水龙，就是那种手摇救火车，把桥上挤得满满的。"唐正心吐了一口长气，接着说，"原来金山寺一开始就报了火警，火警派出了小白龙，就是一架人力拖的救火车，但已经没办法把火焰压下去。"

"等我们赶到那边，金山寺的水陆堂、宝光楼、自由堂、大雄宝殿、妙高台、雄飞堂、祖师楼、薪王阁、留玉阁都已经是火光冲天了——到这个时候，这火没办法救了，金山寺建筑物的木材，都是年久干透的，每年又新刷油漆，遇火烧得那真是猛啊。本想用人工拉倒房屋，切断火路，可是金山寺所有的建筑都非常牢固，人力拉不倒，只能眼睁睁看着被烧塌。最可怜的是藏经阁，所

有的珍贵佛经、佛像、字画都被烧
毁了。当时庙里有二十几名僧人，
看到藏经阁都被烧了，心如死灰，
竟然舍身殉寺跳火自焚了。"唐正
心叹了一口气，摇摇头。

1948 年 4 月《南京中央日报周刊》封面上的 "火后
金山寺" 照片

他用手指着山上一座歇山式阁
楼说道："当时火借风势，烧得金
山寺一片火海，方丈太沧法师在外
有事，得知金山寺失火连忙赶回
来，看到如此大火已经无法挽救
了，万念俱灰，就要投火而去时，
风突然转向了，火随着风势停了下
来。周围的人有的说是风神救了金
山寺，也有的说是乾隆皇帝救了金
山寺！"

张小侬听了，奇道："为什么
说是乾隆皇帝救了金山寺？"

唐正心说："因为这'夕照阁'里存着乾隆皇帝南巡时驻跸金山留下的御
笔碑刻，有七块。大火之后，人们发现这七块乾隆御碑完好无损，就传言说是
乾隆皇帝显灵救了金山寺。"

虽然大殿旧址已经做过一番清理，但还是满地残垣碎瓦，香炉东倒西歪，
联想到当日火劫的情景，丁先生等人更是满脸不忍，心中恻然。过了一会儿，
张小侬低声问："这火是怎么烧起来的呢？"

第三章

取水第一泉

20 世纪四五十年代金山外景

　　唐正心说："怎么起火的，其实到现在都是一个谜，有的说是国民党驻军和占住单位偷盗文物，然后纵火灭迹；有的说是库房里堆放的蜡烛、油纸，因为看管不慎，发生了自燃；还有个说法特别玄乎，说起火前一天，寺庙里所有的老鼠竟然全都出逃，放生池里的乌龟都纷纷爬上岸，民间流传着一句'火烧金山寺，乌龟大搬家'的话，这些迷信越传越神，越传越玄，不过这些传言大多不能相信。"

　　一路聊，一路走，金山寺原是依山建筑，经过一片瓦砾的大殿旧址，众人从妙高台一步步攀登，过夕照阁、财神殿，来到山顶的慈寿塔前。

　　慈寿塔是一座古色古香的七级木塔，级间有梯，可以逐级扶梯攀登，每一级塔高丈余，登上塔顶高处一望，长江如线，城内房屋，鳞次栉比，深秋时节视线好，向北可以清晰看到有名的"瓜洲古渡头"，向更远处眺望，隐隐约约还可以望见扬州法海庙内的白塔。

　　丁先生一行前一天的行程是去了扬州，在瘦西湖他们游览了一处法海寺，寺的东南角有一座葫芦形的白塔，当地人说这座塔里藏着法海和尚的骨灰。在高高的葫芦肚里，还开了一扇木门，但四周没有石阶可以攀登，他们也没有爬上去探个究竟。登上镇江金山寺的宝塔，丁太太想起在扬州法海寺游览的情形，好奇心爆棚，问唐正心道："历史上镇江的金山寺，真有法海这个和尚吗？"

唐正心朝塔下一指，原来在慈寿塔的西面，有一堵悬崖，崖前山径狭窄，崖首形状奇特，有点像戏剧中的鬼脸，这是头陀崖。唐正心介绍道："头陀崖有座石窟，相传古时候法海就在这个洞里修炼，所以又叫古法海洞。"

丁先生等人本来就特别喜欢这些和民间故事有关的古迹，他们听多了白蛇传故事，而且当时青年人都把法海当作封建制度的化身，既然来了金山寺，肯定要去看一看法海长什么模样。

可惜的是洞口被贴了封条，唐正心告诉他们，洞里有一尊肉身金像，以前他来金山时庙里的和尚说是法海的肉身。前两年寺庙的一场大火后，很多和尚离开了金山寺，剩下为数不多的僧人打理庙务，可能后来时局乱，索性就把洞口封了。丁先生等几人扒在洞门的缝隙上朝里面望，只看到洞厅里挂着一副楹联：

> 半间石室安禅地，盖代功名不易磨。
>
> 白蟒化龙归海去，岩中留下老头陀。

从门缝透入洞中几缕光线，丁先生等人再向里看，除了黑乎乎的石壁，里面什么也看不清了。

张小侬满脸好奇扒过去向里张望，看完也是一脸遗憾。唐正心笑着对众人说："山的另一头有个白龙洞，里面有白娘娘和小青的石像，还有一个许仙穿进去逃到杭州断桥的洞，下山不远就能看到。"

听了这话，大家振奋起来，跟随他下山。沿着院墙走到金山的东北麓，果然山脚下有一座四角楼，楼额题"白龙洞"三字，进洞后发现原是面积约一间卧室大小的石洞府，五个人一进来便觉很拥挤。

洞内光线暗，但石壁上的一条阴森裂缝大家看得真切，估摸可以容一个半大孩子爬进去，唐正心说之前有个老和尚曾讲过，石壁上这个裂洞可以直通杭州。

"你敢爬进去不？"丁先生故意逗女儿，丁家姑娘头摇得跟拨浪鼓一样。

唐正心说："我小时候跟着人家爬进去过的，几个人点着洋蜡烛朝里面爬，洞里越走越小，爬到最前面，有个铁门锁着链子，地上还有个石鼓。"

丁家姑娘问："铁门后面是什么呀？"

白龙洞（20 世纪 50 年代，陈大经提供）

唐正心道："不知道，石洞里面冷冰冰的，当时我觉得铁门后面，有可能真的能通往杭州呢。"

裂缝旁边有一块不大的石头，表面光光滑滑，张小依用手掌去拍，石头发出"嘣、嘣、嘣"的闷响。

"这叫鼓石，拍起来声音像敲鼓一样。"唐正心说着，向石壁后上方一指，众人才看见原来洞中供奉的两尊石像就在头顶后上方两米处。"这两尊白石女像，金山寺的老和尚说是白娘娘和小青的真像，又有人喊她们黑白仙姑。"唐正心扑哧一笑，"在金山庙会上唱《白蛇传》小曲的唐九姑跟我讲过，其实是几十年前一个商人送来的女神仙像安在这里的，原本和白娘娘、小青并不相关，被和尚这么一讲，来来往往的游人都以为是白青二蛇仙。"

众人再看那两尊脸庞圆润的白石女像，装扮上也不分主仆，神态安详，好似哪座庵庙里供奉的女神。细看之下，感觉缺少了"水漫金山"里白娘娘和小青的灵气。

石洞内到处湿漉漉的，空气流通不畅，众人感到气闷，于是唐正心领着大家从白龙洞的石阶迎光向上走，从白龙洞出去是朝阳洞，朝阳洞上是一片山崖，崖上刻着"日照岩"三字。原来金山还在江心的时候，早晨太阳初升，最先照射到这里，洞口的水面像布满了闪烁的金光。

唐正心望着"日照岩"三个大字，对大家说："古时候，金山在长江中间。传说，《西游记》里的唐僧出世后，被母亲放到盆里，顺着江水淌到了金山，就是在日照崖下被金山寺长老救了，后来就是在金山寺出的家。"

听说《西游记》里的唐僧竟然是在这里出家的，张小侬和丁家姑娘大感有趣，拦下唐正心非要他说个来龙去脉。

顺着金山寺的黄墙，唐正心笑着边走边对她

白龙洞中的黑白仙姑（20世纪50年代，陈大经提供）

俩讲，这也是他在庙会上听过的一个戏文故事，接着他讲了《唐僧出世》的故事："这是一个金山的老和尚讲给我听的，唐僧怎么会出生在镇江？又怎么会淌到金山的呢？这里面有个故事。"

"老和尚说，唐朝有个才子叫陈子春，中了状元后就带着妻子，坐着大船到江州去上任。这时候，有个水上强盗叫刘洪，假扮成打鱼的，乘了条渔船，尾随陈子春的官船。渔船在江中开呀开，逐步靠近了官船，刘洪问在船边观看江景的陈子春要不要买鱼，趁他还没反应过来，'嚯'一下蹿上了大船，把陈子春'砰'一声推下了大江。

"害了陈子春后，刘洪一面逼陈子春的妻子跟他结婚，一面还要她隐瞒真相，他要冒充陈子春去上任。陈子春的妻子本想投江殉夫，但她已经有孕在身了，心想只有等小孩生下来，才能报了这个仇。她就哄了刘洪，说生过了小孩再跟他做夫妻。

"就这么过了几个月，陈子春的妻子足月了，生了个男孩。她拿了条手帕，把手指咬破，写下一封血书，揣在小孩怀里头。再用布把小孩包起来，摆在木盆子里头，放入长江。

"江水后浪推前浪，一浪赶一浪。水往下流，小孩在盆里哇哇哭，木盆在哭声中神奇地逆流而上。淌啊淌，漂啊漂，木盆淌到了金山脚跟下。"

看众人听得入神，唐正心更是讲得绘声绘色："只听'砰'一声，木盆撞上金山，金山一动。又'砰'一声，木盆再撞上金山，金山一摇。再'轰隆'一声，木盆又撞上金山，金山一晃。

"金山寺的和尚都跑出来看发生什么事啦，怎么金山东摇西晃的呀？只看见太阳刚刚升起，日照崖下朝阳洞前的水面上，一片金光闪闪。

"和尚们跑到朝阳洞前，只见水面上有个木盆，里面传来一声声婴儿啼哭。有个小和尚下水捞起盆一看，只见胖胖的一个小孩正哭着呢。当家和尚法明长老就把小孩留在金山，渐渐长大，这个小孩做了小和尚。因为他是随着江浪淌来的，就起了个名字叫'淌生'。淌生自幼在金山寺修行，后来，唐皇举办天下水陆法会，选他到西天取经，所以又叫'唐僧'。"

故事刚讲完，丁家姑娘就急急地问道："唐僧被他妈妈放到了江里，后来母子团聚了没有？"

唐正心没看过原著《西游记》，答不上来，丁先生倒是看了很多明清小说，点点头说："后来唐僧和家人是团聚了的。民间故事有不少异文，就是很多情节和原著小说不一样的内容。原著小说里唐僧的爸爸叫陈光蕊，小唐僧在金山被救起之后，金山寺住持法明长老给他起名叫江流儿。江流儿长大后，法明长老把他妈妈写的血书拿出来给他看。知道自己身世后的江流儿找到外公派兵抓了刘洪，为父母报了仇。江里的龙王也为唐僧的爸爸还了魂，让他重回人间，一家三口就这么团聚了。"

张小侬奇道："我只听过海里有龙王，难道江里也有龙王？"

唐正心说："民间故事里，有水的地方都有龙王。金山脚下原来就有一座龙王庙的，向前不多远的金山食堂旁边，还有一口龙井呢。"他领着大家往前走，不多远，经过一堵围墙，穿过去是座庭院，金山寺的斋堂就在院内，如今这里已是金山食堂，为游客和僧人提供斋饭。

从斋堂通往大殿的夹道中，有一口古井，井栏上刻着两个大字——"龙井"。大家围着古井端详，石栏上苔痕青绿，细观后发现一行小字：宋金山寺宝印住持开凿此龙井。

　　唐正心告诉大家："宝印和尚是南宋时金山寺的方丈，是一位很有法力的高僧，这口井看上去普通，实际上很有来历。"

　　他请丁先生和丁太太在井栏上坐好，介绍起这龙井的来历："相传南宋时，某一年，不晓得什么原因，一向平静的江水扑腾翻滚起来，江面上风浪滔天，船只遇上风浪，轻则船毁，重则人亡。香客也无法来金山寺烧香，到江里取中泠泉水的船工，也无法在江中停留。"

　　"金山寺的住持宝印和尚向观世音菩萨祷告，坐禅入定数日后，在一个深夜，感觉自己像是乘着一条小船急速向江中驶去。江水开始翻滚，小舟周围出现一个又一个的漩涡。"唐正心嘴里模仿着巨浪涌起的声音，"轰"的一声，"一阵巨响，一道巨浪自江中涌起，朝小船直冲而来。临撞到船时，突又分开成两道水墙，'哗'一声，把宝印和尚和小船都卷进了江底。"

　　这个故事一开头就惊心动魄，众人一时忘记了身外事物，全部全神贯注地望着唐正心，听到紧张处，张小侬指绕发辫，黑色的眼瞳里闪着兴奋的光彩。

　　唐正心继续讲着这个传奇："宝印和小船神奇地在水底穿行。这时，一大群鱼类簇拥而来，有刀鱼、鲥鱼、鮰鱼、青鱼等数百种鱼聚集在一起，互咬尾巴，首尾相联，一圈圈地盘据成圆阵，层层叠叠，像团缓慢游动的黑雾，把小船包裹住，带着船来到了一座非常雄伟的水晶府邸前。

　　"一只巨大的老鼋爬到船前点点头，宝印下船，站上鼋背，被这只老鼋驮进了那座江中府邸的大厅内。

　　"这时，宫殿闪烁着七彩流光，四周明亮起来，一位白衣青年站在他的面前，脸上挂着谦和的笑容，邀请他到龙宫水府的花园品茶休息。

　　"白衣青年自称是扬子江的龙君，宝印跟着他来到水府花园，花园中栽种着无数奇花异草，一株株奇形怪状、晶莹洁白的钟乳石更令宝印大开眼界。过了一会儿，龙君请出龙君夫人相迎待客。

　　"宝印和尚见这位龙君夫人似有十八九岁，一袭白衣，细腰如柳，气质宛如空谷幽兰。龙君夫人对宝印作礼，'我有一件难事想请禅师帮忙。'宝印连忙请她不要这么客气，有什么难事他肯定帮忙。"

　　听到这里，张小侬心中暗想："这唐讲解员故事里的女子，都跟我年龄外貌很像呀，究竟是巧合，还是故意的？"

唐正心一瞥张小侬朝他望来，更是打起十二分精神来讲故事：

"龙君夫人说，'我们水府的水族，都难以忍受金山寺的钟鼎击撞之声，每当有人推转轮藏、敲钟击鼓时，龙宫就要震动；此外，到江中取水时，总会把脏东西带到水中。恳请以后不要这样了，我一定会有小小答谢的。'

"宝印点头应允，龙君夫人于是返回寝室作礼答谢，飞针引线地制作僧袜，不一会儿，就差最后一道缝合工序了。这时，天色发亮，金山寺清晨的撞钟开始'嗡嗡'作响，僧人在晨课打饭钟后，早斋即将开始。

"钟声中，龙君夫人脸色变得苍白起来，江水也不安地翻滚起来，这时龙君站起身，告诉宝印时辰已到，水道即将关闭，让他速速返回陆地。随后，他交给宝印一根龙须。

"龙君夫人来不及做好僧袜，用一根带子系住袜两端，让宝印将脚套入整个布面，再用带子兜住脚。穿上后，宝印觉得非常合脚，急急返回小船，鱼群护船出了水晶宫，把他送到了金山的江边。这时，宝印快步走进寺庙斋堂，僧人们的早斋都还没有动筷子呢。

"回到金山寺的宝印立即召集众僧人，告诉他们'神游龙宫'的事，并拿出龙须为证，他宣布今后金山寺三禁：禁转轮藏、禁取江水、禁鸣钟鼓。

"他把轮藏移到江南近郊的鹤林寺，金山寺里也不再鸣钟敲鼓了。还派人在大彻堂右建起了'三禁堂'告诫后人。所以其他寺庙每天都要撞钟，而金山寺不再撞钟就是这个原因。

"为了纪念宝印法师的神迹，金山寺流传下一种赶斋袜，穿上这袜，翻山涉水如履平地。"

张小侬恍然大悟，原来"赶斋袜"是这个来历。

唐正心继续讲道："宝印又在金山寺大殿西边开凿了一口井，取名'龙井'，告诉人们，龙君不希望人们到江中去取泉水，因此送了一口龙井给金山寺，这井里的水和中泠泉水的水质是一样的。游人们来到金山寺，一直用龙井里的水作为中泠泉水沏茶。"说着，他用手一指西边，"直到晚清时节，长江北移，江里的中泠泉登了陆，这口龙井才不用了。"

唐正心介绍，那"中泠泉"也被称为"天下第一泉"，就在寺外一里多路远，还是很值得一看的。

丁先生一行这次去看过无锡惠山的"天下第二泉"，也在扬州大明寺游览

金山外景（20世纪40年代，金山公园提供）

过"天下第五泉"，听到有个"天下第一泉"，都心生向往，不过丁先生和丁太太这一天已经爬了三座山，早已腰酸腿软，实在没力气再跑去看泉，只能在山下守着行李歇歇脚。张小侬和丁家姑娘这两个姑娘坐在石凳上，揉了揉略带疲惫的俏脸，长长地舒了一口气，缓过气力后，自告奋勇随着唐正心沿着河滩步行前往。

三人沿着河滩往前走，唐正心告诉两人，泉水原和金山同在江中心，于清末咸丰、同治年间登陆。江水从西流来，受到石排山和金山的阻挡，水势曲折转流，成为南泠、中泠、北泠，而这口泉正好就在中泠这个水流位置，所以叫"中泠泉"。唐朝时候，有个名士叫刘伯刍，将天下的名水评为七等。唐正心拨着手指头历数天下名泉："扬子江中泠泉第一，无锡惠山泉水第二，苏州虎丘泉水第三，丹阳观音泉第四，扬州大明寺泉水第五，吴淞江水第六，淮水第七。从此中泠泉就被誉为'天下第一泉'了。"

不一会儿，就走到了王公祠，张小侬和丁家姑娘看到祠边种植的古柳早已被砍得七零八落，唐正心遗憾地告诉她俩，王公祠是纪念晚清镇江知府王仁堪的一座祠堂，王仁堪任知府的时候，镇江已被辟为商埠近30年了，有英美等领事馆和英租界，港口兴旺。王仁堪上任后就遇到丹阳教案、旱灾、蝗灾等天灾人祸，但他勇于担当，平教案、募捐款、修水利、灭蝗灾、赈灾民、兴慈善、办学堂，以实心行实政。中泠泉登陆之后，他在这里修建了天下第一泉池，建了座"鉴亭"。王仁堪去世后，镇江人民感念他为镇江做了这么多好事，就在这里为他修了座祠堂，祠堂边原养荷种柳，柳树成行，但在新中国成立前夕，古柳被国民党守军砍了当柴火烧，为避免被这帮匪兵抓去当壮丁，管祠堂的和尚慌忙锁门离开了，场地长期无人打理，所以显得特别破败。

一泉池旁的石栏下，有一块大条石上刻着王仁堪的题字"天下第一泉"，张小侬觉得称之"天下第一"有点夸大其词了，她在上海杂志社实习时去过静安寺，这个池子跟静安寺前那样的一个方池子差不多。坐在石栏上看到池中不断有气泡上升，一个接着一个，像一串串无限长的珠链从水底拉出来一样，但泉水并不清冽，张小侬和丁家姑娘有点失望。

泉池旁竖着一块木板，刻有宋代文天祥的一首诗：

扬子江心第一泉，南金来此铸文渊。

男儿斩却楼兰首，闲品茶经拜羽仙。

鉴亭和中泠泉池（20世纪40年代，金山公园提供）

读了这位名臣的诗，张小侬知道这泉水的珍贵之处，想带一壶泉水回去沏茶，但找不到容器。正在发愁，唐正心解下腰间的红皮葫芦，递过去笑道："用这泉水煮茶着实没话说。乾隆皇帝下江南时，当地官员不敢让皇上喝井水，专门取了江中的泉水侍奉。乾隆品过之后，点评这泉水是名副其实的天下第一。"

"不过这水有些讲究，古时候泉水是在江中的，也不是一天二十四小时出水，而是只有子午二辰出水，天好，这水就清冽甘甜；天阴，这水就浑浊。"他煞有介事地抬头望望天，做个掐指算的模样，点点头说，"可以可以，今天的天气正正好，这水肯定甘甜！"

这模样又惹得张小侬掩嘴一笑。不过取水时遇到点麻烦，但也难不倒唐正心，他从附近找来一根长树枝，解下细腰带，将葫芦绑在一端，然后一手抓在石栏上，一手将葫芦慢慢摁进水里。张小侬和丁家姑娘怕他不慎掉落到池里，两人用手拽着他的胳膊，就这么小心翼翼地打到了一葫芦泉水。

等他们返回时，日头已经偏西了。

在山门等他们回头的丁先生，手上拿着一个大盘子，正在和一位老和尚说着话，看到他们来了，把盘子递过去："来来来，赶早不如赶巧，庙里老师父做的素什锦包子，快尝尝。"

张小侬和丁家姑娘跑了这么多路，正需要弄些点心来垫垫饥，忙不迭接过盘子，拿了一个包子递给唐正心。她俩拿着包子咬了一口，只感觉这个包子面松软，菜碧绿，香气扑鼻，三两口就吃完了。镇江三山的寺庙都有悠久的历史，斋厨也都极擅烹饪素食，素什锦包子的原料不过面粉、青菜、黑木耳、金钱菇、金针菜、白果、香干等，偏偏能让人品尝后舌底生津，回味无穷。

行李早已被丁太太整理好，镇江西站不远，沿马路向南约两里路就到了。丁先生一行的这次无锡—扬州—镇江之旅，在镇江有了唐正心的讲解，可谓非常圆满。临别前，丁先生握着唐正心的手感谢了半天，托他找拓碑高手拓一幅《瘗鹤铭》，到时候他会请编辑部的朋友来取。

站在金山寺的山门牌坊下，唐正心微笑着目送他们离去，他把红皮葫芦送给了张小侬，见她边走边频频回头，心中渐觉怅然若失。

张小侬没走多远，想起这红皮葫芦是唐正心的心爱之物，就这么带走了似有不妥，于是请大家等她一下，返身朝唐正心跑来。她跑到唐正心面前，见他愣住了，不禁莞尔一笑，打开挎包从里面掏出一本笔记本递过去，说道："讲解员同志，谢谢你的宝葫芦。我发现你特别会讲故事，又说镇江三山的故事讲也讲不完，我在杂志社供稿，每天都愁写稿的素材，能不能麻烦你记下这些故事寄给我？"

她掏出笔来，飞快地把通讯地址写在笔记本的第一页，然后对唐正心笑道："辛苦你了，麻烦你寄给我，我一定会有小小答谢的。"说完，她落落大方地与唐正心握了一下手，像"龙井"故事中的龙君夫人一般翩然转身，追赶上丁先生一行。

唐正心只觉得心里像绽开了鲜花一般，连连挥手："好的，一定!"

一别数月，1952 年春。

丁先生一行离开后，唐正心每个月都按笔记本上的地址，给张小侬寄去一封信，每次除了写几则关于三山名胜的民间故事，还附一些他在焦山经历的趣事。

这一天，他正在焦山别峰庵帮庵主本清和尚布置院落，正在张挂"十六景"图，庵外传来曹永斌喊话："正心在吧? 你又有信来啦。"

唐正心放下手中的《定慧潮音图》，慌忙向庵门走去，见黑乎乎的曹永斌朝庵里正张望着，忙喊道："来了来了!"

曹永斌看到唐正心出来，朝他怀里塞了一封信，嘱咐了一句，"自然庵那边境融师父正找你有事呐，你快去一下吧。"讲完就跑进庵里找本清和尚请安去了。

唐正心接过信件，嘴里应了一声。他低头看信，信封上赫然写着"张小侬寄"，他既有些意外又满怀欣喜。拆封后，内容是对之前收到信件的感谢，看得出张小侬对那些民间故事很是喜欢，她表示遗憾没听过镇江当地流传的《白蛇传》，想请他再搜集搜集。

最后，张小侬在信里写道，经丁先生推荐，她现在已到上海《旅行杂志》社实习了，上个月还参与了《旅行杂志》新年号的编辑工作，丁先生写的一篇《无锡、镇江、扬州游记》引起了很大反响，社里为了再次深度挖掘长江、运河沿线城市的旅游素材，派出两名记者走访八站城市，杂志社在记者到访前会致函镇江文教部门，这两位记者都是她新到上海后照顾过她的同事，拜托唐正心能协助他们俩做一下导游工作。

看完信，唐正心下山来到自然庵，找到负责焦山总务组的境融和尚。原来是市政府派来一位同志到焦山，通知"焦山游客招待处"的工作人员到博爱路省军区会议室参加关于金山、焦山名胜建设的协调会，茗山法师安排境融和尚带着唐正心去参加会议。

《旅行杂志》1952 年新年号

下午，唐正心跟随境融和尚来到市里。进入省军区会议室，见会议室已坐着两人，正在看一本封面印着"美丽的山河，新生的城市"标题的杂志，封面照片上三位农民正收割着庄稼，农民脸上朴实而满足的笑容、手里沉甸甸的稻谷，看了让人心头油然升起一份和祖国人民正共同开展社会主义建设的投入感。

这本杂志就是《旅行杂志》1952 年的新年号了，《旅行杂志》的内容主要是介绍风景名胜、民俗风情的游记、随笔、诗词、图片等。另外，铁路建设、沿线风光、火车时刻表、客运常识等内容每期必不

可少，所以又有"旅途伴侣"的赞誉。这本杂志和镇江渊源极深，创始人为中国旅行社的创建者陈光甫先生，他是一位从镇江走出去的大银行家。

看到境融和尚和唐正心进来，会议室的两位同志站起身请他们入座，境融和左边一位穿藏青色列宁装的同志熟悉，稽首打了一个招呼："佘同志您好。"

原来这位就是市建设科的佘开福，他向境融还了一礼，向他俩介绍身边的这位同志："这位是镇江市风景名胜修建委员会的柯善庆文书，目前他带队在金山推进名胜修建工作。"中等个头的柯文书穿一身绿军装，他身材偏瘦，看上去很年轻，可能是为了显得更成熟一些，本该很秀气的脸上却留着一撇小胡子。

柯文书非常客气，向境融和唐正心鞠了一躬，说："人民政府非常重视风景名胜的修缮管护工作，镇江的金山名胜和焦山名胜过去被敌人破坏得非常严重，去年修建委员会就开始牵头有计划有步骤地整理了。今年，市里刚给我们

布置了任务，两座山要加快修缮建设了。"

听到这天大的好消息，唐正心满心欢喜起来。

很快，负责修建金山的工程人员也过来了。人员到齐，佘开福向大家说明了协调会的目的：原来修建金山名胜的工作已经提上了日程，由市委统战部牵头签订工程合同，风景名胜修建委员会具体推动工作进展，《旅行杂志》新年号这一期恰好刊登了"舟山一支笔"丁智德先生的《无锡、镇江、扬州游记》，这篇文章在国内产生了很大的影响，说明人民群众还是很喜欢游历祖国大好河山的。佘开福很期待地说："前几天的一次会议上，我听说无锡今年要建成'锡惠人民公园'，我就想啊，咱们镇江也不能落后，要加把劲，加快加紧把金焦名胜建成人民的公园。"

听到无锡要建成公园的事，金、焦二山的人员小声议论开了，在会议上分别做了交流发言，会场上的气氛开始热烈了。

在《旅行杂志》新年号那篇游记中，丁先生对焦山古物陈列室的描述特别生动有趣，而金山原大雄宝殿的东首也计划建造一座文物馆。在会场，名胜修建委员会了解到唐正心是一位有丰富布展经验的古物陈列室管理员，而金山名胜的修建目前是一件重要事情，便想暂调他来金山协助建设。

境融和尚笑着说："可！"让唐正心回去做个交接，过两天就到金山报到。

在会上，境融还分享了焦山举办展览的一些经验往事：六年前，焦山举办了一次很轰动的文物陈列展出——当时境融和尚还是焦山佛学院的一名学员，那年有名叫今觉的佛学院弟子在端午节前突发奇想，向佛学院请求在端午节前办一次佛教古物展览会。院长是高僧雪烦和尚，觉得这个小和尚很有想法，就同意了。

于是，今觉就和几位同学分别到金山寺借来苏东坡的玉带、文徵明的书法，以及竹林寺、超岸寺这些寺庙里收藏的文物，在焦山的华严阁展出。他还到城里贴了不少海报，写着："秦砖汉瓦在焦山出现了！""请你到焦山来欣赏龙袍、玉带吧！""龙蛋出现在焦山了！"

这样的海报还是震动了当时镇江附近县市的老百姓，一传十，十传百，众人皆知。当时国营招商局镇江办事处看到这个"焦山古物展览会"海报，觉得是一个大商机，于是在《苏报》上刊登了一则新闻，安排两艘快轮作为"焦山游览专用轮船"，在四码头卖票。结果展览的一个星期之内，每天汽渡民船有数十艘，在镇江和焦山间载送客人往来观赏，清净的焦山一时间人潮汹涌，场面混乱。

组织展览会的今觉看到这么大的阵仗，生怕被焦山的和尚责骂，所幸当时也是抗战胜利没多久，大家都觉得这也是喜庆之事，没人责怪他。"焦山古物展览会"最后获得了很大的成功，展览结束后，佛学院用门票收入救济了苏北难胞。

后来这位今觉和尚离开了焦山佛学院，给曾照顾他的境融和尚写过信，离开后的今觉改了一个法号。境融和尚歪着头想了一下，说："好像是叫'星云'。"

听到这里，唐正心一下子充满了信心，金山寺是天下闻名的古刹名寺，名气这么大，在金山下建文物馆，肯定能吸引更多游客到金山来游览。

协调会快结束时，佘开福给参会者打气鼓劲："市领导在布置镇江市全年工作的大会上，要求我们鼓足干劲，好好建设美丽的家乡。特别提到了前任市长何冰皓同志1950年陪刘伯承、陈毅同志游览焦山、北固山的事情，陈老总登上北固山凌云亭，俯瞰浩渺的江水，感慨地说，这里的气派好大啊，人到这里觉得心胸也宽多了。陈毅临行时还一再嘱托在场的镇江同志'镇江很美，你们要好好建设她。'"

听到陈毅老总对镇江的殷切寄语，参会人员都深受鼓舞，心头油然升起一份沉甸甸的使命感。

两个多月后。

金山寺原大殿东首搭起了脚手架，工人们鼓足干劲砌砖混浆，脚手架上摆满了一层层的青砖，配合工给砖头浇足了水，一桶接一桶的石灰水泥砂浆拎到墙边，熟练的工匠左手扶住铺灰器，右手飞快地舀入砂浆，一铺就是1米多长，然后一块接一块的青砖迅速铺满灰沙层，工人再往砖缝里刮满砂浆。

木工棚里，两位木工师傅在进行门窗制作，师傅坐在马凳上，从刨料、拼高低缝、划线、打眼、梭榫、幺尖、开槽、起线到拼装、煞刨，有条不紊。

唐正心拎了两只茶桶放在庭院的大树下，茶桶里装满了用茶叶末泡的茶水，竹筒做的茶端子漂浮在茶桶里，不时有工人来这里喝茶解渴。

工人们中午的主食是米饭，大锅里烧的是黄芽菜五花肉炖豆腐，瓦木工个个都是大饭量，放开肚皮吃。汤里盐放得多，也难怪，一整天忙下来，体内的水分和盐分大量流失，只有通过汤汤水水来补充。久而久之，瓦木工都养成了"口重"的习惯。下午一到时候，嘴里就发苦，要找茶水解一解。

时间一长，唐正心就和大家熟悉了，加上他性格随和，乐于帮忙劳动，所以吃饭时工人们也常常喊他一起加餐，

20 世纪 50 年代的金山

他也主动为大家煮茶水。

工人们为慈寿塔做塔身修缮和清理粉刷的时候，唐正心提着一桶茶水，费力地提到妙高台，正看见下工的刘志康师傅走到半山晒经台，他招呼着："刘师傅，来喝茶歇一歇。"

刘志康师傅应了一声，但没马上过来，而是双手合十向墙上嵌着的一个小木像拜了拜，才转身向亭子走来。坐下后，端起茶端子喝了一大口茶，顿觉舌底生津，浑身一阵舒坦。

唐正心递过一条毛巾，请刘师傅擦擦汗，问道："刘师傅刚才拜的是哪位菩萨呀？"

刘志康接过毛巾擦擦额头，笑眯眯地说："木匠嘛，拜的当然是鲁班祖师爷。"说着话，他又喝了一口，摸了摸胡子说："镇江木匠行里的老规矩，出工多拜拜祖师爷菩萨，保平安呢。"

接着，刘师傅咂巴咂巴嘴，眯起眼睛又细细品味了一番，才开口说："今天的茶水味道跟之前不一样啊，感觉还有点甜。"他又呷了一口，抿在嘴里回味，然后说："茶叶还是之前的茶叶，这水不一样了，水好。"

金山风光（20世纪50年代，金山公园提供）

唐正心一竖大拇指赞道："刘师傅果然是老师傅，这茶水一喝就知道不一样了。"

看着刘志康满脸自得，唐正心也不故弄玄虚，告诉他："这是我起了个大早，带了扁担专门到'天下第一泉'去挑了两桶泉水过来烧的茶。"

刘志康"咦"了一声，说："你是用一泉水泡的茶啊，那我今天享福了，喝到了乾隆皇帝才能喝到的茶水。"说完哈哈一笑。

镇江普通百姓对当年乾隆皇帝南巡逸事耳熟能详，传说这位太平皇帝酷爱品茶，对泡茶用水非常讲究，为能喝到中冷泉水冲泡的茶，每次渡过长江，都要驻跸在金山行宫，回北京时还要带几十大罐泉水走。

唐正心问了一句："乾隆皇帝时，中冷泉还在江中心，当时江水冲溜那么厉害，他们是怎么打到泉水的呢？"

刘志康连连摆手："这你可难倒我了。"他手向塔前一指，说："柯文书在下面呢，你问问他吧。他是有学问的知识分子，肯定知道这些事。"

唐正心一听柯善庆在慈寿塔下，舀了一杯茶端过去，看到他正蹲在塔门口仔细端详一块石碑。于是把茶端子递过去，跟柯善庆拉呱起来。

柯善庆读过不少古籍，知道几个古人汲取中冷泉水的办法，他告诉唐正心："古时候的人都是划船到江中心找到江里的漩涡，然后放沉桶下去汲水。在康熙年间就是用这种办法打水。当时有位大学士赵吉士来镇江，住在金山的七峰阁避暑，他是个品茶的高手，觉得用普通的水泡茶欠缺味道，于是组织寺里和尚在午时划船去取中冷泉水。"

"赵学士用了四条大船连在一起拼成一个'井'形，抵住江中洄流，然后用绳吊沉锡桶。下沉十数丈，才拔线提起木塞，让泉水流进木桶之中。"柯善庆喝了一口茶，接着说："在第三次沉桶入江的时候，突然江波大作，众人赶紧回岸。与和尚一起煮茶喝，茶水清香透骨，简直不像是人间滋味。拿泉水跟其他水比较，水味果然有大不同。"

"但取水哪有这么容易啊。"柯善庆顿了一下，"不少天后，大家还想取水，于是组织再划船到江中心，但刚要停船，风浪就快把船掀翻了，几次都无法停下船来。有经验的船工说，江底有一条潜龙，看守着泉眼，每次只给人取一回水，就再不让人取到水了。"

听到柯善庆在讲古，周围几个爱听故事的工友凑了过来，有一位工友打趣说："这么说来，古时候普通的老百姓还喝不到一口泉水哦。"

柯善庆说："是啊，因为古时候金山在江中心，附近的江里有个漩涡，叫作龙窝，水势回流汹涌，船工路过都提心吊胆，所以都说江底有龙，看管泉水不给凡人取。也有很多人冒险驾船去江心取水的，不仅找不到泉水位置，而且还常遭遇风浪，船毁人亡。为了解决这个问题，金山寺的和尚想了一个绝妙的办法。"

听到这里，大家都来了兴趣，一位性子急的工友叫王兆发，催着问："想了一个什么办法？"

"喏，就是山下那口井栏上记载的。"柯善庆指着寺庙后院的龙井说，"过去金山寺宝印大师说，江里有一位龙君夫人托梦给他，请他在金山寺西边开凿一口'龙井'，告诉游人'龙井'水与江里面的'中泠'水的水质是一样的。岸上取水总比在江中汲水安全方便呀，'龙井'水与'中泠'水也相似，人们喝茶的成本降低很多，就以饮岸上的'龙井'水为满足。久而久之，'龙井'水也闻名了，引来了不少的文人骚客，将岸上的'龙井'与江中的'中泠'混为一谈，往往饮的是龙井水，赞的是中泠泉，'龙井'的井栏上还有明代大学士的'中泠'题字呢。后来，寺里的和尚将打井水卖给茶馆作为副业，成了寺庙一笔额外的收入呢。"

要说用这泉水泡茶，确实越品越有味道，据《煎茶水记》记载：唐代名士刘伯刍考察天下名泉，按照水质和煮茶后的味道，把它们列为七等，其中中泠泉名列第一，所以被称为"天下第一泉"。柯善庆知道这是用一泉水泡的好茶，忍不住又啜了一口，笑着说："这茶又醇又解渴，唐老师要是开个茶馆啊，也能赚不少钱呢。"大家也哈哈笑起来。

"古时候，金山上还有一块石刻，说的是一个文人和一个道人寻找真正中泠水的故事，可惜这块石刻我找了好久，也没找到。"柯善庆满脸遗憾。

王兆发在旁边说了："柯文书，给我们讲讲这个故事，我们下工了，也帮你找这块石刻。"

柯善庆笑着说："好呀，麻烦大家了。"说着，他往石阶上一坐，招呼大家也盘腿坐下，话匣子就打开了："大概是晚清的咸丰年间，有一个叫潘介的文人游金山，看到金山和尚打'龙井'水到茶馆卖。他是个懂茶的内行，他进茶馆喝了几杯茶，感到味道不对，不正宗。在游山的时候，他遇到一个邋里邋遢的道人，道人自称姓张，人称'憨道人'。憨道人带潘介到山腰间去看一块古石刻，石刻上有古人记载，'中泠'水大致在郭璞墓方位，而且注明，取水要在子午二辰，到江心用特别的工具才能得到正宗的泉水。"

"这个憨道人仙风道骨，身上衣服破破烂烂，破衲中有件黄澄澄的宝贝，走起路来'琅琅'作响，憨道人说，这叫'水葫芦'。"柯善庆拿手比画了一下，"大概现在热水瓶一半大小吧，有壶身、壶盖，葫芦嘴上还有颗铜丸。"

"憨道人对潘介说：'跟我走，到时候分你一葫芦中泠泉水。'于是半夜，憨道人带着他划一条小船朝着江心的郭璞墓划去。憨道人把船稳在一处地方，潘介借着月光探头向江水下一望，恍然看到一个巨大的石窟。"讲到最引人入胜的地方，柯善庆做了个从怀里掏法宝的动作："只见憨道人从长衫里掏出水葫芦，系在长绳上，投入石窟中，按下机关，铜丸弹开，装了满满一壶水。一取到水，没等江水翻涌，他们就赶紧驾船靠岸，拿水煮茶。一会儿水就沸腾起来，潘介拿起憨道人的瘿瓢饮了一口，但觉清香一片，沁人心脾；两三盏后，似乎两腋生风，心旷神怡，感觉就像喝了仙水。再一回头，憨道人早已不见踪影。"

王兆友听到这里，赶忙问："憨道人怎么不见了？难道他是个神仙吗？"

柯善庆笑着说："我只知道这么多啊。潘介为了纪念这段传奇一样的经历，写了一篇文章，刻在金山脚下的一块大石头上。等我们找到这块大石头，就知道后来发生什么事情了。"

王兆友一拍大腿，说："我下午就发动更多的工友来找，一定会找到这块石头。"众人又大笑起来。

说话间，斜阳照在宝塔上，仿佛是给慈寿塔镀了一层金边，熠熠生辉。在蓝天和阳光的映衬下，整座山就像是被金黄色的染料浸染了一般，工友们看着眼前金山如此美景，不觉沉醉。

唐正心看着宝塔正出神，忽听到山下有人大声喊他过去，急匆匆跑过去，才知道是区里有接待员来了，身后还跟着两人。经过介绍，个高略胖

金山风光（20 世纪 60 年代，金山公园提供）

的那位二十五六岁，名叫房波，是《旅行杂志》的记者；20 岁上下、戴着眼镜的那位女青年叫辛野，是杂志社的名胜专栏编辑。

辛野大约才从学校毕业不多久，浑身洋溢着年轻人特有的热情，她向唐正心伸出双手，说："唐讲解员您好，张小依特别跟我们提到，到了镇江一定要找您，她说您一肚子的镇江名胜故事，生动有趣，我们这趟采访一定会收获满满的。"

唐正心第一次接触这样落落大方的现代女性，一时不知所措，迟疑着把手伸过去握了一下，手忙脚乱地招呼他们俩坐下喝茶。

房波讲了此行的目的，新中国成立后，人民群众攒着劲要好好建设国家，对祖国各地的风土人情有了更多了解的诉求，《旅行杂志》订阅量比过去多了。而民间的旅游活动出游者的身份已经发生了变化，文化知识界尤其是科教系统工作人员的出游，比过去增多了许多，他们到别的城市观光、学习，对介绍城市风光的内容非常喜欢，纷纷来信希望能看到更多介绍祖国各地城市的文章。镇江是一座苏南名城，也是过去的省会城市，张小依现在也到了《旅行杂志》社实习，她提供了几个月前在镇江之行的向导信息，并通过相关部门

找到了唐正心。

接过房波的话题，辛野从挎包里掏出一个小布袋递给了唐正心："这是张小侬托我带给您的。她经常跟我们提起您呐，说还要麻烦您帮丁先生拓一份《瘗鹤铭》的书法，给我们顺带回去。"她突然扑哧一笑道："对了，她现在经常给报纸投稿故事类的文章，现在江浙文化圈很有名呢。"

接过打开一看，布袋里装着一叠黑布袜子，唐正心顿时会意到，这是张小侬用"赶斋袜"的典故对他表达谢意，心里涌起一阵暖意，他问道："小侬在报纸上发表过什么文章呀？"

"嗯，写过《龙君夫人的传说》，对了，有一篇《芦花姑娘》还得过奖呢！"

布袋里还有一支国产钢笔和一本新闻笔记本，辛野对唐正心说："张小侬说，您讲的镇江民间故事特别有趣，让我们跟着您一路上把这些故事记录下来，写给杂志社作为素材，给更多的读者分享。我们这次来镇江采风，也跟佘开福同志说了，特邀您为我们做导游，请您多多关照。"

"客气了，我一定做好向导工作。"唐正心道。

房波在一旁说："有读者写信说，提到镇江名胜，大家都晓得京口三山——金山、焦山、北固山。'白娘娘水漫金山'的故事被编为戏剧，流传于民间，所以金焦北固的名气更大了。我们此行一是想寻访关于流传在镇江地区的《白蛇传》民间传说，二是想多了解镇江除了三山名胜外，还有哪些值得推荐给读者的风景名胜。"

唐正心说："好啊，镇江唱小曲子的多，我前几天还在人民街解放剧场听了一段《白蛇传》呢，我们这儿的'白娘娘水漫金山'和其他地方的不太一样。除了有名的镇江三山，镇江南郊也有不少名山名寺，夹山、兽窟山、九华山、黄山……也是景色宜人，我带你们去走走。"

房波和辛野高兴地说："太好了，我们真是找对人了。"

唐正心帮他们在招待所安顿好住宿后，已经是下午五点钟了，他是欢喜交朋友的人，热情地对两位客人说："走，我带你们去吃个下午茶。"

两位记者和唐正心同坐一辆招来的三轮车，不一会儿来到了天主街。

天主街曾是一条商贾云集、热闹非常的地段，这条街上有很多旅社、酒楼、茶馆，后来因为被日寇飞机轰炸过，一度凋敝。新中国成立后，才慢慢恢复市面的繁荣。

唐正心领着两位客人走不多远，就看到一家素菜馆，店门口外墙上红漆写着"一枝春"三个字。三人坐下后，唐正心为每人点了一盘素什锦菜包，又点了一份烧素什锦，然后对店老板说："今天有外地朋友来，烧素什锦帮忙精加工哦。"

店老板朝他点点头，拿了菜单走进厨房，端来三份包子。唐正心对房波和辛野说："在镇江，晚饭之前的点心叫吃下午茶，这家一枝春素菜馆的素菜和焦山定慧寺斋堂的素菜齐名，素什锦菜包很有名，你们尝一尝。"

不得不说这菜包确实好吃，原来素什锦菜包的馅很有讲究，将山药、水发黄花菜、白果、笋、栗子、干子、香菇等剁碎凑成七丁，馅料按比例调好后用熬制的素油调拌，拿到手里就香气扑鼻。房波和辛野两人各咬一口后，只觉得包子面皮暄绵，青菜碧绿生青，馅料咸中带甜并伴有麻油的香味，满口生津。顿时赞不绝口，都说这口味道很难忘怀。

厨房里，炒菜的刘师傅正忙得热火朝天——炒锅里的花生油刚刚冒烟，竹篓里的鲜菇、冬菇、木耳、胡萝卜、笋片、山药、白果、荸荠、栗子、莲子、面筋、素鸡、素肉丸和红枣一起被倒入锅中煸炒，锅底的火苗噌地蹿出了锅边，刘师傅边炒边颠锅，加入各种调料不断搅拌均匀，等汤汁烧沸后改用小火。一支烟工夫后调为大火，并将发菜球、素鱼丸舀入锅内，加上味精，淋入芡粉和香油，起锅装入大海碗里，端上了桌。

唐正心笑嘻嘻地道了谢，对房波和辛野说："烧素什锦在我们镇江又称果菜，你们看，色彩悦目、清淡明亮、味道鲜甜，烧得着实不丑吧。"

房波和辛野伸筷一尝连声夸好。边吃边聊，三人把下午茶吃完，唐正心用手一指街对面的戏园子说："斜对门的戏园子叫解放剧场，剧场里有我一位本家姑姑，她唱的小曲《白娘娘雷峰宝塔记》，在镇江城里算是一绝。"

随后他带着两人出门，到了剧场门口，也不知他跟门口的一位门房阿姨嘀嘀咕咕讲了什么，门房阿姨就放他们三人进场了。

剧院里观众席分前座、后座及楼座，但现在里面空无一人，唐正心对这里熟门熟路，穿过观众席七绕八绕带着两人来到后台化妆间。这个时间点，有的演员在背着台词，有的演员在吊着嗓子，还有的演员闲散坐着聊天。

在最里面一张桌子旁有一位40多岁的女子，正对着镜子往脸上慢悠悠地抹着粉底，唐正心走上前去，喊了一声："九姑!"

第四章

南郊风景线

鹤林寺

　　这位被称为"九姑"的女子把头转过来，看清来人，忙招呼起来："正心来啦，来坐，这两位朋友也坐，这两位是……"她向唐正心询问道。

　　唐正心介绍了房波和辛野。听说是来自上海杂志社的记者，九姑更热情了。了解到两位同志是专门来镇江采访关于《白蛇传》小曲的，这位民间歌唱艺人从桌上抽出一本小册子递给唐正心，并对两位来客说："这是我师父留下来的唱本，你们拿去先看看，正巧这几天观众点唱散曲，晚上我唱《白蛇传·清曲》，到时候让正心带你们来听。"

　　闲聊了几句，房波和辛野看到有人来后台找唐九姑谈事，九姑忙得接不上他们的话头，于是起身向她告辞，离开了后台。

　　把房波和辛野送回招待所的路上，唐正心告诉他俩，镇江、扬州这一带都喜欢听清曲。清曲又叫小曲，因为小曲贴近生活，演唱风格多样，还有说有唱，演员表演也简单，可以不化妆、没有表演动作，老百姓来听曲子，图的就是听个故事，门票也不贵，所以晚上来听的人比较多。

　　等送到招待所，看看天色也不早了，唐正心约好明天一大早来接他们去南郊后，就徒步回了自己的住处。

　　晚上，他将那本小册子拿出来细读，这本宣纸线装的册子还是雕版印刷的，封面赫然印着《白蛇传·清曲》，打开翻了翻，原来是一本记小曲的词本。

册子很薄，掀开每页字如蝇头，要对着电灯仔细看才能辨认清楚。好在册子里唱词通俗易懂，看着看着，唐正心入迷了，他打开台灯，在写字台上铺好信纸，抄录起这本小曲来。

早在明朝后期，《白蛇传》传说的故事就成型了，民间流传有好多个版本。在这些早期作品里，法海是维护正道的角色，白娘子虽美，究系异类，法海镇住白娘子是天经地义的正义行为。到了近代，人们在新思想的熏陶下又赋予了这部作品反封建的意义，歌颂白娘子的坚贞、小青的义勇，憎恶法海和尚破坏人间的自由婚姻，对许仙则是哀其不幸，怨其愚懦，怪他辜负了白娘子对他的爱。

但流传在镇江三山一带的《白蛇传》却是特殊，金山是镇江的名胜，金山寺是庄严的千年古刹，《金山志》中又有高僧钵盂降龙、燃指献金的记载，受宗教文化的影响，镇江流传的《白蛇传》故事里，"法海降妖"的内容家喻户晓，高僧为民除害的情节更深入人心。

唐正心一笔一画地抄写着，信纸上字迹工整，《白蛇传·清曲》的剧情光怪陆离，他一边抄写，一边沉浸在曲折离奇的故事中。

> 白娘娘唱道：
> 我本是一条白蛇在峨眉山有数千年根本，
> 变化了一个标标致致美貌佳人。
> 蒙师父代我起个法名叫白素贞，
> 忽然间局促不安头又疼，
> 小奴家掐指算得准，
> 有一位七世童男住在杭州城。
> 他名字叫个许仙号叫汉文，
> 他本是奴的活命恩人。
> 今日是个清明节，
> 这许仙在西湖来游春，
> 白素贞辞别师父下凡尘，
> 到杭州会一会许仙报一报他的恩。（曲调"满江红"）

娘娘把云腾，哎哎么，

巧遇一个女佳人，哎哎么，

她是一条青蛇在青峰山也有千年根本，哎呀呀，

她宁愿当个丫鬟随我修道行，哎哎么。

娘娘喊一声，哎哎么，

小青你听真，哎哎么，

你今跟我一齐到杭州城，哎呀呀，

在西湖找一找许汉文，哎哎么，

许仙是孤单一个人，哎哎么，

他在姐夫家来存身，哎哎么。

小青唱道：

小青把娘娘问，哎哎么，

这许仙是个什么人，哎哎么，

他待娘娘到底有什么恩，哎呀呀，

劝娘娘不必贪红尘，哎哎么，

许仙总归是个凡间人，哎哎么，

怕他心不稳，哎哎么，

半路途中照常把娘娘坑，哎呀呀，

在我看来娘娘还是回山修道行，哎哎么。（曲调"跌断桥"）

白娘娘唱道：

白素贞一听便开声，

听我说许仙待我的恩。

他在七世之前也姓许，

在那时本是个四川人，

他在书房来上学，

把我收在书桌抽屉来藏身，

每日终朝将我喂，

先生晓得不准他留存，

可怜他万分无可奈，
把我送到峨眉山上去放生。
有恩不报非君子，
有仇不报枉为人，
青儿同我到杭州去，
我虽粉骨碎身也不怨人。
主仆驾云把凡尘下，
顷刻到了杭州城，
会见许仙忙作法，
一霎时瓢泼倾盆大雨纷。（曲调"补缸"）

许仙唱道：
清明节许仙在西湖来游春，
忽然天上大雨纷纷，
路上行人不好走，
我只得叫只船转回城。
许仙才把船叫定，
来了两个姑娘要把船来跟，
弄船的因我叫的船不能把人带，
我小生行方便向前来允承。
许仙就把船舱进，
两个姑娘一起进舱门，
穿青的打扮丫鬟样，
穿白的装束定然是主人。
丫鬟生得多标致，
主人更比丫鬟美貌几分。
最可爱她一头青丝发，
梳的头爱煞人，
脸赛桃花眉如柳叶，
双菠子眼睛勾掉人的魂，

嘴如樱桃牙似玉，
一笑两个酒窝有半米多深。
昭君帽子头上戴，
白绫裥裙穿在身，
小足金莲刚三寸，
白绫花鞋足下登。
请问姑娘名和姓，
莫非出城来游春，
府上住在何方地，
家中还有什么人。

白娘娘唱道：
娘娘一听站起身，
微微一笑望着许汉文，
舍间就在城里住，
我名叫个白素贞。
父母早已身亡故，
并无哥嫂姊妹们，
出城不是来游玩，
今日是个清明节上我的父母坟。
请问相公名和姓，
家中还有什么人，
进城拢我舍间坐，
守雨住再为转家门。（曲调为"雪拥南关"）

许仙唱道：
姑娘你今请坐下，
我小生姓许名仙字汉文，
杨柳青崩松哎哎么。
许汉文，自幼我就丧父母，

也无哥嫂弟兄们，

杨柳青崩松哎哎么。

我是一个人，

我在药店里学生意，

我的先生让我出门来游春，

杨柳青崩松哎哎么。

来游春，

因为天上下大雨，

故而叫船转家门，

杨柳青崩松哎哎么。

转家门，

许仙只顾赏美女，

不觉到了杭州城，

杨柳青崩松哎哎么。

杭州城，

船靠湖边人上岸，

前面就是清波门，

杨柳青崩松哎哎么，

清波门。（曲调为"十把扇子"）

白娘娘唱道：

娘娘就朝前头走，

小青随后跟，

招呼许仙到清波门，

一齐进城，一呀呀油，

一齐进城。

主仆三人往前行，

到了自家门，

小青先去喊一声，

看里面可有人，一呀呀油，

门已开现成。（曲调为"卖杂货"）

许仙唱道：
许仙抬头望，
磨砖照壁墙，
黑漆大门亮汤汤，
一哈一哈哈。
许仙朝里走，
两个女红妆，
三人一起到厅堂，
一哈一哈哈。（曲调为"哈哈调"）

白娘娘唱道：
娘娘回楼门，
小青听章程，
你将许仙带至书房门，
用法力在茶杯里代他就把茶来斟，
迷住许汉文。

许仙唱道：
许仙把茶吞，
许仙把茶吞，
思想白素贞，
爱只爱她生得俊俏又温存，
好一似天宫里仙女下凡尘真正爱煞人。

小青唱道：
小青做媒人，
尊一声许先生，
我家小姐今年二八一十六春，

你若是不嫌她容貌丑，
我家小姐匹配你为婚你可能允承。（曲调为"鲜花"）

许仙唱道：
许仙一听笑盈盈，哎哎么，
站起身来谢谢媒宾，我呀我承允，哎哎么，
我在几时来成亲。（曲调为"倒板浆"）

小青唱道：
小青回后，
禀报主人，
婚姻大事，
许仙允承。（曲调为"平调"）

白娘娘唱道：
听说许仙允终身，
满面含羞红到耳头根，
数千年在仙山来修道，
又谁知今日同人来成婚。
小青赶快下楼门，
你代我各处去整顿，
我上妆台忙打扮，
收拾收拾做新人。

小青唱道：
见娘娘打扮多齐整，
转身下楼各处去挂灯，
五色彩球颜色好，
条山字画款字是名人。
成人形妖怪一齐请来到，

一百桌酒席全是大八珍，
龟丞相鳖参谋把账房做，
狐狸精大仙招待来人，
许仙请在上席坐，
鸟凤大人一旁把酒斟，
酒席后有请四位全福的，
点起烛台送新人。（曲调为"小尼僧"）

许仙唱道：
许仙进了房，
灯烛又辉煌，
一边玻璃柜，
一边描金箱，哎呀子。
梳妆台上胭脂粉花香，
香几靠住墙，
自鸣钟在当阳，
帽筒子与花罩，
对对配成双，哎呀子。
香橼佛手在盘子里装，
海梅桌凳椅，
分设在两旁，
西洋穿衣镜，
字画挂中央，哎呀子。
上面画的凤求凰，
十件头柜项上摆，
中间象牙床，
新娘娘多娇媚，
坐在桌边上，哎呀子。
揽亲伴娘站两旁，
帐团绣得好，

绣的富贵大吉祥，

五色帐穗子，

飘带坠铃铛，哎呀子。

金钩挂起芙蓉帐，

红绿绫绸被，

叠在牙床上，

大红枕头顶，

绣的是鸳鸯，哎呀子。

马子巷里堆的喜花棒儿香，

吃过交杯酒，

解带宽衣裳，

二人上牙床，

刚下销金帐，哎呀子。

鸳鸯枕上配成双，

夫妻多恩爱，

新娘绊新郎，

过了半个月，

心内很作慌，哎呀子，

有件事情同妻儿来商量。（曲调为"芦江怨"）

许仙唱道：

尊一声贤妻你细听端详，

东家必定同我有话讲，

成亲许多日，

从未出绣房，

再不到店生意不得长，

坐吃山空毫无进项我的妻儿哎，

堂堂个男子汉不能再叫妻子养，

堂堂个男子汉不能再叫妻子养。

白娘娘唱道：

我夫不必挂胸怀，

自己你把药店开，

妻儿有银子，

官人去安排，

开个连家店，

夫妻在一块。

在人家做生意我心放不开我的人儿呀，

只才是你我夫妻好恩爱，

小青你拿四个元宝，

给我的官人去把店房找，

看好来先丢定，

然后再成交。

开店的地点要热闹，

你同你的姐夫一同去瞧我的人儿呀，

找到个适中地生意必定好，

找到个适中地生意必定好。（曲调为"探亲调"）

许仙唱道：

许仙拿着四个大元宝，

出门就朝姐夫家里跑，

就把店房找，

姐夫家里跑，

就把店房找。

我的姐夫一见吓一跳，

他说这是库银问我怎样有得了，

现在差他捉强盗，

怎样有得了，

现在差他捉强盗。

我的姐夫他姓陈名昆在钱塘县当差役，

他说为此事天天受比较，
还要收他的家小。
我不能连累我的姐夫，
又不能说出我家女多娇，
我只得自投到，
钱塘县升堂将我问，
他说我在他库里偷的元宝，
我真正莫名其妙，
说我偷元宝，
我真正莫名其妙。
官府说我不肯把口供招，
要用大刑将我来拷，
我胆小一吓说出来了，
要用刑将我拷，
一吓我就说出来了，
银子本是妻子交与我，
她叫我出来把店房找，
银子来历我不知道，
就把店房找，
银子来历我不知道。
钱塘县当堂出签子，
差我家姐夫捉拿女多娇，
把我收进牢，
姐夫问我岳家住在何方地，
我岳家住在珍珠巷口门牌第九号，
有白公馆大门条，
门牌第九号，
门口贴的公馆条。
过了一会我姐夫又来了，
他说是第九号没得公馆条，

门上钉住十字告，

没得公馆条，

门上钉住十字告。

我姐夫随时就传过地保问，

地保说是昭忠祠里常闹妖，

封条不晓贴多少。

我的姐夫还未说得真，

老爷着人来招呼陈差人，

说上房里闹得很，

说仙女要官人，

要的是许汉文。

太太不准老爷将我问，

叫我家姐夫打发我动身，

把我发配到苏州城，

我的先生到衙门，

写封书信把我带在身。（曲调为"剪剪花"）

小青唱道：

小青儿，假土遁，

暗地里先到苏州城，

到了苏州住呀住客寓，

多忧虑，不知何日见主人。

白娘娘唱道：

白素贞，把云腾，

我到苏州找官人，

住在苏州玄呀玄妙观，

掐指算，我今日里就要会见我官人。

许仙唱道：

许汉文，同差人，
数十天才到苏州城，
进得城来投呀投书信，
来打听，我师叔原来是个有名的人。
他看书信，问我情形，
我师叔随时坐轿到官厅，
承蒙老爷将我来呀来开活，
我只得，暂且在师叔家过光阴。（曲调为"种麦"）

白娘娘唱道：
娘娘掐指算得明，
会见小青，一呀呀都油，
会见小青。
青儿同我一路行，
莫耽停，从速走，
找我郎君，一呀呀都油，
找我郎君。

小青唱道：
主人充军到苏州城，
定在衙门，一呀呀都油，
定在衙门，
大爷有罪带在身，
想章程，我作法，
去救主人，一呀呀都油，
去救主人。

白娘娘唱道：
娘娘一听笑盈盈，
青儿放心，一呀呀都油，

青儿放心。
他师叔同县长有交情，
来说定，官答应，
取消罪名，一呀呀都油，
取消罪名。

小青唱道：
他师叔到底是什么人，
怎样认得，一呀呀都油，
怎样认得。
只几日在何处来安身，
一个人，没下落，
无投无奔，一呀呀都油，
无投无奔。

白娘娘唱道：
主人在杭州学药店，
是主人的先生，一呀呀都油，
是主人的先生。
先生二弟在苏州城，
住阊门，开药店，
留住官人，一呀呀都油，
同你会主人，
带着小青走进门，
看见许汉文，一呀呀都油，
看见许汉文。
抓住许仙喊官人，
泪纷纷，恨官府，
做赃害人，一呀呀都油，
做赃害人。

许仙唱道：
贤妻不要泪满腮，
我犯官星，
也是命里所该，一呀呀都油。
娘娘法力高，就把主人迷住。

白娘娘唱道：
官人领我把师叔谢，
娘娘下一跪，一呀呀都油，
娘娘下一跪。
我家许仙多亏你，
把官会，看你的情，
才得免罪，一呀呀都油，
才得免罪。

许仙唱道：
我家师叔真慷慨，
把店与我开，一呀呀都油，
把店与我开。
叫我还用他的老招牌，
他有药材，不花钱，
就把店来开，一呀呀都油，
就把店来开。

白娘娘唱道：
五月节前就开门，
小青散瘟，一呀呀都油，
小青散瘟。
苏州通城人肚里疼，
忙坏人，

用法力生意挤破门，一呀呀都油，
生意挤破门。（曲调为"清阳扇"）

许仙唱道：
这件事，真蹊跷，
忽然间，来个茅山道。
他说我家妻子丫鬟是两个妖，
说我的妻子是条白蛇变，
说丫鬟是条青蛇变化女多娇，
送我的灵符一贴她们逃不掉，
今日午时雄黄酒，
吃下去就现原身说我才知道。（曲调为"道情"）

听他言，想从前，
在西湖，初见面，
约我到她家丫鬟出来说姻缘，
就在当天同我成婚配，
又拿出银子把我开药店，
世间上哪有这种好事情，
细思想莫非是妖孽，
贴灵符用雄黄酒将她验一验……（曲调为"二首"）

这本唱词通俗易懂，充满了老百姓喜闻乐见的民间俚调曲牌，抄着写着，唐正心渐感眼皮发沉，模模糊糊看到白娘子、许仙、小青，这许多故事里的人物一同钻入他的梦乡，把他带进了一个如梦似幻的神话世界。这个世界精灵古怪，有仙草，有法术，有爱恨情仇，那位一袭白衣的娘子十八九岁模样，细腰如柳，气质宛如空谷幽兰，转身对他一笑，眼睛像弯弯的月亮……

次日，一大清早唐正心赶到招待所，房波和辛野已精神饱满地整装待发了。

三人骑着从区里借来的自行车，由劳动路向城郊骑去，唐正心边骑边讲《白蛇传·清曲》里的内容，房、辛二人听得津津有味，说一定要去听唐九姑唱的《白蛇传》。

出了繁华的市区，经林隐路过沪宁铁路约一里，很快便骑到城南郊区。只见一派峻岭，峰峦叠翠，如同一座很大的绿色屏风，离城区最近的就是鹤林寺了。

鹤林寺在黄鹤山下公路旁，寺院门前有一湾清澈异常的池水，池旁横跨有两座石桥，左边一座是"濂溪桥"，取自濂溪先生周敦颐在这里读书的往事；右边一座是"米墓桥"，取自大书法家米芾归葬丹徒黄鹤山的典故。经历了数十年的战乱，寺庙里只剩下两位老人住着。

门前空地大概是附近居民的运动场了，在寺庙门口倚着小方桌晒太阳的一位看守老人向他们介绍：鹤林寺是镇江南郊三古寺之一，始建于唐代。唐时有一位诗人李涉就是在这里留下了"因过竹院逢僧话，偷得浮生半日闲"的名诗，唐末、明朝永乐及清朝康熙、咸丰年间，寺庙几次被毁。现在的寺庙是咸丰以后重建的。

走进寺内，寺里收拾得很干净。这里因偏处郊外，空气很清新，四周山峦环抱，溪泉清冽，风景优美，是一个很好的休养之地。

看守老人很健谈，告诉他们：十几年前的南郊，从磨笄山到招隐这一片，镇江原规划建造一座"林隐公园"，还准备在鹤林寺建一座规模较大的动物园，竹林寺建造游泳池和运动场，招隐寺建一座科普各种花草的植物园。然而，等林隐路郊区主要道路修好之际，沿山间小路都开始放置亭、轩、椅、凳了，抗日战争爆发了，"林隐公园"的建设中断，半途而废了。

说着，看守老人叹了口气，连连摇头，充满了惋惜。

镇江丹徒一带村落有茶会习俗，有客上门，主人会热情招待吃茶。另一位老人端来三个洗干净的杯子，给这三位访客斟上茶水，并在桌上放了炒米、糕点等茶食。闲聊了一会儿，三人听两位老人家讲古：北宋大书法家米芾晚年就定居在镇江，在鹤林寺有一处精舍，著名的"米氏云山"画法就是在这里诞生的。

一边喝茶，健谈的那位看守老人就摆起了龙门阵："鹤林寺流传着这么一个故事，米芾曾被宋徽宗召为书画学博士，官礼部员外郎，人称'米南宫'，晚年住在镇江。米芾有个怪癖——喜欢奇形怪状的石头。有一天，他跑到南郊的黄鹤山上来找石头，跑遍了整个山头，一块称心如意的也没找到，可是人却累得要命。他想起山下有座鹤林寺，就决定到里面去歇歇脚。

"到了鹤林寺，米芾这里看看，那里望望，不知不觉爬到一座小阁楼上。这小阁楼明窗净儿，非常幽雅，就是有些闷热，因为窗子关着，密不透风，于是他随手打开一扇窗子。

"哪知不开窗便罢，窗子一开，只见远处重峦叠嶂，气势磅礴；山头云雾缭绕，变化万千。镇江的角角落落他跑遍了，但是这样好的景色，还是第一次看到。就在这时，有个和尚上了阁楼，看到米南宫一个人站在窗口发愣，就双手合十，问道：'施主，你一个人独自在此，不知有何贵干？'

"米芾正朝窗外看得出神，忽然听到有人跟他说话，就掉转身来回道：'大和尚，你看窗外的景色多美呀！不知寺里有没有纸墨笔砚？如果有的话，就请借给我一用，让我把这些景色画下来。'

"和尚一听，原来如此，连说：'行！行！行！小僧闲暇无事也喜欢涂上几笔，正好有些宣纸放着，既然施主有兴作画，我就奉送！'说着，和尚就搬来书桌，朝窗口一放，又把宣纸铺好，并且替他磨墨。米芾拿起笔，蘸了墨，又在水盂里蘸了水，凝神望着窗外，但是迟迟没有下笔。原来窗外的远山透视，烟云掩映，用一般的传统技法是画不出来的。这时，米芾一会儿放眼远望，一会儿闭目沉思，有时还不住地摇头晃脑，如醉如痴，而手里的笔却不自主地在宣纸上点点戳戳。

"没有多大工夫，只听和尚连声喊道：'妙！真妙！'米芾不知何事，连忙把眼光从窗外收回来，再朝宣纸上一看，自己也大吃一惊：原来，宣纸上竟出现了一幅别具风格的山水画，这山和云雾全是用水墨点染而成。窗外的景色和宣纸上的画浑然一体，虚实难分。米芾画了不少的画，还没有画过像这样的得意之作，于是就在画上题了'鹤林烟云'四个字，写上名字，盖上印章。和尚一看名字和印章，才晓得这位施主原来就是大名鼎鼎的米南宫，于是就请他到方丈室里小坐，捧出香茶和果品招待。米芾和当家和尚闲谈了一会，拿起《鹤林烟云图》准备走了，哪知当家和尚竟向米南宫要这幅画。

"米芾说：'讲心里话，我对这幅画非常满意，有些舍不得送人。'但当家和尚再三恳求，米芾考虑了一会儿，说：'我虽是外地人，但在镇江已经住了好多年，对镇江的一山一水、一草一木都有了感情，这里秀丽的风景，对我作画有很大的启示。今天在鹤林寺又画了这幅《鹤林烟云图》，完全是鹤林山水赐予我的灵感。因此，我想跟当家的要块宝地，砌几间茅屋当精舍，不时到这里来小住，我死以后也要葬在这里，愿我的灵魂化为伽蓝神，永远替鹤林寺看守山门。

"当家和尚一听，非常感动，就答应了。从此以后，米南宫就住在鹤林寺新砌的精舍里，用画《鹤林烟云图》的水墨点染技法作山水画，久而久之，就形成了独特的米氏云山画法。米芾去世后，就葬在了黄鹤山，据说化为了伽蓝神，永镇鹤林寺山门。"

说到这里，老人指点三人顺着石子路向前一直骑，会看到黄鹤山下有个石牌坊，那就是米芾墓了。20年前鹤林寺的住持苇航法师见米芾墓年久失修，但请当时地方政府直接修缮不太现实，于是向县、省有关部门呈请，将县城内已废弃的观音楼牌坊石柱、水陆寺巷外牌坊石柱，再加一些城砖，拨给鹤林寺修米芾墓，运费由寺庙负责。不过，批复下来后，发现运费也不少，苇航法师只得发起募捐，请社会各界大力支持，才解决了修缮米芾墓的事情。

辛野放下茶杯，竖起大拇指夸赞道："这个住持和尚真聪慧，借力用力，用多种办法修好了文物，善莫大焉。"

吃罢茶，三人告别了老人，朝米芾墓方向骑去。

经苇航法师修葺后的米芾墓坐落在黄鹤山北麓的半山腰，这里四季青松参天，绿荫遮地。从山脚到墓约60米，有三座水泥平台，两边有玉带坡，南北方向的石坊，气势十分雄伟。望着被郁郁青松覆盖下的墓道，顿觉肃穆，同时也令人升起了追思和默念，三人凭吊了一番，继续向竹林寺骑去。

竹林寺是南郊诸寺中规模最大的一座。这座古寺依夹山而建，由山麓蜿蜒至半山腰，一层层的石阶穿插在房屋或甬道间，抗战时期去过重庆的房波发现，这里倒是有点像山城的建筑。

寺里是有和尚的，此时做完功课，纷纷拿着锄头到寺庙附近的一块田里去开垦。新中国成立之前，竹林寺的僧众很多，现今只有八位僧人了。这些僧人在佛教协会的领导下，经常参加政治学习，思想认识逐渐地提高了，现在他们已经组织起来自己进行农耕生产，同时，还在附近的一所民校常年服务。

早在十几年前，这里还是一片竹林，幽篁蔽天，有"万竿烟雨"之称；后来在抗战中遭受日寇炮火，竹林、树木大半被毁，现在所存的竹林只有从前的十之二三。随着战乱，寺院也由盛而衰。

竹林寺山门前有一座"游翠亭"，亭子里有一块古碑，虽然残破，但不少字还是辨认得清的。房波看到碑上"峰峦拱倚，竹树相畔"的句子，想到山坡上大片的竹林，感觉这两句还是可以作为现在竹林寺的写照的。

一位短髯老和尚拿着锄头从亭前经过，房波和辛野向他施了一礼，说明了来意，想向他做个采访，请他介绍介绍南郊的近况。

没想到还真问对人了，这位老法师正是竹林寺的住持悉明。

知道对面二人是《旅行杂志》的记者后，悉明法师非常客气，热情地向他们介绍，镇江市风景名胜修建委员会对南郊风景区的建设极为重视，已在南郊各地清理了近代积存的大量瓦砾垃圾，种植松柏等山林树木十数万株，还在竹林寺内移植了很多牡丹、杜鹃等花草，一改1949年初的颓势破落。

讲到高兴的地方，悉明法师用手指着四周山上种植的树苗、竹苗，感慨地说："日本侵略者和国民党反动派把它砍掉了，烧毁了，但是今天人民又重把它建设起来。1000多年来，竹林寺被毁过好几次了，但是它依旧存在着。几年后再来看竹林寺，它一定会有令人惊奇的变化，你会认不出它的面目！"

悉明法师想留三位在寺庙中品茶，竹林寺旁有一座林场，林场里种植的茶在当地很有名气，并且法师擅长南山独特的茶艺。不过三人因时间关系，一天走访完南郊行程比较紧，只好遗憾地谢了法师，向招隐寺骑去。

骑行经过一段崎岖的山路，一路颠簸，很快就到了招隐寺坐落的兽窟山。

远看招隐寺深居于一片丛林中，千万松槐，拥立在山的四周，显出它的幽静、肃穆。三人骑到一座巨大的石坊前，石坊的两旁刻有一副"读书人去留萧寺，招隐山空怀戴公"的联额。

一道泉水淙淙，自山上曲折流来，溪水碰击石块激起的点点浪花，在阳光的照射下闪闪亮亮，分外鲜明耀眼。战乱时期，招隐寺的建筑先是遭日军飞机轰炸，后来又被国民党某部占用，直到新中国成立后，这里还未恢复人居。唐正心带着房波和辛野走访寺内的古迹，参观梁代昭明太子的读书台、增华阁及戴颙的听鹂山房。

掬一捧山中的泉水畅饮，房波和辛野觉得这山泉格外甘甜清冽。唐正心告诉他俩，当年昭明太子萧统和他的父亲梁武帝政见不合，隐居到镇江的南郊读书，山中饮水不便，萧统追寻虎、鹿蹄迹，挖出两口泉，后来招隐寺僧人常年饮此泉水，都长寿延年。三人就着泉水又吃了些随身携带的干粮，歇歇脚再爬山。

翻过几个山头，三人竟沿着小道来到了南郊黄山和小九华山交界的地方，山麓间有一片废弃的校舍。

这里曾经也是一座公园。晚清光绪时，英国商人施大根在这里圈了一块地建私人花园，施大根去世后，因为他的妻子是日本人，所以这座私人花园又转卖给了日本人角田方。到了1935年，在镇江市民反对日本帝国主义的高潮中，曹庵逸、郎醒石、陆钧石等人设法集资，从日本人手中购回了这块地，将原有亭舍花木重加整修，布置假山奇石，改为"黄山公园"，游人可自由入内游览。1936年6月，江苏省立南京中学迁到镇江，在山麓圈了850亩土地兴建校园，江苏省立镇江中学建成的第二年抗战全面爆发，日军飞机连续轰炸这里，镇江沦陷后日军某部占领校舍达八年之久，公园设施荡然无存。抗战胜利后，当局一度想恢复"黄山公园"，可惜开工到一半内战爆发，最终还是荒废了。

这里有一道形势很险要的山寨古堡样城门，过了这道土城，很快就看到山间的高崇寺，顺着这座古寺左侧，沿陡峻的山路前行约一里路，便到了幽栖寺。

幽栖寺在镇江是出了名的幽深莫测，山上种植着成片的松槐等林木，绿叶成荫，嶙峋的怪石星罗棋布。远望西南五指山脉，高耸云霄，若隐若现。山下村镇相属，就像是电影摄影场中的建筑模型。山谷中的羊肠小道，迂回曲转。在这深山峻岭中，除去风吹树叶沙沙作响，和偶尔有一两只雀子叫外，再也听不到什么声响。古老的城堡，幽深的寺院，环抱的山峦，显出一种幽静无比的气氛。

唐正心指着更远的山峦说："九华山仅有大愿王宝殿及幽栖寺两座庙宇，都已经很残破了，僧人很少，山后有一条幽栖古道通往丹徒山区，也是丹徒山里乡民进城的必经之路。我建议不要再向那边走了，不然回去就太晚了，山里会碰到野猪、野狗这类野兽，我们还是往回走吧。"

一阵阵山风从山顶上吹过，半人多高的野草随风摇动。辛野毕竟是女孩子，听到有野兽出没，赶紧表示同意。

三人伫立在南郊山顶，放眼四望，是一片连绵的群山起伏不断，耳畔松涛阵阵。山风吹乱了这几位青年的头发，饱览着祖国大好河山的旖旎风光，三人流连忘返。

直到太阳偏西，起伏的群山染上了一层金黄色，他们才急急下山。骑车返回招待所时，天已全黑了，于是三人在巷口的小饭馆简单点了三菜一汤，匆匆吃完，赶往解放剧场。

第五章

听曲白蛇传

金山寺

解放剧场里，今晚的上座率奇高，座位上满当当的，票房门口贴着一张大海报：

> # 唐九儿
> ## 《白蛇传·清曲》

到剧场门口时已有点迟了，剧场门口人头攒动，房、辛两人惊奇地问唐正心："镇江非常流行听曲吗？"

唐正心对他俩说："老百姓喜欢看《白蛇传》，神话剧热闹啊。早几年过年时，九姑在焦山唱庙会，看戏的人那可是里三层、外三层，挤得水泄不通，比现在还要热闹好几倍呢。"

三人找到座位坐下，先听了两首暖场的短曲。等所有观众都入场坐好，场上锣鼓一响，剧场里顿时安静下来，只见唐九姑碎步走到舞台中央，板碟一敲，幕布拉开，《白蛇传·清曲》开唱了。

今晚的戏是《端午惊变》和《水漫金山》，这两场都是《白蛇传·清曲》里相当精彩的部分，大西路、中山路一带的戏迷听到戏讯全来了，人们听得分外入神，只见那位扮演小青的年轻演员一甩衣袖，唱道：

　　小青尊一声白娘娘，
　　你同我小青回山岗，
　　娘娘一同儿去躲端阳。
　　凡间有个端阳节，
　　家家户户用雄黄。
　　娘娘这个恶味真难挡，
　　用是用雄黄，
　　娘娘这个恶味真难挡。

　　白娘娘唱道：
　　你的根本也平常，
　　青儿你一人回山岗，
　　我是不能出远方，
　　你一人回山岗，
　　我是不能出远方。
　　我夫看见个个都出外，
　　他是一定要疑猜，
　　我的心内放不开。
　　要是要疑猜，
　　我的心内放不开。

　　小青唱道：
　　小青就此驾遁光，
　　娘娘在凡间过端阳，
　　娘娘恐怕你把根本伤。（曲调"下盘棋调"）

　　许仙唱道：
　　许仙拿酒上楼台，
　　就在房里坐下来，

你同我把端阳赏我的妻儿呀，哎哎哎子么，
小生代你把酒筛。

白娘娘唱道：
娘娘一见魂不在，
雄黄恶味真难挨，
理当陪你把酒饮我的人儿呀，哎哎哎子么，
你妻身体不自在。

许仙唱道：
既同许仙真恩爱，
便叫我心放得开，
今日吃了雄黄酒我的妻儿呀，哎哎哎子么，
可保一年不生灾。

白娘娘唱道：
娘娘一听吃一惊，
一点不吃他疑心，
奴家万分无可奈我的人儿呀，哎哎哎子么，
少吃一点拿命拼。

许仙唱道：
听见我妻许了口，
随时端住雄黄酒，
就朝娘娘嘴里倒我的妻儿呀，哎哎哎子么，
吃过酒同你看龙舟。

白娘娘唱道：
许汉文，我官人，
我的毛病重得很，

因何拿酒将我灌我的人儿呀，哎哎哎子么，
你看糊的我一身。

许仙唱道：
许仙一听便开声，
贤妻不要错怪人，
今日多吃雄黄酒我的妻儿呀，哎哎哎子么，
包你毛病就离身。

白娘娘唱：
白素贞难过得很，
浑身骨头骨节疼，
我的命儿还是小我的人儿呀，哎哎哎子么，
舍不得丢下我官人。

许仙唱道：
许仙越想越懊恨，
看见妻子还是个人，
并非拿酒将你灌我的妻儿呀，哎哎哎子么，
茅山道说你是妖人。

白娘娘唱道：
娘娘一听泪纷纷，
官人你的心太狠，
你我夫妻多恩爱我的人儿呀，哎哎哎子么，
听什么道士嚼他的舌头根。

许仙唱道：
许仙急得心里疼，
骂声道士不是人，

不该听他说鬼话我的妻儿呀，哎哎哎子么，
真正对不起女佳人。

白娘娘唱道：
娘娘万分挨不住，
怕的就要现身，
官人下楼把茶取我的人儿呀，哎哎哎子么，
你妻心内如火焚。

许仙唱道：
许仙听说下楼门，
倒茶送把女佳人，
看见白蟒魂不在我的妈妈呀，哎哎哎子么，
可怜吓死的人唉。（曲调"莲花"）

那位表演许仙的演员相当出色，把一个吓得魂飞魄散的丈夫表现得特别形象，跌倒在舞台上浑身直发抖，然后慢慢瘫软了身体。

小青唱道：
过了正午时，
小青转回家，
看见许仙睡在楼底下，
慌忙忙上楼门，
去望我主人，
可怜娘娘现了原身，
小青想主张，
把娘娘放上床，
书符念咒把她救还阳。

白娘娘唱道：
白蟒打个滚，
又变成女佳人，

开言就把小青问，
楼上雾腾腾，
方才现原身，
可曾吓坏我官人。

小青唱道：
小青回言答，
禀报我主人，
大爷吓死跌在地埃尘。（曲调"湖北调"）

小青唱道：
各处药王贡，最妙是苏州，
傍的人家摆的贡实在真不丑，
唯有我家店里没有物件摆，
瞒住我家娘娘到昆山把宝贝偷。
上了多宝楼，
有两样好宝贝天下总没有，
有一幅图画是九天仙女奏乐歌，
还有一个十二时辰文王鼎，
只两件宝贝被我小青拿到手，
驾遁到苏州。

白娘娘唱道：
顾家来酬谢，上门来磕头，
为这为我们夫妻把他儿子命来救，
小青又被顾景云来瞧见，
她又说两洋宝贝是他家祖代传流在我店里头。（曲调"畲畲调"）

许仙唱道：
顾家父子到衙门，

报告我许仙是妖人，
官是杭州钱塘县，
日下苏州才到任，
告我昆山盗宝贝，
耳听许仙官不问，
随着差人把赃起，
把我发配镇江城。（曲调"小上坟调"）

白娘娘唱道：
白娘娘辞店房同师叔商量，
二师叔写信把我带至镇江生生堂，
请三先生帮忙。（曲调"湘江浪调"）

主仆驾云去，
顷刻到镇江，
落下云头看，
到了生生堂。
主仆朝里走，
那位尊姓王，
有人来招待，
将信来呈上。
王三看过信，
随时会差房，
就把官来会，
代许仙把情讲。
县长看情面，
细细说端详，
师叔得了病，
一命见阎王。
许仙做经理，

还是生生堂，

从今后夫妻恩爱过度时光。（曲调"王二娘调"）

唱到这里，唐九姑等人把板碟一拍，随后慢慢收起，小碎步向后退几步，如醉如痴的观众才知这个节目要结束了，喝彩声、掌声雨点般响起。

趁下一个节目还没开始，唐正心带着房、辛二人，嘴里不停说着"借光"绕开同排的观众，来到了后台。一见到唐九姑，房波激动地说："九姑姑，您表演得真是太好了！"

辛野也在一旁说："九姑姑，我发现镇江的曲子和别处的不太一样，嗓音清亮，细腻委婉，您能跟我们讲讲镇江小曲子的掌故吗？得要让更多的人了解镇江这种曲子呢。"

唐九姑听她这一问，似乎触动了什么往事，面带伤感地失了一下神，被唐正心轻喊了声"姑姑"才转过身来，沉吟片刻，她为三人讲起了小曲的来历：

原来，镇江的戏曲可以追溯到明正德、嘉靖年间，当时安徽凤阳花鼓传入江苏，很快在镇江流行开来。到了清朝乾隆年间，每逢正月初九，观音山都有集会演唱花鼓戏，渐次发展到在农间盛会和大户人家的喜庆寿诞上演唱，世代相传。后来，唱这种花鼓戏的和流行在扬州、镇江、南京一带的散曲的戏曲演员结合起来，形成了专门唱戏曲的玩友行帮。

花鼓戏和清曲在宁镇扬一带流行，在各种庙会上常有表演，镇江清曲演唱组织多、规模大，创新曲目贴近生活，演唱风格多样，尤以有说有唱，或以说为主、风趣幽默见长，具有浓郁的地方特色，所以特别受欢迎。

到了民国初年，花鼓戏、清曲玩友臧雪梅、吴兰芬等艺人逐渐将清曲唱腔引入花鼓戏，率先吸收清曲的曲牌和演唱技法，又将清曲的坐唱发展成行唱，并采用丝弦伴奏。臧雪梅创的唱法多为小嗓门唱法（称"窄口"），细腻委婉，又称"小开口"。

凭着"小开口"，臧雪梅和同仁们组成的第一个职业班社"凤鸣社"到杭州"西湖大世界"正式公演，一炮而红，后来经黄金荣姨太露兰春介绍，又到"上海大世界"游乐场演出，镇江艺人在上海赢得了很大的名声，时称"镇江帮"。

讲到这里，唐九姑脸上又露出一丝苦涩："在旧社会，艺人有了名气，也就是看上去光鲜，实际上还是要被地痞流氓欺负。这些坏人真是厉害，艺人卖艺得来的钱，有一大半要被那些混混、戏霸分了去。唱戏的女人还容易被社会上那些歹人骗，像镇江当年到上海闯出很大名头的小运贵，遇到了一个知人知面不知心的小白脸，不仅恣意挥霍她的血汗钱，拿她辛苦挣来的钱吃喝嫖赌养女人，还要把她转让给警察局侦缉队长当小妾。小运贵不肯，侦缉队长就带人在巷口准备对她实施伏击，逼得她连夜逃离了上海。"

九姑说的"小运贵"，就是曾经轰动了整个上海滩的金运贵，她常年于上海、南京、扬州、镇江等地区演出，常演剧目有《珍珠塔》《二度梅》《梁山伯与祝英台》《后母恨》《庚娘传》《孟丽君》等。1952 年，镇江金星扬剧团邀请她加盟到镇江演出，从此她留在了镇江，将"金派"艺术发扬光大。

说着，唐九姑叹了一口气，她用手指着桌上的一个木匣子，接着说："在上海的时候，镇江帮的臧雪梅、方少卿、夏荣恩、许金富、江子余这些前辈，到处搜集镇扬地区的民间故事，编汇成唱词本子，然后再找印刷坊订成。"她打开木匣，里面是厚厚一叠册本，"这些都是我过去学艺时，镇江帮的前辈给我的。学会了就开始跑江湖，过去老百姓没有机会四处旅行开眼界，所以喜欢看戏听曲长见闻。老一辈的艺人，会写会编，每到一个地方都要听当地人讲讲故事，回去记下来配上俚曲，编成戏，戏本子就越来越多。"

说着，唐九姑在匣子里挑出几本《白蛇传》题材的唱本，有《盗仙草白蛇传全本》《扬州小曲白蛇传全本》等。"南京、镇江、扬州几个地方的人最喜欢听《白蛇传》，留下来的曲子唱本多，'维扬戏'本子也有不少。很多戏都是金山一带庙会唱戏传下来的。"

正说话间，一个管剧场的场务跑到化妆间门口，催了一声唐九姑："这一场快要结束了，赶紧准备好下一场《水漫金山》啦！"

唐九姑扭头应了一声，然后把桌上铺的册子装回木匣子，三人也赶紧退出后台，让九姑加紧整妆，准备上台。

不一会儿，锣鼓又起，剧场又安静下来，板碟一敲，《白蛇传·清曲》的高潮部分《水漫金山》拉开帷幕，法海出场了，带起了台下一连串惊呼。

法海唱道：
老法海看见黑气冲九霄，
掐指一算镇江来了两个妖，

青白蛇在城里闹，
变化了两个女多娇，
白蛇将许仙迷住，
同他配鸾交，
小青蛇昆山戏顾又盗宝，
披袈裟拿禅杖只望山下摇，
五条街化檀香就把许仙找，
阿弥陀佛，
收他为弟子带上金山来修道。

许仙唱道：
许汉文一见长老来化檀香，
不由心中仔细思量，
妻子常常对我讲，
她叫我同僧道不能来往，
我妻子身怀孕，
做善事也应当，
我只得暗地里就把缘簿上，
金山上前缘镜看前生大有名堂，
瞒住我的妻子同你到山岗，
我的老和尚，
送檀香听你把我前生来讲。

法海唱道：
老法海收许仙回山做了门人，
叫声徒儿许汉文，
何必要问前生，
你现在妻子丫鬟就是两个妖人，
可记得那端阳节，
你妻子现原身，

可怜你一见白蟒吓死地埃尘，
雄黄山她盗灵芝才把徒儿救还魂，
如若是缘分满就要将你吞，
徒儿许汉文，
你若想要命就在我山切莫转回程。

白娘娘唱道：
小青儿你曾看见许汉文，
可晓得他昨夜未曾回楼门，
你今去访问，
看你主人在何处安身，
我现今算不准，
有孕怀在身，
分娩后满过月才能算得真，
你代我出去寻找你主人，
倘若是会见面叫他赶紧转家门，
我的青儿，
你就说娘娘在家想官人。

小青唱道：
小青随时就把云来腾，
四面八方寻找主人，
看见许仙在金山上，
一个人闭目养精神，
小青把云头落，
喊醒了许汉文，
奉娘娘的命请你赶紧转家门。

许仙唱道：
许汉文闻听动怒便开声，

小青儿赶快出山门，
法海老法师对我讲，
他说道你们主仆两个是妖人，
存心要害我，
缘满就将我吞，
在金山削发修道永远不回程。（曲调"银纽丝"）

小青唱道：
小青一听又把云腾，
回家来便把娘娘喊一声，
在金山会见主人面，
我劝大爷赶紧转家门，
他说法海对他讲，
说我们主仆两个是妖人，
法海劝他金山削发来修道，
再也不准他转回程。

白娘娘唱道：
娘娘一听泪纷纷，
法海做事你太不仁，
我特地下山将恩报，
因何将我们两人分，
小青同我会官人，
一驾云头到山根，
主仆双双上佛殿，
法海打坐念经文。（曲调"村调"）

白娘娘唱道：
双膝跌跪老和尚面前，
尊了一声长老你要听我的言，

我来找许仙，哎么哎么哎么哎么哎哎么，
我来找许仙，哎么哎么，
你把许仙今日交还我，
我一人独造你的大佛殿，
省得你化缘，哎么哎么哎么哎么哎哎么，
省得你化缘，哎么哎么。（曲调"十八摸"）

法海唱道：
法海闻听怒气生，
骂了两个小妖人，
许仙本是佛门子，
在我金山修道行，
青白二蛇赶快走，
如再琐碎命难存，
快回山中去修炼，
免得根基化灰尘。

小青唱道：
小青动怒把嘴张，
口吐青光要把法海伤，
骂声秃驴向哪里走，
顷刻叫你见阎王。（曲调"滩黄"，或唱"妆台"亦可）

法海唱道：
法海就把禅杖拿，
南无，（口念真言）么泥么呵沙，
拿出紫金钵，
阿弥陀佛，
又把风火蒲团祭，
南无，（念动咒语）么泥么呵沙，

祭在空中，阿弥陀佛。（曲调"南无调"）

白娘娘唱道：
一见长老祭法宝，
喊声小青赶快跑，
同我把师兄找，
哎哎么同我把师兄找，
我家师兄是乌风大王，
五湖四海把名扬，
他的本领真高强，
哎哎么请他帮我的忙，
主仆二人来请乌鱼精，
会见师兄泪涟涟，
细细说真情，
哎哎么要望师兄来救命。（曲调"凤阳调"）

乌鱼精唱道：
乌鱼精动怒，
贤妹你请坐，
但放宽心，
区区小事在我，
四海龙王，
同我拜过，
我去请他，
借水淹头陀，
先请龟丞相，
后请鳖参谋。
打发鳅鱼到五湖四海三江去请那大大小小胖胖瘦瘦长长短短各模各样五颜六色厉害鱼虾兵蟹将一齐来助我。

没眼睛闰月鱼，

没嘴没面是木鱼，

个子大夹黄鱼，

个子小罗汉鱼，

身子长裙带鱼，

身子短小鲨鱼，

生得胖河豚，

生得瘦马婆鱼，

肚子大是斑子鱼，

肚子小毛刀鱼，

肯上钩子是青鱼，

进过口子是黄姑鱼，

火刀扁子红色鱼，

白如霜黄瓜鱼，

头带七星是黑鱼，

鳊白鲤鲫上色鱼，

不上台盘是鳅鱼，

金光亮锭铜头鱼，

没头没尾锅盖鱼，

黄季杆子行如箭，

会摆阵子小粲鱼，

鲥鱼肚子赛如刀，

吃白大混子鱼，

尾如松是鳍鱼，

生鱼翅大鲨鱼，

吃人肉是鳗鱼，

善心恶死是长鱼，

喳喳叫鲞丝鱼，

细皮白肉是鲴鱼，

会咬人是脚鱼，

　　你看那金鱼银鱼鳄鱼美人鱼各种鱼精雄赳赳气昂昂耀武扬威要捉那法海秃驴。(曲调"京宅子")

　　　　我本是乌鱼得的道，
　　　　身躯足有一丈高，
　　　　头戴乌油盔一顶，
　　　　倒插一对雄鸡毛，
　　　　身穿一件唐猊铠，
　　　　护心镜上放光毫，
　　　　左带弯弓如初月，
　　　　右带狼牙箭几条，
　　　　法宝囊在腰中坠，
　　　　打将钢鞭插在腰，
　　　　胯下一匹乌骓马，
　　　　手执青铜杀人刀，
　　　　虾兵蟹将将前引路，
　　　　诸位道友把许仙要，
　　　　四海龙王将大水发，
　　　　水漫金山把法海找。(曲调"滩黄"或唱"云拥蓝关"亦可)
乌鱼精把水族精怪唱了一遍，这有趣的戏文，让台下人忍俊不禁。

　　小青唱道：
　　　　小小舟船水上漂，
　　　　船头上站的白娘娘我小青在后梢，
　　　　上山把法海找，
　　　　上山把法海找，
　　　　不还我的主人与你不得开交，
　　　　法海长老，
　　　　法海长老，
　　　　不还我的主人与你不得开交。

白娘娘唱道：

小小舟船在江心，

娘娘带着小青青，

为的许郎君，

为的许郎君，

我同法海要把命来拼，

交还我夫君，

交还我夫君，

不还我的官人同你定把命来拼。

小青唱道：

小小舟船到山根，

我同娘娘上山找主人，

要的许汉文，

要的许汉文，

法海做事你心太狠，

代他们俩离分，

代他们俩离分，

不还我的主人叫你们一个活不成。（曲调"八段景"）

小沙弥唱道：

沙弥低头朝下望，

陡然水头高数丈，

搅海又翻江，哎哎么，

搅海又翻江。

猛然不见镇江城，

镇江百姓遭了瘟，

淹死无数的人，哎哎么，

淹死无数的人。

虾子忙赛桅杆，

不会走来跳上山，
令人心胆寒，哎哎么，
令人皆胆寒。
螃蟹大钳实在凶，
七手八脚到山中，
要的许相公，哎哎么，
要的许相公。
鲟鱼头上一根枪，
兴风作浪到山岗，
要与师父战一场，
鲇鱼大嘴把人吞，
摇头摆尾到山根，
要的许汉文，哎哎么，
要的许汉文。
季花婆子领雄兵，
身上还有十二根翎，
碰着不得命，哎哎么，
碰着不得命。（曲调"老十杯酒调"）

小和尚望着望着魂不在，
只是抖儿来，
直奔方丈，
战兢兢儿啦，
急急忙忙报事情，
我的师父啊。
许仙的妻子她不是个白氏女，
是个妖里怪儿来，
约同乌风黑鱼精儿啦，
一齐闹上山，
我的师父啊。

河歪精生得多标致，
赤条条而来，
不穿衣裙，
带个红肚兜儿啦，
小和尚掉了魂，
我的师父啊。
水獭猫的个子比牛大，
赛老虎儿来，
看见一只乌龟，
像车篷儿啦，
称称有几百斤，
我的师父啊。
穿山甲量量有好几丈，
如蛟龙儿来，
有一阵江猪子，
爬满山儿啦，
大家要活遭瘟，
我的师父啊。
四海龙王将水发，
吓煞人儿啊，
带领着犀牛，
满身角儿啦，
水漫金山寺，
我的师父啊。
并非是徒儿一定埋怨你，
多闲事儿来，
把人家夫妻，
硬拆散儿啦，
代人家活分离，
我的师父啊。

太平庵不住要住想心寺，

找事做儿来，

身穿蓑衣，

去救火儿啦，

你惹火自烧身，

我的师父啊。

你好比挖粪的打灯笼，

去寻死儿来，

可晓得牢门口，

你也悔后迟，

我的师父啊。

你老人家自作自受无抱怨，

连累大众，

小和尚儿啦，

一齐下汤锅，

我的师父啊。（曲调“小郎儿调”）

法海唱道：

叫一声小沙弥你不要惊慌，

把我的烈火袈裟铺在山顶上，

怕他四海水不能把我金山漫，

你不要怕，

快下法旨请八仙同神将来捉妖魔。（曲调“妆台头太平尾调”）

沙弥唱道：

一请吕洞宾，

头戴四方巾，

青锋宝剑先斩河歪精。

二请蓝采和，

扑掌笑呵呵，

花篮里面要收众妖魔。
三请何仙姑，
法力世间无，
先斩癞头龟然后杀江猪。
四请韩湘子，
手中拿笛子，
想把妖里怪个个来治死。
五请铁拐李，
葫芦腰中系，
要将妖魔水怪装在葫芦里。
六请曹国舅，
绰板拿在手，
先敲黑鱼头再剥螃蟹肉。
七请张果老，
倒骑毛驴跑，
渔鼓简板收妖怪一个逃不掉。
八请汉钟离，
芭蕉手内提，
要抽虾子红筋还剥鲨鱼皮。（曲调"关东调"）

又请令官本姓王，
再请哼哈二将四大金刚，
杨戬是二郎，
神鳌下水咬龙王，
护法韦陀手执降魔杵，
金吒木吒哪吒李靖是托塔天王，
观音佛号叫慈航，
托塔李天王，
观音叫慈航，
我师父又把宝贝祭，

风火蒲团紫金钵与禅杖，
只杀得天昏地暗搅海又翻江，
鲜血流满红，
妖魔水怪一齐把命丧。

白娘娘唱道：
白素贞一见魂吓掉，
多亏文曲星拖住法宝，
溜到杭州西湖断桥，
两眼不住泪滔滔，
晓得闯的祸不小，
无数的生灵命赴阴曹，
恼恨法海无道德，
拆散我们夫妻未能好收梢，
我的心愿怎得了，
未能好收梢，
我的心愿怎得了，
实指望养个儿子领带到十岁，
交予我的丈夫能算把恩报，
然后回山再修道，
能算把恩报，
然后回山再修道。

小青唱道：
我劝娘娘不要泪满腮，
算一算主人被法海藏在哪一块，
想个法把他找回来，
藏在哪一块，
作法把他找回来。

白娘娘唱道：
小青听我说真情，
我现在怀孕在身算不明，
无法去找我郎君，
怀孕算不明，
无法去找我郎君。

小青唱道：
娘娘你赶快到灵隐，
灵隐寺的签条实在灵，
求条签问问分明，
签条实在灵，
求条签问问分明。

白娘娘唱道：
娘娘到灵隐寺来祝告，
手拿签筒子跪在地下摇，
落下一根上上的签条，
娘娘判签条，
主仆二人又到断桥。

小青唱道：
娘娘把签句念一念，
看主人同我们得会面，
同娘娘可能再团圆，
同我们得会面，
同娘娘可能再团圆。（曲调"剪剪花"）

枯木逢春色更鲜，
犹如月缺又团圆。

君家若问迷途路，
支持相逢在目前。（曲调"滩黄"）

小沙弥唱道：
师父本领高，
把水怪皆灭掉，
八仙同天神天将一齐把法旨缴，
唯有四海水还未退，
请观音用净瓶才把水收掉。

法海唱道：
老僧掐指算，
便把徒儿叫，
为师今日送你到断桥，
让你夫妻重相会，
分娩后我来收白蛇徒儿再修道。

许仙唱道：
师父曾说过，
说我妻是个妖，
说她是条白蛇变化女多娇，
如若我到断桥同她再相会，
怕只怕她报仇雪恨我命就难保。

法海唱道：
为师算得真，
她怀孕要临盆，
为只为她生下一子是你一条根，
夙缘未满不得将你吃，
跟随为师送你到杭州城。（曲调"奋奋调"）

小青唱道：
娘娘不要闷沉沉，
我远远望见好像我主人，
他一个人只往断桥路上走，
灵隐寺的签条实在有灵神。

白娘娘唱道：
听见小青说格外泪纷纷，
莫不是你眼花缭乱看错了人，
老法海若能让他回家转，
无数的师兄弟不得丧残生，
娘娘仔细望果然是我官人，
迎上前去扯住许汉文，
抱头大哭说不出一句话，
一阵心酸昏晕在地埃尘。

许仙唱道：
许仙吓一跳抱起女佳人，
我的妻因何不作声，
叫一声小青快来帮我将她救，
揪人中掐虎口将她救还魂。

白娘娘唱道：
娘娘心中苦万分，
哭哭啼啼喊了一声我的人，
万语千言我皆不说，
只要你手摸心自己问一问。

小青唱道：
喊一声娘娘又喊声我主人，

你们在断桥相会可算是再生，
从今后你们夫妻恩爱白头过到老，
在我看赶快回家到楼上去安身。

白娘娘唱道：
挽着许仙手一同进了城，
带着小青走进自家门，
主仆三人把楼上，
忽然腹内有些疼，
红光满房绕香味实在好闻，
又谁知奴家今日要临盆，
几个阵子娃娃落下地，
娘娘一见心中喜十分。

许仙唱道：
娘娘把妆台上叫一声许汉文，
娃娃明日满月今日要请人，
将你家姐姐夫妻请来吃满月酒，
你叫小青把时新的菜今日要办现成，
许仙闻听慌忙下楼门，
复返上楼望望女佳人，
一言未发下楼朝外走，
才出了大门看见老师尊。（曲调"妆台调"）

法海唱道：
法海望见，
徒儿汉文，
为师下山，
为的素贞，
明日满月，

她能逃生，
紫金钵把你，
去捉妖人。
许仙一听，
跪求师尊，
若是蛇怪，
何能胎生？
法海开言，
你不知闻，
吃过灵芝，
她才能临盆，
夙缘一满，
就将你吞。
许仙闻听，
又求师尊，
即是蛇怪，
待我有恩，
万一吃我，
不怨师尊。
法海动怒，
叫声汉文，
将她留住，
定要害人，
水漫金山，
伤多少残生，
罪犯天条，
不能留存，
紫金钵拿去，
快收妖人。
许仙接钵，

眼泪纷纷，

哭哭啼啼，

走进大门。

小青唱道：

小青一见，

吓掉真魂，

无处躲避，

借遁逃生。

许仙唱道：

许仙上楼，

金钵飞腾，

万道霞光，

只奔素贞，

恼恨师父，

心肠太狠，

我妻速走，

赶快逃生。（曲调"数板"）

白娘娘唱道：

娘娘见钵吓掉魂，

双膝跌跪地埃尘，

未曾满月我逃不掉，

哭哭啼啼连喊几声许汉文。

妻儿同你永分别，

谁人照应我官人，

为报恩虽然丢命我不怨，

怎舍得丢下你孤单一个人。

春天不能陪你游山玩水，

夏天不能与你把凉乘，
秋天不能同你来赏月，
冬天不能代你消寒把酒斟。
一日三餐我不能服侍你，
哪个是你铺床叠被人，
我更有一件伤心事，
怎舍得丢下我的一条根。
官人呀你把儿子抱把我，
让我再望一望我娇生，乖乖呀，
可怜我儿未满月，
二十九天亲娘同你两离分，
乖乖呀，饿死了哪个拿奶将你喂，
哭死了哪个抱抱我娇生。
乖乖呀，来下尿来你只好自己捂，
来下粑粑定然要糊满身，
可怜没娘的孩子无投奔，
被人家欺负都不敢作声。
乖乖呀，为娘喂你一顿断头奶，
你到底少饿几个时辰，
官人呀，未做成的针头线脑请他姑妈妈做，
你就说我拜托她就当陈氏门中多添一条根。
紫金钵坎在我头上，
浑身上下骨头骨节疼，
可怜我万分挨不住，
我怕只怕就要现原身。
官人呀，你把你儿子抱过去，
怕的跌坏我娇生，
官人呀，你同你儿子下楼去，
休要吓坏了我官人。
娘娘就地打个滚，

现出一条小蛇在钵里登（俚语，意为爬着），
两眼不住双流泪，
定痴痴望着许汉文，
心里有话嘴里说不出，
离不得许仙舍不得我的娇生。（曲调"童子调"即"香火调"，
或唱"雪拥蓝关调"）

许仙唱道：
许仙拿钵下楼门，
怀抱小娇生，
心儿里舍不得女佳人，
紫金钵交予法海老师尊，
把我娇儿托他姑母领，
然后回山修道行。

法海唱道：
老法海捧着佛钵出了城，
西湖边雷峰塔镇住妖人，
如来佛说我多事伤了多少残生，
把我法海压在金山脚下永不准翻身。（曲调"跌落板"）

第六章

拓碑品鱼鲜

焦山和象山江面上的木帆船（20 世纪 50 年代，陈大经提供）

　　房波和辛野听了这一场有着浓郁镇江味道的《白蛇传·清曲》，被其独特的艺术魅力彻底征服。第二天早上在前往焦山的路上，两人还意犹未尽地聊着，房波问唐正心："镇江算不算是《白蛇传》传说故事的起源地呀？"

　　唐正心一边骑车，一边回答："很多地方都流传《白蛇传》，《白蛇传》在镇江的场景情节多，加上镇江自古就是水陆码头，在这里关于白娘子的各种唱本、小曲类型就更多一些。我在金山帮木匠师傅们干活的时候，听过一个工友哼'水漫金山'的曲子，听过几次就记得了，蛮有味道的，我给你们学学。"

　　说着，他就清唱了一段《白娘娘金山斗法海》：

　　　　鞋子脱下当摆渡，
　　　　金簪子脱下当橹摇，
　　　　耳耙子来撑篙，
　　　　撑得撑来摇得摇，
　　　　摇摇摇直往金山跑，
　　　　不觉金山就来到。
　　　　小和尚一见魂不在，
　　　　都怪禅师找麻烦。

别人夫妻你硬摘瓜，
今天找上山门来。
螃蟹过河七手八脚，
舞刀弄枪大草虾，
河蚌赤条条，
不穿衣裳大红袍，
一齐找上山来了。
老法海叫徒儿不要慌，
拿我袈裟罩在大殿上，
小沙弥你带我前面去，
引路让我看端详。
白素贞喊法海一声尊，
仔细听我把话论，
劝你赶快放出许官人，
免得我与你来争论。
老法海怒气高万丈，
小白蛇你少猖狂，
劝你赶快回家去，
慢点叫你千年道行化为洋。
白素贞怒气高万丈，
口吐白气要把法海伤，
小青青在旁施力，
虾兵蟹将动刀枪。
老法海不慌又不忙，
叫声徒儿不要慌。
布下我的拂尘，
念一声南无弥佛，
放出万道灵光。
虾兵蟹将逃个精光，
蚌精鳖精无处躲藏，

　　　　白娘娘借水逃走，

　　　　小青青放道青光。

　　　　一时间风平浪静，

　　　　可见我佛如来佛法高强。

　　　　老法海回转大雄宝殿，

　　　　叫声徒儿许汉文，

　　　　你的妻子本是白蛇变，

　　　　五百年前修的身，

　　　　前世就把夫妻配，

　　　　五百年前结下婚，

　　　　她的腹中已有孕，

　　　　本是天上文曲星。

　　　　倘若是腹中生养，

　　　　拿我法宝收复他人，

　　　　把她放在西湖雷峰塔，

　　　　千年万载永不翻身……

　　这段唱词通俗易懂，还带了一点地方上的油腔滑调，房波和辛野觉得新鲜有趣，情不自禁大声叫好。唐正心更来劲了，说："在镇江地区，《白蛇传》故事的异文也多，我还听过一个'泪漫金山寺'的《白蛇传》故事。"

　　辛野好奇心顿起："泪漫金山寺？"不过她很快反应过来，"泪就是白娘子的泪，对吧？"

　　唐正心说："是啊，这个'泪漫金山寺'和现在听到的'水漫金山寺'不一样，这是有一回在焦山上听几位从宜兴来的香客，住在庙里闲暇时哼唱的。内容说的是白娘子到金山寺找许仙，法海和尚不仅不让他们夫妻二人团聚，还要用法术害她，白娘娘求天求地求人，感动了天地，她的泪水愈淌愈猛，越淹越高，最后漫过了金山寺。不过这个'泪漫金山寺'我也只听过一次，据说在江南一带的农村流传，其他地方很少听得到。"

　　房波听了感到很有意思，给唐正心提了一条建议："《白蛇传》深受广大人民群众的喜爱，你把流传在镇江的各种不同版本的《白蛇传》故事搜集起来讲给游人听，会吸引更多的游客到镇江来呢。"

　　唐正心的心中一动，把这个建议牢牢记住了。

　　顺着镇焦路一直走，三人很快来到江边的象山东北侧，找地方停放好自行车，唐正心让他们俩先在象山码头逛一会儿，他去喊人送他们过江。

　　码头就在象山脚下。象山过去叫"石公山"，山中有送江亭、韩公墩、普贤洞、峨眉洞等名胜古迹，山下临江处有一座南宋乾道年间建的石隐庵，后来焦山如有贵宾要接待，渡江之前就在这里候船迎接，所以又叫"接待庵"，老百姓则把这里叫作"避风馆"。1931 年，镇江准备依托象山新建一座"象山公园"，设计者以上海的法国兆丰、靶子公园为蓝本，给象山下辽阔的平坦之处铺上了草坪，修建了假山、喷泉、花圃、花坛，还有曲径通幽的迷园。可惜抗战风云突变，战火逼近，象山公园被迫停建，不久被改成了军事防地，不仅在山顶上整修扩建了炮台，还在山下修造炮台弹药库，布置了铁丝网等工事，西峰悬崖绝壁上还建了一座碉堡。抗战胜利后，国民党当局又忙着打内战，象山一带更是被层层武装，设置成一座军事要地，象山公园建设的事就被迫中断了。

　　不多一会儿，唐正心从东边的聂家村喊来一条渔民的小划子，三人坐上去后，小划子如一道直线，向焦山驶去。

从焦山望象山（20 世纪 70 年代，陈大经提供)

　　坐在小划子上，唐正心指给两人看沿江的炮台。江岸东码头有一大片石台，曾经是清政府建筑的象山炮台，这些暗堡式炮台，向西一直延伸到北固山甘露寺江岸。这些炮台在抗击外敌侵略时，曾经发挥过重要作用。

　　焦山地处江心，历来以船为交通工具。1921 年，镇江鸿文码头利苏船局的快轮每天往返于焦山、沙头镇等地。1934 年，江苏省政府建设厅在焦山设渡轮，方便来往的香客游人。1946 年，国营招商局镇江办事处以快轮数艘对开渡江。1949 年，国民党军队撤退时将焦山码头上所有的船都带走了，连原"义渡""红船"等公益性质的渡轮都没留下。所以在新中国刚刚成立后的 4 年左右时间里，要上焦山，就只能用附近渔村仅存的八条小划子渡江。

　　渔民在小划子上平时边打鱼边注意码头上的动静，见有客招手，靠近的船就划过来接着。这次接三人上岛的渔民是一位看上去 40 多岁的男子，摇桨的双臂暴着肌肉。他跟唐正心打过交道，见面两人寒暄了几句就招呼上船了。

焦山水面上的小划子（20 世纪 80 年代，陈大经拍摄）

　　小划子稳稳驶在江中，这条小船看上去用了很多年，瞧得出最初是用红漆刷的船身，但如今红漆已剥落得差不多了，看上去像一只大斑鸠。房波在船板上看到刻着一个标记，辨认了一下，念道："焦山救生……"最后一个字实在模糊，他左看右看，分辨不出。

摇桨渔民接口："是焦山救生局。"

房波用手抹了一下，看得清楚了，连声说："对对对，是'局'字，焦山救生局是什么单位？"

摇桨渔民道："过去镇江这一段江水急，常会有江难，焦山救生局是救掉落到江里人的一个帮会，也做义渡，是做善事的救生会。"

自古长江到了镇江这一段，江面宽阔，"每遇疾风卷水，黑浪如山，樯倾楫摧，呼号之声惊天动地。"镇江沿长江的金山、北固山、焦山、云台山、玉山，都建有祈福的寺庙，渡江的人会在寺庙里烧一炷高香，祈求能来往平安。

真正给南来北往的渡客带来福音的，是南宋以后成立的救生会。到了清代，由官府拨库银，民间捐百金，建造了多艘救生红船。红船通体漆成鲜红色，船头有虎头雕刻，甲板上竖着一面铜锣，船尾高高的旗杆上挂着一面五彩大旗。出航救助时，船旗迎风飘扬，锣鼓鸣号。救生会累计救起船民、渡客无数。三人现在坐的小划子，其实是当年红船上的配套木艇。

镇江水域西有京口救生会，东有焦山救生局。镇江开埠后不久，江面"啪啪"响起小火轮和汽艇的轰鸣声，救生局的红船慢慢被时代淘汰了。到了1949年镇江解放时，因为焦山码头所有船只都被国民党军队抢走了，焦山附近的人只好拿出这种老古董小划子，权且作运送游人上焦山的交通工具。

说会话的工夫，小划子就停靠到了焦山的码头。唐正心领着两人进庙门，过山门，在焦公坊左转来到了华严阁。

他们看到一位身穿长衫的中年男人正在"瘗鹤铭"碑那边拓印，他一手抓一只蘸墨的丝棉包互相捶来打去，然后再在蒙了一层宣纸的碑上捶打，他脚旁摆放着宣纸、毛笔、鬃刷、拓包、徽墨、毛巾、厚棉布等拓印工具，还有一只铜盆，盆里盛满加了适量白及的净水。唐正心轻呼了一声："白丁老师，我回来啦。"

白丁老师回过头来，只见他两鬓微白，一张四方白净脸，戴着一副玻璃瓶底一样的眼镜，弯弯的眉毛下，是一双微微鼓起的眼睛。看到唐正心，他淡淡一笑："正心回焦山啦，金山那边忙得怎么样啦？"

唐正心朝白丁一躬身，笑着回答："回来了，白丁老师。这两位是《旅行杂志》的记者，来镇江给三山做宣传呢。上次麻烦白老师拓的《瘗鹤铭》拓片，也是《旅行杂志》的作家丁先生要的，请了这两位记者同志带回去。"

白丁老师听唐正心介绍了房波、辛野二人，他放下手中东西，拍了拍手，向两位客人拱手示礼。《瘗鹤铭》碑石经千百年的水浸风蚀，已锋销颖颓，作为焦山的"镇山之宝"，这是要特别保护的文物古迹，定慧寺一直都是看管很严，不准人随意拓取的。不过，白丁老师是焦山佛学院开办时智光方丈特别聘请的在家人教授，定慧寺特准他常住别峰庵，协助寺庙恢复焦山的名胜古迹。

早在1934年秋，当时焦山的智光方丈为培养佛学人才，弘扬佛法，创办了焦山佛学院，智光方丈任院长，定慧寺监寺为教务主任。佛学院成立后，聘请了上海暨南大学文学硕士薛剑园教文学和统计学，原江苏如皋师范学校校长潘效安、做过韩国钧省长秘书的钱右东和后来到扬州师范学院任教的章石丞教文学，戴玉华律师教法律，曾在交通部工作过并代表中国出席国际电学方面会议的彭遵路教代数和物理。白丁老师是书法篆刻方面的大家，又精研过焦山六舟和尚传下来的"全形拓"，练就了一手拓碑技术，能做到拓其形而不伤其石，因此佛学院特聘他来教授学生们书法绘画。

早些日子，唐正心请了白丁老师拓两张《瘗鹤铭》碑拓，因白丁先生常年住在别峰庵，平时受唐正心照料，所以唐正心一央求，他就答应了。

白丁老师正在为焦山公园的开园制作一批拓碑作品，只见他一手用鬃刷认认真真地轻轻掸扫碑石表面，同时指挥唐正心帮忙去打一盆清水来。唐正心手脚麻利，很快端来一盆清水，清洗了碑石。

等碑石干透的过程大约有一小时，房波和辛野趁这段时间，请教白丁老师什么是"全形拓"，白丁老师耐心跟他们讲解："全形拓是一种拓印方式，可以把古鼎等器物拓出来。"为了让他俩理解全形拓的概念，白丁老师说待会这边拓印碑刻的事忙好，就带他俩上山到他借宿的地方去看看拓图实物。

白丁老师一边调着盆里的水，一边和两人解释："全形拓的来历，要从一尊焦山鼎说起。古时候，焦山收藏有一尊非常有名的西周青铜宝鼎，叫'无惠鼎'。这尊宝鼎原来是被镇江一户魏姓人家收藏的，相传到了明代嘉靖年间，奸相严嵩当政，企图霸占此鼎，魏氏怕子孙保不住此鼎，反受其害，就将鼎送至焦山海云堂保存。'无惠鼎'因为这段传奇经历，到了清代名声大振。"

他说着话，双手却没停，在碑上均匀地涂一层白及水，然后小心翼翼将宣纸覆在碑面上，用毛刷轻轻刷，接着说："到了清代的嘉庆、道光年间，六舟

焦山收藏的古鼎（20世纪40年代，陈大经提供）

和尚主持焦山寺，他将焦山收藏的青铜鼎取形，并量出各部尺寸绘于拓纸、厚纸或木板上，然后将厚纸或木板刷上桐油并晾干，按图刻模板，再用拓纸按图覆模板传拓，开创出了'全形拓'制作技艺。用这种技艺拓出来的图，深受文人墨客的喜爱和重视。六舟和尚闲暇时将焦山几尊宝鼎拓成全形拓片，一时求者众多，将之奉为至宝，六舟和尚也被人们誉为'金石僧'。这门拓印的手艺随着他和焦山几位高僧的传承，一代代流传了下来。"

房波和辛野在一旁看白丁老师拓碑，只觉得他像绣花一样轻柔地敲凹每个字，生怕惊醒石碑里沉睡的精灵一般，等到宣纸慢慢干燥，开始泛白，白丁老师才开始上墨。他左手拈起的拓包是沾墨的，右手的拓包是调节干湿浓淡、均匀墨色的，两个包相互捶打若干遍后，先在废纸上试试，感觉差不多了，便迅速在拓碑的宣纸上渐次密集捶打。

大概过了半个时辰，这番由干到湿、由浅入深的上墨流程才结束。拓片要待到八九成干才能取下，白丁老师不想闲站着，于是用毛巾擦了手，嘱咐唐正心照看一下工具包，他带房波和辛野二人从华严阁的左首坡道上山，到他住的别峰庵去取《瘗鹤铭》碑拓，并看他制作的全形拓拓图。

沿着青石板路上山，两人跟随在白丁老师后面，穿过了一片茂密的竹林。

竹林里青翠欲滴，一根根修长的翠竹伸向高高的天空，嫩绿的枝叶互相交错，亭亭如盖，遮住了碧空。地面上积满了枯枝黄叶，足有两三寸厚，人踩上去犹如走在一条松软厚实的地毯上。

边走边听白丁老师说着别峰庵来历，房波和辛野才晓得焦山上除有一座定慧寺，还有不少小庵是大寺僧人在寺外山间的精舍，最早的精舍在明代就建成了。这些精舍的名字都起得很好，如海若庵、水晶庵、自然庵、宝墨轩、观澜阁、松寥庵……每个都有典故，出名的有十三座，又称"十三房"。

别峰庵是十三房之一，十三房中有十二房都在山下，这一房却建在山顶。

白丁老师又告诉房波和辛野：过去，在山下的十二房家家香火旺盛，来烧香拜佛的游客众多，进项大过开销，富足得很；在山上的别峰庵孤孤单单，冷冷清清，游客很少，穷得都揭不开锅了。想不到后来这个别峰庵，倒是一步登天，成了十三房中最富的一房。

白丁老师非常健谈，给两人讲了这样一个故事：

"传说有一年，焦山来了一个老头，这个老头穿着一件竹布大褂，脚蹬一双破布鞋，进了山门，掏出两个小钱买了一根焦公杖。他就这么拄着根焦公杖，这块遛遛，那块逛逛；到这家玩玩，到那家看看。山下的十二房，他都转遍了，没有一家留他喝杯茶，没有一家留他吃餐饭，也没有一家拿出自己的看家宝贝给他看。那十二房看他穿得平平常常，斜着势利眼看他进来，瞪着势利眼送他出去。眼看过了中晌，这个老头忘了带钱，还没有吃中饭，后来实在饿得难过，便绕到前山，看看还有没有其他有香火的地方。

"他打鹤山脚下拐过去，就远远望到山上还有座小庙。心中一喜，劲就来了。哪里晓得这个山着实难爬呢，又高、又陡、又滑，连条路都没有。他只好攀着树枝、茅草，拄着拐杖，一脚深一脚浅地走一步歇一脚。上山的时候太阳还在正中，到了山顶太阳已经偏西了。

"他一脚跨进庙门，就有个老和尚迎着他走过来。这个老和尚，倒不因他穿得平常而冷淡他，而是笑嘻嘻地问：'请问老先生是烧香，还是用斋饭？'老头望着他点点头，又用手指指肚皮，实在饿得连话都说不出来了。老和尚赶快吩咐小和尚备饭，自己忙着去找香和蜡烛。找了半天，只找了一对霉蜡烛、一支断了头的香。这个老头点上香、蜡，拜过佛像，就坐下来和老和尚拉起家常来。

"老头问：'山上风景比山下好，怎么游客这么少呀？'

"老和尚说：'唉！山太高了，又没有铺条路，上不来呀！'

"'是呀，太难走了，要是有条路就好了。'两人正谈着，饭也端上来了，是一大碗青菜和一碗糙米饭。老和尚不好意思地说：'山上没有好吃的，请先生将就将就。'老头肚里早就唱空城计了，连连说：'蛮好，蛮好。'连拨带扒吃得可香了！一刻工夫就吃光了。他抬头看看，天快黑了，回是回不去了，就问老和尚：'有地方借宿吗？'老和尚说："有是有啊，就是被子不干净。"老头心想：'我穿得这么平常，他倒怕我嫌他呢。'便说：'不要紧，不要紧。'

老和尚就到房里把自己的被子抱给老头睡，自己跟小和尚同睡去了。

　　"老头儿在庙中住了一晚，第二天天一亮，老头就起来了，对老和尚说：'我要走了，你找个人送我过江吧！'老和尚满口答应，还一直把他送到江边，看着他和小和尚上了船才回到山上。

　　"这个老头回到客栈，对小和尚说：'你家师父没有富贵眼，不看人兑汤。'说完就从包里掏出一张钱票装在信封里，交给小和尚让他带回山去。又对小和尚说：'告诉你家师父，再过个把月，有一条船从杭州运青石板来，靠在焦山脚下，那是送给你家师父铺路的。'

　　"过了个把月，果然不错，焦山脚下来了一船青石板，又宽、又厚、又长，整整齐齐地堆得像一座小山。从船上下来一群人，七手八脚地把青石板一块一块地抬上山铺起路来了。

　　"人都说，莫看别峰庵小，那里的老和尚心眼可好呢！对游客不势利，为人就是要这个样。这么一传十，十传百，游客都沿着新铺的青石板路上山看别峰庵了。从此，穷庵就变成了富庵。山下十二房的当家和尚个个干瞪眼。有什么办法呢？哪个叫你势利眼的啊！"

　　白丁老师讲完这个故事，也快近山顶了，他哈哈一笑，一抬手，指着路边的一片房舍院落，对两人说："喏，那就是别峰庵。"

　　别峰庵下还有座小亭子，亭子里镶嵌着的条石上，别具匠心地雕刻有100个不同样的"寿"字。据说清末一位姓范的善士看到登上焦山别峰庵的山路崎岖，便捐钱铺设了一条花岗岩山路，直达别峰庵，庵主为了感恩，就建了这座百寿亭。辛野心想："民间故事也是有原型的，看来别峰庵确实善于待客之道，感恩有回报。"

　　进了别峰庵，这是翠竹环抱之中的一座别致方形四合院，庵内有"天开图画"匾，有"沧海云开腾日月，清江潮落舞蛟龙"的对联，北侧有小批屋三间，据说郑板桥就是在这里读书的。庵内天井有一花坛，种着桂花树两株，修竹数竿，环境清雅幽绝。

　　庵堂布置得很雅致，正堂挂着郑板桥所书拓片："花香不在多，室雅何须大。"其他墙面分别悬着焦山十六景图。白丁老师指着墙上的"十六景"，对两人解释道："早在北宋时候，佛印禅师任焦山定慧寺的住持，他把焦山风景概括为十六景，每景题诗一首。后来历代住持根据环境变化，都有重新命名和题诗。"

他走到靠近门口的《华严月色》图前，这是十六景图的第一幅，用手指着图上的题诗说道："别峰庵要布置成一个展厅，这里挂的十六景，是雪烦法师命名的焦山十六景。"

雪烦法师命名的十六景是：华严月色、定慧潮音、山门松影、庵院槐荫、海云宝墨、石屋藏铭、西崖远景、东麓新林、江亭礼佛、岩洞寻仙、自然问道、安隐栖禅、危楼观日、枯木品香、香林花圃、别峰果园。房波和辛野移步欣赏着一幅幅景图。

白丁老师住在别峰庵最里面的一间，他让两人在庵堂观看十六景图，自己进屋子取出来几卷轴拓图。

待房波和辛野将十六景图欣赏完，白丁老师抽出一卷，在桌上慢慢展开。这卷的纸张不是太好，有些黄糟但是很完整，紫色的绢装封面上押着描金的拓本名字，甚是精美，还盖了不少名人的朱砂红印，更加珍贵。卷图上绘有一尊古鼎，视觉上如立体的青铜器一般，让人忍不住想伸手去摸一下，看是不是真实存在着。

余下数卷的拓图皆为立体全貌，精美程度与那宋元时的古拓竟无二致，房波和辛野啧啧称奇。看着二人惊叹的表情，白丁老师非常满意，不由将眼睛眯起来，话也多了。

房波和辛野也感觉到了白丁老师的博学多才，借助这个良机想多向他请教拓印的知识。白丁老师看到从上海来的两位青年如此虚心求教，更是侃侃而谈。

三人喝茶说话间，白丁老师几乎是将胸中所学倾囊相授："这拓片工艺啊，可以归纳为五道，首先是清洗干净受拓器物的纹理；再将宣纸蒙于器面，用白及水略微沾湿；然后在宣纸上再蒙上一层吸水的软性薄纸，用毛刷略润，用干净的扑子捶打纸面，令纹理毕显；接着是揭去上层薄纸，检查是否平整与纹理的清晰程度，再用扑子蘸上适量墨，在突出的纹理之上轻轻扑打，循序渐进，边看边扑，切忌手重，令黑白尽显，待达到理想的模样，这拓片算是完成了。切记，万万不可扑得太重、太快。最后，将完成的拓片揭起来，也是最后一关的难题。"

一边聊，辛野一边看桌上这些拓图，越看越爱不释手，借着白丁老师高兴的劲头，她红着脸小声说："白丁老师，我太喜欢全形拓图了，能不能将那张焦山鼎赠给我呀？"

白丁老师愣了一下，哈哈一笑，说："辛记者呀，来到焦山别峰庵，你可不能学大官富商，拿我当郑板桥哦。"

辛野挠挠头，不好意思地问道："大官富商和郑板桥，这是哪一出呀？"

白丁老师抿了一口茶，摸摸胡子，笑着又讲起了一个故事：

"郑板桥是清代乾隆年间'扬州八怪'里最有名气的书画家。他会作诗，会写字，又会画画，成就都很高，被称为'三绝'。他画的竹子、兰花、菊花、山石，形容逼真，姿态美观，而且有精神、有寓意。一幅画上，再用他那忽大忽小、亦草亦隶、乱石铺街似的字题上几句诗，盖上一方鲜红的图章，真叫人越看越欣赏，爱不释手。郑板桥晚年长期居住在扬州，同他的朋友们终日在一起作诗写字画画。他听说镇江有座焦山，山在江中心，山上种了很多竹子，心想这倒是个读书的好地方，便乘船过江来到焦山，看中了后山的别峰庵。这地方幽静，游客不到，他就跟庵里的住持老和尚商量，借住下来。

"别峰庵在后山深处，只有几间破屋，又没有一条好路，走上走下很吃力。庵里只有一个老和尚，他一人既是住持，又兼打杂。山上也没有一口井，每天还要下山到江边挑水。

"郑板桥借住到别峰庵，先帮助老和尚把房屋打扫干净，糊好窗纸，摆下文房四宝，倒也觉得非常幽雅。他提笔写下一副对联：花香不在多，室雅何须大。

"老和尚见这个文人不摆架子，说话和气，也喜爱上了他，尽心地招待他。

"住定下来，郑板桥每天在庵前庵后看看江景，逛逛竹林，一有体会，便跑进屋里，摊开宣纸，画起了一幅幅竹石图。那一竿竿墨竹，疏枝密叶，清瘦秀拔，配上一两块清奇古怪的石头，把画家的品格都表现出来了。郑板桥把一些已经画成的画幅贴在墙壁上，不时揣摩。老和尚见了赞不绝口。

"在别峰庵借住的客人会画画，这件事被山下沿江各小庵里的当家和尚知道了，他们亲自来看，认为很好。大家纷纷来索画，有的说是借一幅去挂挂，其实借而不还。他们把郑板桥的画拿回自己庵里，向那些大官富商卖弄。大官富商就把这些画要了去，和尚便借此多化些缘来。

"官商们后来听说作画的人原来住在别峰庵里，就自带宣纸，要小庵的当家和尚引他们上山请郑板桥画竹，还要题款写上他们的字号。因是和尚引见，郑板桥也不好意思拒绝，随便打发了一些。大官富商笑嘻嘻空口说一声"谢谢"，就白白拿走了画，可怜别峰庵的穷老和尚却要贴茶贴水，添了许多麻烦。这些官商胃口越来越大，先是要画一幅小条山或一幅扇面，随后又要他画大幅中堂。一丈纸，三斗墨，把郑板桥画得喘不过气来。

"郑板桥很是苦恼，心里想：我不能有求必应啊，以后不管什么人来要画，一概不理，回他个干干净净。又一想：这也不是办法，老和尚这么清苦，我何不趁此帮帮他。想好了一个主意，晚上就同老和尚商量一下，老和尚欣然同意。

"某日，又有人挟着画纸来到别峰庵，庵门却紧紧地关着。定神一看，原来门上贴了一张大纸，写着几行字：

> 画竹多于买竹钱，纸高六尺价三千。
>
> 任渠话旧论交接，只当秋风过耳边。

"来人才晓得郑板桥画画要钱了。舍不得花钱的，白瞪着眼睛扫兴而回；舍得花钱的，就同老和尚接头，一手交钱，一手交画。卖画的收入，郑板桥除了算作房饭钱以外，其余都赠给了老和尚。

"自打受了限制以后，要画的人比之前少了。郑板桥乐得清闲一些。老和尚不时有一些贴补，别峰庵也就收拾得整齐可爱啦。"

听完这个故事，辛野晓得白丁老师在婉拒他，觉得有些不好意思，脸又一红，不再敢提焦山鼎拓图的事了。

茶喝过，算算时间山脚下《瘗鹤铭》碑上的拓纸也八九成干了，于是三人从原路返回。

下山速度很快，不一会儿他们来到华严阁的石坊前，白丁老师拈着宣纸的两个角，轻轻地往下揭，然后将其平铺在预备好的厚棉布上，让其自然晾干。

帮白丁老师打下手的唐正心，等白丁老师把几张拓片全揭下来后，再将地上铺的东西慢慢收拾起来。这时，一个皮肤黑黝黝的小伙子跑过来找唐正心，跟他说了两句，他听了笑嘻嘻地抬头对白丁老师和房波、辛野说："早上我托人请曹老大出船打几条鱼来谢白丁老师，曹老大带着永斌忙了一上午，刀鱼、草鞋底鱼都有，又跟焦山的艇户渔家讨来一条鲥鱼，用竹篮盛了，上下护以柳叶，送到食堂去做菜了，两位记者也是真有口福，一来就吃到过去皇帝才能吃

焦山脚下的捕鱼船（1980年，陈大经拍摄）

到的江鲜。"

黑皮肤小伙正是曹老大的儿子曹永斌，告诉他们食堂师傅马上要做鱼了，让他们快一点去食堂，江鲜不能久放，时间稍一长就跑味了。

扬子江地处长江东入大海的开阔地带，此地虫藻密集，为鱼群提供了丰富的食饵，故而水产丰富。尤其是刀鱼、鲥鱼、鮰鱼这些洄游鱼类，每年相继从海洋进入长江产卵，当这些鱼游到镇江焦山一段产卵时，也是最为肥美鲜嫩的时候，成为独特的时令佳品，被称为"扬子江三鱼美"。

春季正是肉嫩味美的刀鱼、鲥鱼洄游的季节，这刀鱼体型扁薄狭长，形似尖刀，鱼鳞极细，色白如银。宋代刘宰有诗赞之："鲜明讶银尺，廉纤非蜀尾。肩耸乍惊雷，腮红新出水。芼以姜桂椒，未熟香浮鼻。河豚愧有毒，江鲈惭寡味。"这是说烹饪的刀鱼尚未熟，就已香味扑鼻。河豚和江鲈都比不上刀鱼。而鲥鱼就更难得了，在淡水鱼中，称得上美味之冠。

白丁老师是吃中的行家，一听就食指大动，连说三声"好！"，麻利地收拾好东西，几人就朝宝墨轩方向走去。

掩映在银杏树林下的宝墨轩，是过去收藏碑刻书法的地方，20世纪30年代曾被日军飞机轰炸过，不少廊亭连同焦山佛学院的房屋都被毁了。后来进行了清理，隔出几间屋子做食堂，招待来焦山的游客。

食堂水池边，一位厨师正手脚麻利地将刀鱼去除鳍、鳃，将一根竹筷从鳃口插入鱼腹，把鱼内脏绞出后，用手从鱼颈沿腹部一直抹到尾部。正清洗着鱼的厨师一抬头看到唐正心带着白丁老师等人走过来，忙把鱼放下打招呼："白丁老师来啦，赶紧里面坐，鱼马上就弄好了。"

白丁老师朝他一笑，拱了拱手，随众人一起进了焦山食堂。

唐正心给大家讲，焦山上的工作人员大都是原岛上的渔民。焦山自古出产鲥鱼，元代《至顺镇江志》就记载了焦山这一带鲥鱼的肥美："三月出扬子江中，鳞烂白如银，味极肥美，然多骨而速腐。"渔民们发现这个秘密后，时令一到便云集焦山捕捞江鲜，时间久了便在焦山安家落户，逐渐在山下的老枫杨树旁形成了一个自然村落"戴王村"，村民主要姓"戴"和"王"。擅长烹饪的王桂元是戴王村人，学得一手做菜的好手艺，担任了焦山的食堂厨师，他做的鱼鲜让人赞不绝口。

王桂元看到人都来了，加快了做菜的速度。他端着盛食材的盆进了厨房，用手捏住刀鱼的尾部，把鱼身放在热水里略烫一下，除去鱼身的黏液和腥味，然后斩去尾尖部，把鱼放在长形鱼盘内，将几片切得薄薄的火腿片铺在鱼身上，每隔一寸就铺一片，形成格子式，再在格子空间放上春笋片、香菇，把一点点熟猪油、黄酒、盐、白糖小心翼翼地一并放入鱼盘里，然后将整张猪网油蒙在鱼身上，把葱、姜放在猪网油上面，随即上笼用烈火蒸。不一会儿，整个食堂都充满了清蒸刀鱼的香味。

白丁老师在焦山除了整理碑文石刻的工作，还教村民识字，村民对他都格外敬重。王桂元烹制鲥鱼时，也是拿出了十足的功夫。烫去鱼腥后，将鱼鳞朝上放入盘中，各种调味弄逸当（妥当），盖上猪网油，放上葱段、姜片。

趁着蒸鱼的空档，王桂元手脚麻利，迅速将素鸡切好，下油锅炸成金钱素鸡，和三芽菜炒豆瓣一起端上桌了。

辛野见厨房门口放着一个木桶，里面"扑腾、扑腾"跳出水花，好奇地走过去。只见桶里有两条头有点方、体背侧灰褐色、带有白色小斑点胖乎乎的鱼正在游动。她大感有趣，正要伸手去摸一下，唐正心看到赶紧喊住她："辛记者，河豚咬人，会把手指头咬掉的，千万不能摸！"

辛野一吓，赶紧把手缩回来。唐正心笑着对她说："河豚是仅次于鲥鱼的焦山美味，在焦山，将蒌蒿、芦芽和河豚一起烧，是人间鲜品。不过，吃河豚是一件高风险的事情，老百姓有'拼死吃河豚'的说法。"说着，他走过去，用手里的筷子捅一捅河豚："河豚的肝脏、血、眼、生殖腺都有剧毒，在加工处理的时候，要格外小心。焦山有一位做菜的老师傅叫王四爹，他是做河豚的高手。去年春天，焦山来了贵客，请王四爹来做菜，我看他杀河豚，要在厨房里打一把油纸伞，不能让一粒灰落下来，杀过鱼还要反复检查，没有一丝一毫遗漏才行。只有这么细心，吃河豚才安全。"桶里的河豚被他用筷子捅了几下，忽然鼓起了肚子，像吹出了一个大气球。

这时王桂元端上桌的是一盘草鞋底鱼，唐正心一看还要等几个菜，就对房波和辛野说："我来讲个'鱼过焦山口'的故事吧，故事里的鱼啊，就是今天吃到、看到的四种鱼。"

他用筷子轻敲了一下盘子，像说书的敲醒木一样，讲起来了："刀鱼、鲥鱼、河豚和草鞋底鱼结了伴，从海里向长江里游，经过镇江的焦山口。焦山口的江底有条门槛石，鱼儿要过焦山口，非经过门槛石不可。这条门槛石压在水底下，只留窄窄的一道小缝，要游过去，着实不容易哩。

"刀鱼的身子瘦，像把长条刀子。它不费难，头一个从门槛缝里穿过去，摇头摆尾，跑得老远老远的。草鞋底鱼本来是扁身子，眼睛一闭，从门槛石缝里挤了过去。它也游得很快，紧紧跟在刀鱼后面。四种鱼中要算鲥鱼身子顶大，它看见刀鱼、草鞋底鱼都过去了，急了，拼命朝门槛石缝里挤，挤呀挤呀，好不容易挤过来了，没料到把头跟身子都夹扁了。最后一个是胖河豚，又笨又胖，游得最慢。等它游到门槛石前，三个伙伴早游过去了。还好，它身上滑腻腻的，一滑，也滑过去了。才过来，看见它们三个早游得远远的，也不等它，心里一气，把肚皮气得鼓了起来。

"刀鱼在最前头，不晓得后面的事，还是一股劲地往前游。草鞋底鱼调皮，游一阵就要往后面瞧，只见鲥鱼的头身夹扁了，河豚的肚皮气大了，越看越好笑，扑哧一声，竟把个嘴也笑歪了。"

众人看看桌上的草鞋底鱼确实是个歪嘴，真像把嘴笑歪了的样子，也哈哈大笑起来。等到一碗荠菜羹上桌后，菜都上齐了，房波和辛野闻到香气扑鼻的鱼味，早已经按捺不住肚子里的馋虫，在白丁老师招呼大家并动了第一筷后，不约而同地夹了一筷子刀鱼。

这一筷子刀鱼肉入口，鱼脂鲜美不用多说，细细品嚼后还有回甘。

白丁老师向清蒸鲥鱼的盘子指指，对房波和辛野说："尝尝鲥鱼的味道，这可是过去皇帝的贡鲜。明朝时每年要送鲥鱼到北京皇宫，清朝时鲥鱼还上了满汉全席的菜单。"他示意二人夹鱼后在小碟子里蘸蘸镇江香醋和新鲜姜丝，两人用筷子小心夹住一小块鲥鱼，这鲥鱼的鱼鳞下所含脂肪甚多，一尝果觉腴嫩无比，只是细刺有些多。

见到两人脸上流露出的表情，白丁老师更是得意地谈起来："清代时，到了鲥鱼上市的时候，从镇江到北京沿途各州县都要抢修驿道，备办马匹和民夫负责传递，每三十里竖一根高大杆子，白天悬旗，晚上挂灯，三千匹骏马，数千名驿卒，日夜待命，马上飞奔，限时二十二个时辰将鲥鱼飞送入京。"

辛野惊呼道："好家伙，这不跟击鼓传花一样吗？"

唐正心插嘴道："没办法啊，这鲥鱼是水中西施，娇贵着呢，出水后不能久贮。若要吃新鲜的鲥鱼，只能用这种击鼓传花的办法快马送到京城去。"

白丁老师继续说："当时在镇江有一首《进鲜诗》，对鲥鱼从起网到送达京城的整个过程做了形象描述，我背过这首诗，念来给你们听。"他拿着筷子敲击着盘子，接着这个节奏念起诗来：

> 江南四月桃花水，鲥鱼腥风满江起。
> 朱书檄下如火催，郡县纷纷捉鱼子。
> 大网小网载满船，官吏未饱民受鞭。
> 百千中选能几尾，每尾匣装银色铅。
> 浓油泼冰养贮好，臣某恭封驰上道。
> 钲声远来尘飞扬，行人惊避下道旁。
> 县官骑马鞠躬立，打叠蛋酒供冰汤。
> 三千里路不三日，知毙几人马几匹。
> 马伤人死何足论，只求好鱼呈至尊。

大家听着这首诗，联想到像鲥鱼如此难得的美味，皇帝劳民伤财也要吃上一口，感慨不已。白丁老师又告诉大家，后来一位清官冒着掉脑袋的风险拼死上了一道《代请停供鲥鱼疏》，说天下的珍馐美味那么多，为什么非要吃鲥鱼，从扬子江送到京城两千五百多里，为了这鱼还要备马三千多匹，民夫千人，一听到要进贡鲥鱼，这两三千里地的官民都昼夜不得安宁。看到这个奏章，康熙皇帝下令鲥鱼"永免进贡"，有了这道圣旨，年复一年被鲥鱼折腾得人仰马翻的镇江官民总算清静下来了。

白丁老师喝了口百花酒，又夹了两筷子鲥鱼，赞了一声"鲜"，招呼房波和辛野多吃一点："鲥鱼的捕捞时间是每年开春到六月，秋季是九月到十月，其他时节都极少能打到，还是很稀罕的。"

辛野惊奇道:"就这几个月才能吃上鲥鱼呀?"

白丁老师说:"唉,这鲥鱼珍贵就珍贵在这地方,每年的五月到六月,鲥鱼从海里往长江逆流而上,过去要游到长江中游的小孤山产卵。《焦山志》上有一个记载,说鲥鱼来前三天,有黑小虫浮于江面,焦山周围特别多,过去渔民这时候下网,也称为'鲥鱼粮'。九月到十月是鲥鱼产卵后顺流而下洄游到大海。鲥鱼这种鱼性情特别暴躁,一离水就气得要命,很快就气死了,市场上是看不到活蹦乱跳的鲥鱼的。"说完他摸摸嘴角,自言道,"如果不是为了这口鲜,我又何必住到江心浮玉多少年。"

唐正心说:"是的,鲥鱼、刀鱼、河豚都是洄游鱼,每年都要从海里游到小孤山,民间老百姓说,它们是要去朝拜小孤娘娘。"

房波和辛野顿时来了兴致,请唐正心说说"小孤娘娘"是怎么回事,唐正心就说起了这个"朝拜小孤山"的故事:"长江里有座小孤山。传说,小孤山上有位小孤娘娘,是位仙人。不管什么鱼,由海里进了长江,都是要来朝拜小姑娘娘的。

"话说每年开春,刀鱼、河豚、鲥鱼,从东海里进了长江口,就往小孤山赶了。河豚又肥又胖,只有两只小鳍,划得慢,它怕争不了第一,总是超前出发;但是走到半路上,就被灵活的刀鱼赶上了。河豚一看,这不行,就咬住刀鱼的尾巴往前划,结果还是没刀鱼游得快。

"鲥鱼一看,你们游得快,我比你们还要快。它不走直水,一会儿向东,一会儿又向西。这一来,鲥鱼走的路程更多,游得更慢。渔民掌握了鲥鱼的习性,所以在打鲥鱼时网不是直水挂,而是斜在江心里,鲥鱼一头就撞进网眼里了。

"这样,每年第一个游到小孤山的总是刀鱼。小孤娘娘在刀鱼头顶上点朵红,刀鱼就高高兴兴往回游了。所以,五月份以后的刀鱼,头上总有一点红哩。"

辛野心想:"不知道我们吃的这条刀鱼,头上有没有一点红?"于是用筷子把鱼头拨了一下,可惜清蒸过的刀鱼看不出头部的颜色。

厨师王桂元看到他们吃得差不多了,端过来一屉素什锦包,房波拿了一只包子,一口咬下去,感觉面皮暄白,菜心碧绿,咸中带甜,满口生香。辛野也尝了一只,突然想起前天在天主街"一枝春"菜馆吃的菜包,细品后说:"这包子和前天在素菜馆吃的,味道特别像……"

焦山脚下捕刀鱼的船（1980 年，焦南航道，陈大经拍摄）

唐正心笑道："你的口感真厉害，焦山定慧寺的素菜过去是天下有名的，40 多年前，焦山定慧寺有一位叫刘殿发的厨师，跟焦山专制素斋的和尚学过多年的素菜制作技艺，做得一手好菜，他放言'只要荤菜里有的菜，就能用素菜做得一模一样'。从焦山出师后，他这样的气势自然让同行不太开心，同行们就有意无意地排挤他，刘殿发一气之下自己开了菜馆，店名'一枝春'，取自名句'江南无所有，聊寄一枝春'。因为他是从焦山走出去的，所以焦山的人去他店里，他那边都客气得不得了。"

房波和辛野恍然："我说那天的菜分量怎么那么足呢，原来他们和焦山是一家人啊。"

用餐结束，食堂又给他们每人盛了一碗糖白果作为甜点，这糖白果是用焦山野生的百年银杏树上的果实做的，文火炖过再勾上薄薄的藕粉，加上冰糖和桂花酱调味，汤色清亮，果仁清香软嫩，翠绿欲滴，美不胜收。

王桂元看大家吃得香甜，面带得意地给大家做介绍，传说这焦山糖白果的烹饪方法还是郑板桥传下来的。当年郑板桥在别峰庵读书，一场台风刮来，庵内银杏树上还没有完全成熟的白果洒落一地，他觉得白白烂掉很可惜，就捡了些回去，加工后一煮，果肉居然晶莹碧绿，口感也很好。于是别峰庵便用此来招待四方功德主，大受欢迎，之后各庵都把它作为特产招待贵宾。如今，焦山食堂还在用郑板桥秘法制作糖白果呢。

众人品完糖白果，赞不绝口。

白丁老师中午胃口很好，也喝了些酒，房波说他扶白丁老师回别峰庵休息，顺路还要请教一些学问，让辛野和唐正心在食堂等他。

食堂一张桌子上，辛野看到一张菜谱，菜谱左栏写着焦山食堂当家菜品：烤麸、素鸡、罗汉斋、素火腿、素烧鸭、酥脆鳝、清炒虾仁、炒素鱼片、糖醋鳜鱼、糖醋海参、熘鹅皮、熘素脆鳝、烩油筋、素杂烩等；右栏写着招牌菜：烧油筋、烧杂烩。

唐正心见她对这张菜谱感兴趣，于是对她道："民国时南京是首都，南京很多达官贵人都把离得最近的镇江当作后花园，把江中的焦山当作绝佳的旅游度假地。早些年来焦山的贵客都很有身份，为了接待好他们，焦山的素食就要做得好，靠着新鲜美味的食材，加上素菜荤名、素菜荤味的高超制作技艺，色香味形俱佳，贵客才能满意。30 年代时，少帅张学良来焦山，上岛游览后，来华严阁用餐，在品尝了焦山的素菜后特别满意，特别命副官赠给定慧寺上千银圆作谢仪。"

辛野咂舌道："来焦山吃一顿素菜要花上千银圆，真不愧是少帅。"

大约半小时后，房波一路小跑回来了，看他一头密密的汗珠，辛野递上手绢，嗔怪道："山路不能跑那么急。"

房波笑着接过手绢，轻轻在额头上碰了一下就还给了她。

第七章

石壁望松寥

远眺焦山（1972 年，陈大经拍摄）

在唐正心的带领下，他们向焦山东侧的山脚下走去，穿过一片银杏树林，这里是一片空地，抬眼看，一座用三合土分层夯实的高大炮垒遗址呈扇形展开，这就是著名的焦山炮台了。

焦山扼守长江咽喉地带，自古以来就是兵家必争之地。南宋时名将韩世忠率数千将士驻扎焦山，堵击金兵。南宋末年，宋、元在焦山一带的江面上激战，出现过"焦圃险要屯包港，元宋兴亡战夹滩"的惊心动魄场面。

近代的焦山，更是一座重要的军事要塞，修建有炮台、营墙、兵房、火药库，虽然那一场影响近代中国历史走向的战争已过近百年，但镇江至今还流传着青州兵浴血抗英夷的英雄故事。

焦山炮台是清政府在鸦片战争期间为加强长江下游的防务而修建的，与圌山、象山、都天庙（江都）三处炮台略成掎角之势。炮垒和营墙以方石为基，再以黄泥、石灰、黄沙配糯米汁捣拌成三合土，模板分层浇灌后夯实，坚固无比，是长江一带重要的江防要隘。

房波和辛野激动地走过去，炮台有四个大门，走进去才感觉到整个炮台是掩藏在周围密林里的暗堡式。过去大炮对着长江，英国侵略军侵入长江时，就是在焦山炮台守军的英勇炮击下吃了大亏的。

　　想象着当年一尊尊大炮像雄狮一样匍匐在炮台的炮位里，辛野站在一块垫石上，用手搭了个"望远镜"望向江心，瑟瑟江水滚滚而过，她好奇地问唐正心："焦山炮台里的大炮去哪了呀？"

　　唐正心答道："炮台里原本有好几尊大炮，都是八千斤重的，还有一座弹药库。抗日战争时，炮台被日本人毁了，只留下了大炮残件。抗战结束后，国民党军队又在炮台驻防，这些大炮残件在国民党军队撤离时被拖运走了。"

　　房波站在炮台里向外望去，眼前"大江东去，群山西来"，在文人墨客的眼中，焦山是一方神游的乐土；在政治家、军事家的眼中，险要的焦山自古是兵家必争之地。这座炮台是我国近代抗英反帝斗争的重要遗迹，也是镇江人民浴血御敌、狠狠打击外国侵略者的铁证。

　　辛野来镇江之前也查阅过资料，第一次鸦片战争中镇守焦山的青州兵和旗兵数千人对英军进行了英勇抵抗和沉重打击，此事件惊动了远在大洋彼岸的恩格斯。恩格斯在《英人对华的新远征》一文中热烈赞扬道："如果这些侵略者到处都遭到同样的抵抗，他们绝对到不了南京。"在炮台上溯古追风，两人心潮澎湃。

　　唐正心爬上炮台，在一块壁垒上坐下，他给两人讲了一个过去听说过的"血战焦山"的故事："这个故事是焦山的悟舟和尚给我们讲的，这也是他师父讲给他听的，焦山的掌故都是这么一代代口耳相传下来的。他说鸦片战争刚开始的时候，焦山上驻扎了一百来个蒙古族勇士，由一位叫巴扎尔的云旗尉率领。这一百来个士兵个个武艺高强，意气相投，结成生死弟兄。英夷鬼子打到焦山时，当官的听说洋鬼子来了，脚底抹了油，全都溜进了城。这天一早，圌山失守，中午三只洋鬼子的兵舰开进了焦山。大家看到洋鬼子来了，又气又恨。这时城里不会来救兵，城外又一处跟着一处地失守了，大家都拿不出好主意来抵抗洋鬼子。忽然看见巴扎尔朝小山头上一跳，大喝一声：'弟兄们，洋鬼子来了，我们跑了不一定能活，拼了顶多也不过是死，但是死要死得值。我们弟兄们和洋鬼子干吧！'说着抽出腰间佩的大刀来。"

　　唐正心边说，边做了一个抽出大刀的动作，继续讲道："大家看见巴扎尔这样的坚定，都齐了心，异口同声地说：'大哥，你既然这样说了，我们都是生死弟兄，就是死也要守住这块地！'随即全都举起了手中的武器。"

　　听到这里，房波和辛野被故事里的英雄豪气所感染，不由热血沸腾。

　　唐正心手指着山壁，继续说："洋鬼子向焦山'轰！轰！轰！'接二连三地开大炮，把山上树木也轰得着火了。巴扎尔一看说：'弟兄们，你们看洋鬼子用的是连珠炮，我们是用的独子炮，光靠炮打不行，我们不如把炮闩拆了，选好地势埋伏起来，把洋鬼子诱上岛，再杀他个措手不及！好不好?'

　　"巴扎尔话音一落，弟兄们都说好，大家都跑到树林、山凹、土堆的后面，藏的藏，躲的躲，手中握着磨得雪亮亮的大刀、花刀、白蜡杆子枪，决心跟鬼子拼到底。

　　"英国鬼子看不到火力，听不到人声，以为中国士兵都吓得鸟兽散了，便派一队人马乘小船上了焦山。洋鬼子上了焦山，还是不见动静，胆子更大了，一个个把枪背在肩上，大摇大摆地直往山上走。刚走到半山腰，突然从树林、山凹、土堆的后面蹿出一个个手执大刀、花刀、白蜡杆子枪的士兵来。洋鬼子吓呆了，啊呀！这些神出鬼没的士兵是从哪里冒出来的？没等洋鬼子醒过神来，这些士兵便展开了长拳短打，只见白蜡杆子枪一抖，洋鬼子就被戳了个通心过；大刀一晃，洋鬼子头已落地。没一刻工夫，洋鬼子全都直挺挺地躺倒在地上啦！

　　"山下的鬼子在等上山的鬼子，结果一个也没见下来，以为山上有金银财宝，就追上了山。刚跑到半山，又蹿出一个个手执大刀、花刀、白蜡杆子枪的士兵。这些鬼子上山抢银子的心急，万没想到这里还有一支伏兵，吓得呆住了。士兵毫不留情地摆开长拳短打，白蜡杆子枪一抖，洋鬼子被戳个通心过；大刀一晃，洋鬼子头落地，也没有让鬼子讲个'不'字，全给杀得直挺挺地倒地上啦！

　　"就这样上上下下，登岛的鬼子全被杀光了。兵舰上英国鬼子军官着了急，看看山上没动静，人呢？左等不回头，右等也不回头，心也慌了，举起千里镜一望，倒把个魂吓飞了，连喊：'不好！不好！'你猜怎么啦？原来他看见山上躺的全是英国鬼子兵，忙不迭叫兵舰后退三里，朝焦山穷轰大炮。

　　"巴扎尔一看，鬼子又用炮火来欺人；弟兄们被炮打死打伤不少，他心里像刀绞一样，咬紧牙关说：'我宁死，也要守住焦山，给死伤的弟兄们报仇！'说完派了两个弟兄赶回镇江报信请救兵，留下来的人又都隐藏起来。

　　"洋鬼子炮火越打越凶，把焦山轰成了火山，映红了半边天。到中午，洋鬼子这才敢上山。说也奇怪，一上山，什么也没有看见，只见焦山遍地红光，吓得洋鬼子寒毛竖立，迟迟不敢落脚，乘了炮船后退了十里，远远地停在江上。

"后来两个报信的弟兄到了镇江，把巴扎尔死守焦山和众弟兄英勇殉难的情况一说，大家都流下了眼泪，决心要继续打击侵略强盗，为死难同胞报仇。"

唐正心长叹一声，"这就是国弱被人欺啊，洋鬼子的武器比我们的先进，最后焦山还是被英军攻打下来了，洋鬼子攻陷了镇江城，镇江人遭遇了一场浩劫。"

唐正心用手指着炮台几处残破的地方告诉两人："当年日本兵打到镇江来，在撤出焦山时，将中国军队分布在各处的炮位都夷为了平地。当年清军抗击英国舰队所筑的石灰炮台，已经是 90 多年前的落后玩意儿，但日本人还是将它炸了个七零八落。所以说，侵略者的心都是虚的。"

在焦山炮台盘桓了一会儿，唐正心又带两人向东面山脚临江处走去，只见一近一远两座小石山在水中突兀而起，虽不高，却怪石异崛，奇松蔚然。灿烂的阳光照耀着，江水像一片燃烧的火，把这两座小石山辉映得如同世外仙境。

"松寥山，这就是唐代大诗人李白看到的古海门啊！"唐正心向房波和辛

焦山、松寥山游客留影（1956 年，焦山公园提供）

野介绍道，他曾不止一次站在焦山顶峰眺望过松寥山，想象着李白遥拜仙人的场景，现在站在山脚临水处去看它们，觉得更有一番风味。

他指着岸边水深之处，对房波和辛野说："这里有一根巨石断根，是当年角抵石的断裂处。"

房波和辛野定睛往水中看去，只见水下一段连着岸，有一大片像断残树根的石尾，想象得出如果奇石还完好，形状一定非常巨大。唐正心告诉他俩："过去这水域下，从一块大岩石上生出两根像角抵的石头，远远地从岸边伸向江中，角抵石在枯水期时会露出水面，上面可以坐 20 个人。角抵石是过去焦山奇景之一，佛印禅师的焦山十六景里就有题诗，来焦山游玩的人都会到江边来寻这块奇石。不过十几年前，这两根角抵石在一次炸山采石中不幸被轰毁了，仅留下这块断根。"

辛野奇道："在焦山炸山采石，轰毁了这块奇石？"

唐正心说："这事说来话长。轰毁角抵石这事在当时被传得沸沸扬扬，对焦山非常了解的人才知道这里面既有内因，又有外因。

焦山、松寥山游客留影（1959 年，焦山公园提供）

"内因是焦山的大寺定慧寺和各庵之间有矛盾，定慧寺因为有大量田产，寺里和尚向来吃斋念佛，不怎么招待游客；寺外的十三房小庵虽大多是定慧寺分庵，但各立门户，平时小庵以招待游客获得收入，收入作为小庵的生活补助。但静严法师担任定慧寺住持后，他的思想开放，在枕江阁之外又复建可设宴十余桌的华严阁，华严阁用餐环境雅致，推出的素菜名气更大，来焦山游玩的显要人物，大半都被引到华严阁用斋，导致其他各庵的生意一落千丈。

"外因是焦山北部的那座小焦山，是江中风景独特的小石山。因为江滩上涨，小焦山那片岛屿露出水面的部分有数十丈，静严住持打算在这片空地上建造楼阁房屋，招待游客。但小焦山孤立江中，和焦山之间隔了数十丈远的滩涂，冬天的枯水期还可以步行往返，到了夏天雨水多江水上涨，交通就不便了。静严住持为了解决交通问题，准备筑一条石堤把焦山和小焦山连贯起来，游客就可以走堤坝到小岛上了。

焦山、松寥山游客留影（1959年，焦山公园提供）

"建筑石堤的石料从哪里来？就在山脚附近炸山取石料，江边的角抵石就这么也被当作石料给炸了。当时静严住持也不知道这就是《焦山志》中所载的角抵石，炮台守备军提醒他这是古迹时他也不在意，角抵石被轰毁后，焦山全山人士都认为静严只图大寺利益不爱护古迹，都很有意见。

"刚好这时焦山军事要塞要收用别峰庵的土地，请定慧寺将别峰庵的和尚安置到海门庵，定慧寺认为这两座庵都是寺庙的产业，不应被侵犯，于是拒绝了这个请求，因此焦山全山上下都认为静严只图本寺利益，不恤小庵破产，就让久住海云庵的画师徐善青出面到法院、县府及各衙门去控告静严有意毁坏古迹。"

辛野问道："最后这场官司怎么判了呢?"

唐正心回道："还能怎么判呢，县府派来的人调查了一番，最后县里讨论了这个案子，决议令定慧寺修理完善结案。旧社会对文物古迹极不重视，很多名胜就这么毁掉了。"

沿着江边小路，唐正心领着他们向焦山西麓走去，江边湿地树木丛生，如果不是唐正心带路走这条捷径，他们会有一种误入原始森林迷失方向的感觉。

走了不一会儿，唐正心就带着他们爬上山间石径，沿途陡崖直立，峭壁伟岸，一路尽是历代名人游焦山时的题刻，时空跨越南北朝、唐、宋、元、明、清，字体有篆、隶、楷、行、草，数百幅历代名人的石刻纷呈在摩崖上，几乎覆盖半座焦山，气韵蕴藉，风神荟萃。信步走去，犹如徜徉在天然的历代书法展览馆中，房波暗想："这里真是艺术的明珠、书法的宝库，怪不得人们称焦山为'中流砥柱书法山'。"

"你们看，高处那一大片像刀劈似的石崖，"唐正心指着右上方，"这就是《瘗鹤铭》原刻石的地方。"房波和辛野仰头看去，只见石崖陡峭，如刀削一般，笔直地立在那儿。下面就是滔滔的江水，一条狭窄的石驳栈道沿江蜿蜒而过。

亲身观睹摩崖江波的壮观与浩荡，再听唐正心娓娓道来，房波和辛野觉得自己不是走在狭窄的山道上，而是遨游于1000多年来的艺术长廊间。

小路沿着山脚曲曲弯弯前行，前面出现一个山洞，能隐隐看到里面有几尊塑像，山洞并不宽深，两步即可到底。往里探去，看到一尊峨冠博带、深衣大带的文人石刻像，两旁站立着两个童子。

唐正心为他们解说："这就是焦公——焦光先生。焦山原来叫'樵山'，来到这里，我们就要讲一讲'焦山'这个山名的来历了，正是因焦光先生在此隐居而得此名。"

焦山江景（20世纪70年代，陈大经提供）

  "古时候，山上没有现今这许多建筑，长满了竹、树和茅草，无人居住。偶尔有一些渔民船户泊在山下避风，就上山砍些柴草带回船上烧火煮饭，便顺口叫它'樵山'。

  "话说在东汉末年，朝廷腐败，天下大乱。朝廷除了派兵四处镇压以外，还想了一个办法——征辟各地的隐士出山入朝，帮朝廷安抚百姓。

  "河东有一位年高有德的高人名叫焦光，他不愿上朝廷的钩，又怕被征辟，便一个人攀山越水，来到江南的镇江。他看中了这座江中心的小山地方幽僻，就隐居了下来。他不带家小，自挑行李，备了一些米盐小菜、锅瓢碗碟，选择了半山腰的一处岩洞住下，自炊自食，图个安静。渔民船户上山砍柴，发现山上住着一个孤独老人，很觉奇怪。焦光却高兴地把他们请到藏身的岩洞中休息，还帮他们一道砍柴。渔民船户劝焦光跟他们搬到生活方便的地方住，焦光硬是不肯。他说：'我喜爱这里风光美丽，地方幽静。一个人看看江景，爬爬山坡，晴天砍柴，阴天看书，多快活自在！'渔民船户们就送给他一把斧头，每次上山时，替他把砍好的木柴装上船，进城卖钱，换回来一些米盐和日用品。"说到这里，唐正心指着石像右下角的斧头和一捆柴，斧头就是焦光过去打柴的工具。

　　"京城里的皇帝早已听说焦光是个贤人，就派官员到他家乡，征辟他出来做官。钦差官到了焦光的家乡河东，才知道焦光已迁到江南去了。钦差官随即赶来镇江，那时叫京口，打听焦光的下落，跑遍了城里城外和金山、北固山、五洲山、黄鹤山、磨笄山、京岘山等处，都没找到，最后受指点来到了江心中的樵山。钦差官根据他们过去访求隐士的经验，总以为所谓民间的高人隐士只是不愿当官，应是衣冠整齐、又白又胖、说话文绉绉、满口之乎者也的老名士。哪知上了樵山，只见到几个衣衫破破烂烂的苦力，在树林里砍柴。其实，这群砍柴人当中就有焦光，只因他一身苦力装束，钦差官根本想不到这些人当中会有隐士，也没有问一声，所以就没有把焦光认出来。他回到京城向皇帝复旨，说在镇江没有找到焦光。

　　"皇帝一听动了气，把钦差官骂了一顿：'混蛋！没用的饭桶！你可知道隐士如果不是住在自己的家里消闲纳福，就一定是住在山洞子里修仙炼药。你再去镇江各处山洞里寻访！'

　　"钦差官不敢违背圣旨，只好再来镇江访问。北固山的观音洞、金山的白龙洞、京岘山的老虎洞，以及南郊的莲花洞、八公洞，各处山洞都跑遍了。除了蛇虫和佛像外，没见一个人住在洞里。他又上了樵山，居然在半山腰找到了一个石洞。那洞不过半间屋子大小，里面有一块石板当床，一块石条当凳，几块石头拼了当灶。洞壁倚着一把雪亮的铁斧和一根扁担，床头有两本古书。焦光正坐在石床上看书。

　　"钦差官一看高兴极了，心想：这人一定是隐士焦光无疑，走上前施了一礼，问道：'贵人可是隐士焦光吗？我奉皇帝圣旨，请你下山进京做官，治理百姓。'

　　"谁知焦光木木痴痴，用手指指自己的耳朵，又指指自己的嘴巴，摇摇头，好像是说：'我听不见你说的什么话，我也不会讲话。'

　　"钦差官一想：糟糕，这人原来是个聋哑。看他床头有书有简，想必识字。就把诏书拿出来递给焦光看。焦光这时当然不能装作不识字，把诏书从头到尾看了一遍，连忙摇头，起身从石灶里掏了一些灰撒在地上，又取了一根细木棍，在灰上画起字来：我非焦光，乃是焦先，别处访问。我非隐士，孤苦老头，不会做官。

　　"钦差官一看：'哦，原来找错了人，回去吧！'又上京城复旨。皇帝一听，气得不得了，大骂钦差：'混蛋！糊涂虫！这人就是朕要找的隐士。他是在装聋作哑，改了名字不改姓，不过一字之差，就被你当面错过，真是酒囊饭袋大草包！你立刻再到那个山洞里，不管他真聋哑假聋哑，不管是焦光还是焦先，也不管他愿意不愿意，多带些兵丁把他硬请过来！'钦差官不敢耽搁，带了一队兵丁，三上镇江樵山，捉拿隐士焦光。

"焦光自从和钦差官见面以后，料到他们还会再来强迫他出山进京。他就离开了原来的山洞，在后山下江滩边用竹子搭了个又矮又小的茅草棚，外面再用泥巴一涂，像个蜗牛壳子，毫不显眼。焦光给这新屋起了个名，叫它'蜗牛庐'。他脱掉上衣，用稀泥巴将身体、手脚和脸面涂起来，装成一条蜗牛。"唐正心带着房波和辛野走出山洞，向山下走去，峻峭的石壁上，些许松柏的虬枝从石缝里伸出来，就像瘦削的老人弯着腰，又挣扎着抬起头来，一副倔强的样子。

"那官员带兵进了山洞，扑了个空，山上山下到处寻找，也不见焦光的人影。经过那个蜗牛庐，只当是一个烂泥堆，没在意。焦光这时正装成蜗牛伏在里面，他们也没看见，只好再回京城向皇帝复旨：隐士焦光已经不在樵山了，请皇上画出影图形，传旨到别处去寻访吧。

"焦光见官员走了，心中高兴：这下好了，不会再来纠缠我了。他仍旧逐日砍柴不止。秋去冬来，树叶凋落。焦光心想，天寒快要下雪了，渔民船户不好上山砍柴，我不如趁好天气多砍些柴，放在江边，让他们下了船一上岸，就能把柴火挑回船上用。于是他把一担担木柴挑到江滩，堆得老高老高的，渔民船户非常感谢焦光的好意。

"严冬已到，开始下雪了。焦光起先仍住在他的蜗牛庐里，喝着渔民送给他的京口老酒，消消寒气。雪后的早晨，有几个渔民不放心，上岸来看看他，只见焦光正醉卧在自己的蜗牛壳里，脸上出汗，全身热乎乎的。他们想：'焦老身体真棒。'也就不去喊醒他，悄悄地放了几瓶酒在他身边。

"雪越下越大，满山白皑皑的，蜗牛庐也被雪盖住了。焦光不是个呆子，他不能白白地被冻死在这里，就另外找了一处避风御寒的地方藏身。雪停以后，船户渔民很不放心，特地上山来看望。他们扒开了雪，找到了蜗牛庐，进去一看，里面空空的，没找到焦光。这时候地上的春气初升，蜗牛庐里冒出了冬笋，长出了一枝枝青嫩的小竹竿。渔民船户们都说：'好了，好了，青竹是条龙，窜东窜西绕不穷。焦老成仙升天了。'

　　"又过了多少年，这件事被宋朝的真宗皇帝晓得了，真宗皇帝说：'好啊！我也应该好好表彰表彰他。'他就向朝中大臣编了个谎话说：'汉朝皇帝因慕焦光大名，曾经三诏求贤。焦光见他是个昏君，所以不愿出山。朕乃真命天子，有道明君，昨夜三更梦见一位老人，自称东南隐士焦光，献几粒龙虎仙丹。朕当时吞食，今晨醒来，便感觉精神比平时健旺，真的要长生不老啦。焦光做了神仙，仍然忠心耿耿。现在下诏敕封他为'明应真人'，给他住过的山洞题名'三诏洞'，他登过的山顶赐名'焦仙岭'。"

　　唐正心一路下山，一路讲故事，走到了华严阁前的"焦公坊"，他已经讲到了这个"三诏不起"故事的最后一段："老百姓把焦光当神仙也罢，当偶像也罢，为了纪念这位不攀龙附凤、不图升官发财的真正隐士，自焦光去世以后，就把樵山改称为'焦山'，一直叫到现在。"

　　他手指着江滩那一片："过去，在焦山确实有很多渔民搭个茅草棚，外面再用泥巴一涂，弄成个蜗牛壳子，白天去打鱼打柴，晚上蜷一宿，这样的蜗牛壳潮气很大，对身体极不好。现在焦山名胜要建设人民公园，渔民们都要迁居到象山乡，住上砖瓦建的新房子。"

　　江潮拍打着岸边的礁石，翻腾出无数朵白色的浪花，远处的江面停泊着几

三山流域的打鱼船（1973 年，陈大经拍摄）

艘篷船，船上的渔民已经在收搬罾了。小小的船头上，用几根竹竿绑成十字再挂上渔网，打鱼的人在渔网中部放上酒糟，为了防止酒糟浮走，或者被鱼全部吞食掉，上面还要盖上一块瓦片，这就叫"罾网"。渔民早上放罾网下水，下午起网收获，像守株待兔一样。

　　唐正心看到渔民开始收网，心中一动，问房波现在几点了，房波掏出怀表一看，已经三点多了。于是赶快收拾好东西，带上帮丁先生求来的《瘗鹤铭》碑文，跟焦山食堂的师傅们道谢告了辞，请了曹永斌撑着打鱼的小篷船送他们过江。唐正心知道怎么走近路能最快骑自行车到中华路，于是带着房波和辛野顺着象山码头沿着"金线港"一路骑，不多远，就看到了临江险固的北固山。

　　在骑到离洗菜园还有一里路左右的时候，山景就完全展现在三人眼前了。这座毗邻长江的名山实际上只有60多米高，但因为石壁嵯峨，三面临水，所以显得险峻无比，南北朝时的谢安、蔡谟等镇守南徐州时，都把它当作一个要塞，在山上建有库房，储藏军需。山虽不高，但史上有名，梁武帝在这里题写过"天下第一江山"，王湾在这里泊船夜宿，陆游、辛弃疾在这里备战练兵，谋划北上收复失地。

　　"你们看，山上那座亭子，就是有名的祭江亭。"唐正心说。

北固山下（20世纪60年代，陈大经提供）

　　他指着那座亭子，继续说道："《三国演义》里，孙权的妹妹孙尚香被孙权和周瑜嫁给刘备，成了美人计的牺牲品，但她对皇叔刘备倒有了真感情，后听说刘备死了，便在山上设奠祭拜刘备，面对长江，遥望西川，痛哭不已，跳下悬崖殉情自尽了。"

　　"听起来还蛮感人的。"辛野叹道。

　　"当然啦，不感人的故事哪个会去说它千把年？"房波也叹了一口气。

　　从山脚下右拐，骑上镇焦路，再向前就是江滨公园。江滨公园位于镇江老港东段，一直延连到北固山下的码头。经过凤凰池，从凤凰亭这边望北固山，那高拔险峻、耸峙在大江边的峰顶上的一座座青灰色的屋宇，就是著名的甘露寺了。

　　唐正心向房波和辛野讲："甘露寺在北固山的山顶上，所以又称'寺冠山'，它的盛名和《三国演义》分不开。《三国演义》里面有这样一段引人入胜的故事，说火烧赤壁后，刘备占据了荆州，孙权心里别扭，因为打仗时出兵出力最多的是东吴一方啊，周瑜给他出了一条美人计，以他的妹妹孙尚香为饵，诱刘备到京口来招亲，来了就扣住他，强迫他交出荆州。但这条计策被足智多谋的诸葛亮识破了，诸葛亮来了一招将计就计。刘备一到京口就去拜见国丈乔国老（孙权哥哥孙策的夫人大乔和周瑜的夫人小乔，都是乔国老的女儿）。乔国老便去怂恿孙权的母亲吴国太答应这门亲事。吴国太要先看一看女婿，约定在甘露寺相亲，结果一眼就看中了仪表堂堂的刘备，于是孙刘联婚的事就弄假成真了。后来戏剧家又把这个故事改编成了戏剧。来镇江的游人，只要读过

远眺北固山（1974 年，陈大经拍摄）

《三国演义》，都会来游览一回北固山甘露寺。"

房波一听，接口道："我知道这出戏，这是京剧《龙凤呈祥》，马连良马老板的名剧，我还能来两段呢。"说着他就清了一下嗓子，清唱了两句："劝千岁杀字休出口，老臣与主说从头。刘备本是靖王的后，汉帝玄孙一脉留……"

辛野在旁边听了笑得肚疼，连连点头说："对对对，是这味道，就是荒腔野板，有点跑调。"

唐正心说："十几年前，还是陈果夫主政民国江苏省政府的时候，北固山计划建一座以甘露寺为主体建筑的公园，就叫'甘露公园'，公园里面有花园，有游泳池、溜冰场、足球场、篮球场、网球场，手笔很大，准备建成省会模范公园。可惜这座公园的兴建刚起步，战争就爆发了，从此搁置。"

谈了一会儿，三人又向前骑去，顺着江边货场，经平政桥，在二号码头附近左拐，骑到了狮子楼街口，唐正心招呼房波和辛野停下自行车，进了街头一家挂着"杨大漳"招牌的面店来吃下午茶。只见店里一个伙计正坐在一根竹杠子上，一脚着地一脚踮着，弹性十足，用竹杠子反复去压一团面，压到面团薄得像一张纸，再叠起来，然后抽出一把大刀，将面皮切成如韭菜叶般的细条。唐正心告诉两人，这叫"跳面"。

"来三碗小刀面。"找了一张方桌坐下后，唐正心对门口的老板招呼了一声。

"好嘞。"只见门口的老板抓起一把面条，往沸水里一扔，接着拿起一只小小的木锅盖，压在面团上。沸水在小锅盖的四边翻腾，白乎乎的泡沫托着小锅盖飘来飘去。老板一边利索地下面，一边问："加点儿什么做浇头？"

唐正心说："弄点儿长鱼丝，再加点儿香干。"

"好嘞。"不一会儿，老板将小木锅盖推开，用竹笊将面条高高捞起，轻轻放进两只已装好酱油汤料的大碗里，汤里有蒜泥、辣椒油、胡椒粉。再用一个小竹篓装点生鲜长鱼丝和切成条的香干，放进沸腾的面汤锅里烫烫，盖在面上做浇头。

房波和辛野下午爬了山，又骑了大半天车，早就有点饿了，两人将面条搅匀，吹散热气，吃了一口，嗯，味道鲜美，不硬不烂，嚼劲十足，和以往吃过的面条相比，有一种难以言传的特别的香味。看着这两人吃得很惬意的样子，唐正心有点得意，他边吃边说："我们镇江下的面条好吃吧，这叫火面，因为面压好了要用特制的刀切，经常来吃的人喊惯了‘小刀面’。不过你看到那个锅里漂着的小锅盖没有？面锅里漂锅盖，所以镇江的老百姓又叫它‘锅盖面’。这家杨大漳面店下的面，在镇江是呱呱叫，名气很大的。"

杨老板在门口听到唐正心夸他的面店，嘿嘿笑着冲他们喊一句："好吃常来，常来常往。"唐正心接着说这锅盖面的来历："这面锅里漂锅盖，据说也是碰巧的。据说是清朝时候，有户人家妻子在煮面时，不小心把汤罐上的木盖子弄掉进锅里去了，哪晓得煮出来的面条更香、更好吃了，丈夫吃了这碗与锅盖共煮的面连叫爽口，把多年的老胃病也治好了。后来，战争离乱，夫妻失散，妻子漂泊到镇江，开了一家小吃店，专卖锅盖面。流浪多年的丈夫经过镇江，闻到了锅盖面的香味，进了店发现店主正是自己朝思暮想的妻子。你说神不神？"

把最后一筷子面条塞到嘴里，房波和辛野难舍这一口汤，把汤都喝了，才回了一句："神，真神！"然后拍了拍肚皮，抹了抹嘴连声夸道，"香，真香！"

房波抢着跟面店老板结了账，唐正心带两人从天主街穿过大西路，回到招待所，走之前对他俩说："你们俩休息一会儿，吃过晚饭我来喊你们，今儿个晚上大华大戏院演出《盗仙草白蛇传》，是刚排出的新戏，唐九姑的徒弟唱的。"

镇江城西人口密集、市井繁华，大华大戏院在新中国成立前叫"荣记大舞台"，经营的常家父子有上海滩大亨黄金荣给撑腰，生意比镇江各家剧场都要好。如今大华既作戏院，又放电影。今晚，因为是梨园新人上场表演，票价便宜，又正好是周末，戏院外面格外热闹，卖葵花子、炒花生、麦芽糖的小商贩们的叫声此起彼伏：

"买瓜子、买花生了，好吃不贵，快来买啊！"

"炒米糖、炒米糖，吃了你还想！"

戏院大门旁坐着一个捏面人、糖人的师傅不吆喝，气定神闲，专心致志地捏着。在小孩们惊叹的眼神里，色彩鲜艳的小面团在师傅手里捏扁捏圆，捏长捏短，胡须眉毛，穿衣戴帽，一会工夫就捏好了。白娘子、许仙、小青、法海、哪吒、虾兵蟹将等，神态各异，惟妙惟肖。这时，大人们麻利地从口袋里掏出一毛钱，接过捏好的面人，牵着孩子手一脸喜色地走进戏院。

唐正心买了几包花生递给房波、辛野，三人进戏院找到座位坐下，拿起圆鼓鼓的花生，剥开来放进嘴里，满嘴香味儿，目不转睛盯着戏台看。

锣鼓响起来，垂吊的金丝绒幕布拉开了，一开场，一位穿着白色裙装的女孩子出场了，化了妆的女孩像仙女似的美艳动人，和戏台下面看戏的人们略带黄瘦的脸，形成了鲜明的对比。

这位看上去只有十七八岁的女孩子叫张春秋，在观众的一片叫好声中，她不慌不忙，轻启朱唇，唱了起来：

> 每日坐在生药店，生意兴隆无比论。
> 刚过五月端阳节，六月大小又到临。
> 是月天气多炎热，白娘园内把凉乘。
> 偶把原形来现出，花园里面散心情。
> 许仙来到后园内，不见白娘一个人。
> 只见假山一条蛇，数丈长来唬煞人。
> 许仙一见魂掉了，大叫一声倒在尘。
> 白娘梦里方惊醒，变了原形女佳人。
> 眼见许仙魂飞散，牙关紧闭不作声。
> 连叫数声不答应，犹如一个死尸灵。

张春秋嗓音清脆，吐字清晰，赢得台下一片叫好声和掌声。听到观众的叫好，演员也得到了鼓励，表演得更加自然了。

> 白娘当下心着急，连忙就叫小青青，
> 把他抱进房中去，放在牙床上面存。
> 姜汤灌入全无用，凶多吉少不回生。
> 白娘便对小青说，官人如此胆小人，
> 方才园中乘凉睡，偶现原形在园门，
> 我看官人吓破胆，需要妙药得回生。
> 小青问说什么药，白娘回言难去寻，
> 此种不是凡间的，产在仙人洞府门，
> 却是有人来看守，取得成来取不成？
> 小青又问白娘子，出在何方甚地名。
> 南极仙翁洞府旁，悬壁崖下小丁冈，
> 一花五叶多奇异，名字叫作返魂香，

白鹤仙童来看守，不许凡人来采伤，
若得此草来救活，十生九死也还阳。
我不小心将夫唬，舍生拼死走一场，
我有一言吩咐你，好好看守许官人，
一床棉被来盖好，不许猫鼠跳上身，
头点长命灯一盏，房中独烛要光明。
若然惊散他魂魄，就有仙草活不成，
此去多在三日后，机缘凑巧即回程，
救得仙官回阳转，日后还有好收成，
店中若问许官人，卧病在床不动身。
大娘在内来服侍，不得功夫做店中，
生意照常来买卖，银钱账内要交清，
莫把真情来露出，恐防泄漏这机关，
今日此时来装束，依然扮作女人身。
一朵妖云来驾起，腾在空中去似飞，
行了一日并一夜，到了仙翁洞府门，
白鹤童儿坐石上，口内喃喃诵道经，
白娘见了心惧怕，不敢前来探事因。
躲在草中将半日，白鹤只是不抬身，
眼观仙童明明在，不敢前来进洞门，
正在思量无法想，洞中走出一个人，
头上挽个双髻髪，黄布直缀挂其身。
年纪不过十六七，飘飘逸逸貌超群，
口内便把师兄叫，仙翁法旨到来了，
叫我暂行来看守，换你讲说进洞门。
白娘听说心欢喜，这段姻缘天作成，
这个冤家进去了，仙草稳稳取来了。
白鹤走进洞中去，仙童石上坐其身，
白娘即刻摇身变，变作一条白蟒精，
呼的一声崖前去，得了仙草转身行。

　　道童一见来唬到，白蛇飞腾去如云，
　　急忙跪进洞中去，报与师兄白鹤听，
　　白鹤展翅来追赶，一直追去不留停，
　　白娘听得来追赶，心忙意乱没主张。
　　不知谁人盗仙草，仙翁说与白鹤听，
　　许仙与蛇有缘分，还有一番缠扰身，
　　后来自有人收服，仙草落凡不必追。

　　这个姑娘婉转优美的唱腔，袅袅婷婷的身姿，吸引着观众们的目光。当张春秋唱到"白娘娘夺了仙草"这一节时，楼上楼下的观众跟着剧情也高兴起来，鼓掌声经久不息。

　　按下白鹤仙童话，回文再说白娘身。
　　白鹤童子回去了，那时才得放宽心，
　　便把妖云来驾起，仍然变作女佳人，
　　一路行程来得快，不消半日到苏城，
　　隐身法儿家中去，小青见了心欢喜。
　　开口便把大娘叫，取草可曾取得回，
　　白娘便说取回了，性命几乎不得存，
　　如今官人可看好，小青三日不离身，
　　忙把仙草来煎好，拿在牙床上面存。
　　口含仙汤来灌下，悠悠苏醒渐还魂，
　　两眼睁开呆呆望，喉中咽住不开声，
　　定魂丹药来灌下，许仙方始得元神，
　　正好睡在牙床上，大惊小怪为何因？
　　许仙听了将言说，大娘有所不知因，
　　我到花园来找你，假山石上一蛇精，
　　看见白蛇魂飞去，唬煞区区一个人，
　　白娘见说微微笑，眼花错看乃虚昏。
　　花园里面多洁净，青山石上也安宁，
　　我常在内来游玩，何曾见过白蛇精，
　　安定七神将养息，不要惊恐着疑心，

许仙听说心方定，沉沉直睡到天明。

白娘自此来瞒过，不说仙丹一段因，

许仙调养方五日，仍做生意在店中，

日间在店同行坐，夜晚回房恩爱深，

许仙又被她迷了，时时刻刻不离身。

小青也有花容貌，也来迷恋许官人，

虽然正色为夫妇，也做偏房恩爱人，

从此一男并二女，恩恩爱爱过光阴，

春去夏来秋又到，桂花开放满园林。

唱到这一节剧情就告一段落了，趁着这短暂的空档，卖茶水的提着大茶壶，卖瓜子、花生的小贩提着篮子，穿梭在观众席，一时剧场里热闹起来。

五六分钟后，锣鼓又响，张春秋再次登台演唱：

八月中秋佳节好，虎丘山上闹盈盈，

许仙要到虎丘去，进房来见白娘身，

闻说虎丘多景致，我今想去游一巡。

白娘见说微微笑，你既要去虎丘行，

但是出门须仔细，不可被人哄骗身，

奴在家中专等你，你要早去早回程。

许仙答应称晓得，我去即便转回程，

白娘进房取衣服，一套华服与官人。

描金折扇拿一把，珊瑚坠儿上面存，

许仙打扮方已毕，高高兴兴出门庭，

转弯抹角来得快，早出阊门一座城。

周桥上面人挤挤，度僧桥在面前存。

转过山塘桥上去，山塘桥已到来了，

来来往往人多少，湖内舟船数不清，

也有唱戏来饮酒，也有吹打十番声，

许仙岸上看景致，人山人海闹盈盈。

佳人妇女挨肩走，孩儿老少并身行，

许仙走进山门去，果然景致罕见闻，

一路上山来游玩，　层层观看许多人，
中间一座千人石，　胜似天台无比论。
姑苏景致为第一，　话不虚传果是真，
七层宝塔冲霄汉，　日停佛殿接青云。
五十三参来见佛，　十八罗汉一层层，
入天门到山脚下，　四大将军在山门。
前后山景多游到，　许仙即便转回程，
回身玩到山堂上，　摇摇摆摆路途行，
日光正照许仙面，　描金扇子遮面门，
许仙只顾呆呆走，　路上几人走近身。
乐极生悲从古说，　一场祸事来到了，
众人走进前来骂，　瘟贼连连骂几声，
众人将扇抢了去，　一把抓住许仙身，
齐齐骂道贼强盗，　将他送到捕衙门。
众人带入衙门去，　跪在公堂禀大人，
今日大道来捕住，　老爷发落这囚人，
总捕老爷高声骂，　狗才大胆不良人，
今日快快来招认，　免得公堂动大刑。
连叫几声不答应，　呆呆口内不作声，
太爷不怒来焦躁，　喝叫左右用大刑，
两边答应如狼虎，　捉番地下就加刑，
三十六板来打下，　许仙只是叫冤情。
总捕老爷冲冲怒，　现有赃证不冤情，
许仙说是妻子的，　太爷差人捉来了，
太爷即刻批牌票，　要拿白氏大娘身，
众捕奉了老爷命，　急忙便向观前行。
一程来到生药店，　进房捉去白娘身，
白娘不与他分辨，　不问情由一路行，
白娘即随他去了，　并无忧惧在其心，
急忙带到苏州府，　来见问知总捕身。

太爷一见白娘到，开言便问女佳人，
描金扇子哪来的，从实招认免受刑。
白娘便把太爷叫，小妇自幼带在身，
太爷一听心大怒，此扇王府小姐身。
他家失了金和宝，又失衣服和宝珍，
你是怎样盗去的，快快招来免受刑。
白娘回道是冤枉，太爷堂上喝用刑，
两边答应来动手，白娘捉到地埃尘。
方才动手来夹起，一阵狂风不见人，
飞沙走石人惊怕，太阳不见半毫分。
公堂黑暗如昏夜，面东不见面西人，
太爷唬得魂不在，公案底下躲其身，
两边皂吏都跌倒，六房书吏失三魂，
风过阵头方才定，依旧白日大天明。
老爷探出头来望，堂前不见女佳人，
老爷忙把皂吏叫，众人泥塑未雕成。
太爷忙把朝前看，惊动堂上许多人，
太爷便乃称奇异，这般古怪罕见闻，
便叫许仙一个人，你今却遇怪妖精，
如何与你为妻子，快把情由说个明。
许仙一一从头说，始末根由诉一巡，
太爷听说心明白，假倒真赃罪可轻，
待我备文来详上，上司批发去充军，
发配镇江城内去，三年刑徒不饶人。
许仙同了解差走，来到自家药店门，
进房不见白娘子，小青也不在家门，
便把店官来打发，收拾店铺出关门，
正在家中来收拾，来了王员外一人。
员外便乃将言说，仙官你且放宽心，
家中有事我料理，变卖银钱寄你身，

杭州被告来到此，此番又遇二妖精，
我有三弟镇江在，托他照顾你当身。
一封书信来交付，又取三百雪花银，
赠你途中来使用，许仙感谢大恩人，
那时即便来起解，员外相送就登程，
解了许仙来上路，凄凉苦况路中行。
在路行程来得快，堪堪来得镇江城，
解差解到驿中去，驿官叫进许仙身，
便把花名来上册，许仙且住城中存，
丢开许仙镇江去，回文再唱白娘身。

剧场今晚散场挺迟，不过房波和辛野听得过瘾，回招待所的路上还在讨论着戏文。辛野对唐正心说："镇江人真是爱听爱看《白蛇传》故事啊，这两天的戏，戏院每晚里里外外座位都满当当的。"

唐正心说："因为《白蛇传》故事就发生在镇江啊，人物、重要情节都可以在镇江找到影子，像金山寺、白龙洞、法海洞就不必说了，明天带你们去金山看，还有五条街、保和堂、百草山、西津渡等，到现在还有迹可寻。"

房波还沉浸在演出中，一脸神往地说："《白蛇传》作为一种民间文化，历经几百年流传，从传说，到话本，再到戏文，从口口相传，到戏剧舞台，如今已成为我国民间文学的一部经典。我们这次来到镇江，就像做了一次《白蛇传》故乡游，亲身感受到'满城争说白娘子'，镇江不愧是《白蛇传》的故乡呢。"

到了招待所门口，唐正心对两人说："明早我就不过来喊你们了，你们直接到金山寺的大殿找我，我带你们上金山转转、逛逛。"

房波和辛野把车停放好，一齐回了一声："好嘞。"

第八章

慈寿塔谈古

金山七峰亭（20 世纪五六十年代）

　　第二天一大早，房波和辛野先去江边七号码头买好下午赴六圩轮渡的船票，趁着早上有空，他俩骑车顺着南马路，来到云台山下的伯先公园参观了一下。

　　这是造园专家陈植精心设计的一座纪念性公园，最初叫"赵声公园"，后来改名为"伯先公园"，门口的南马路也改名为"伯先路"了。

　　伯先公园傍山依势建筑，半恃天然，半用人工，看上去像一把气势非凡的太师椅，极富有层次感。山下广场的中央有一尊花岗岩石座的赵伯先将军戎装铜像，赵伯先手持望远镜，腰挎指挥刀，目视前方，形象英勇威武，令人肃然起敬。

　　赵伯先铜像背后衬置着一座颇有气势的假山，树木葱茏，荷池喷泉，群鱼戏水，雅趣盎然。太湖石叠成的假山，峰峦壁洞，玲珑嵯峨，错落有致。公园半山上有一座镇江人民为纪念"五卅惨案"建造的公共演讲厅，左麓有一座"腋岚亭"，右麓有一座"静晖堂"，山顶高处还有"伯先祠"和"绍宗国学藏书楼"。

　　两人在伯先公园爬山逛了一圈，下山时看到山下有一间"凌烟阁"照相馆，房波提出以赵伯先铜像为背景，请照相馆为两人拍一张合影留念。辛野虽然有点不好意思，但还是同意了，合影时笑得很腼腆。

公园的环境清雅，景色宜人，虽然不大，但来参观瞻仰的游人颇多，给他俩留下了深刻的印象。

从伯先公园出来，两人赶紧骑车顺着京畿路到和平路，一路快骑来到了金山，向着大殿原址走去。

金山寺原大殿东首"文物馆"的青砖墙已砌好了，青瓦已经铺了一小部分，这些青瓦是丹徒渣淬区的瓦窑烧制的，青瓦的颜色并非是青色，而是灰蓝色，给人以素雅、沉稳、古朴的美感，在仿古建筑上用得比较多。新中国成立才一年多，镇江人民正攒着劲要好好建设国家，砖瓦、木料等建材供不应求，受到鼓足干劲搞建设热潮的鼓舞，砖瓦厂工人师傅们都在加班加点烧窑生产砖瓦，一心想让家乡改天换地。

唐正心正和一位瓦匠说着话，看到他俩来了忙挥手，跟瓦匠打了招呼后走了过来。房波告诉唐正心，他俩下午就要坐船去扬州，采访结束后就回上海杂志社撰稿。唐正心感到很遗憾："今年金山、焦山、北固山这几处名胜都在整修，这三山是镇江最美的风景，可惜在抗战期间，它们受到了日本侵略军的疯狂破坏。抗战胜利之后，又遭到国民党军队的无情摧残，名山胜迹成了荒山废墟，残破凄凉，可惜没让你们看到镇江三山名胜最美的风景。"

"文物馆"是原大殿的一部分，唐正心每天都见证着它的变化，金山的好多处建筑也在有步骤地重建。

绕过大雄宝殿原址的空场地，唐正心领着两人走上了金山半山腰的妙高台。

妙高台的"妙高"二字，取自《华严经》里的"妙高山"。妙高台是金山寺的著名风景，原有紫霞楼、德云楼等建筑，可惜在 1948 年的大火中被烧毁，目前工人们正修复着台上方藏经阁、罗汉堂等主要建筑。唐正心对两人说："金山靠近江边，加上南方气候原本就潮湿，经书每年都要晒一次。这座妙高台阳光充足又背江风，是晒经书的好地方，所以又称晒经台。古时候，金山寺的佛印方丈曾在妙高台上设中秋宴接待苏东坡，据说苏东坡就是在这里写的那首有名的词《水调歌头》。"

房波和辛野听了，四目对视，都特别诧异："苏东坡的《水调歌头》？'明月几时有，把酒问青天'，这首词是苏东坡在金山写的?!"

唐正心挠挠头，正在不知怎么回答时，背后传来一人的声音："这是北宋时宰相蔡京的弟弟蔡绦在他的《铁围山丛谈》里记载的。蔡绦是与苏轼时代相近的文人，所记又是听闻亲历此事的袁绹所说，当是真实可信。"

回头一看，原来是佘开福和柯善庆在金山查看公园建设进度，正巧朝这边走来。说话的是柯善庆，他对房波和辛野讲道："蔡绦有一段对歌者袁绹的记载。袁绹这个人是宋代著名的歌唱家，被称为北宋版李龟年，曾在皇宫里表演。他对蔡绦说曾经和苏东坡一起游金山，正逢中秋，这一天月色特别美丽，就一起登上金山山顶妙高台，苏东坡让袁绹唱起《水调歌头》'明月几时有？把酒问青天。不知天上宫阙，今夕是何年？……'一边唱，苏东坡还跳起舞来，说这真是神仙一样的地方啊！"

听柯善庆说了出处，辛野非常佩服，赞叹道："坡仙在金山中秋赏月，又留赠玉带，他和金山的关系真是不同寻常啊。"

妙高台西侧墙壁上，石匠们正在安置四块字大如斗的石刻，分别是"龙、虎、鸾、凤"。柯善庆向两人介绍：这四块石刻是清代一位叫徐传隆的江南提督所留，原来在妙高台的建筑里，如今建筑物都毁于大火，就把这四块石刻移到了这里。

三人领着房波和辛野向金山西北，沿石阶走上金鳌岭。相传金鳌岭上原有七座小山峰，在《说岳全传》这本小说里，这七座小山峰被奸相秦桧所削，后人就在这座岭上建了一座"七峰阁"，可惜在1948年的大火中被毁。

站在金鳌岭上，向西望可以看到不远处的芦苇滩上有很多人在打芦柴，也有很多人在挖淤泥。

指着芦苇滩，佘开福对两人说："100多年前这里本是江心，随着'南涨北塌'涨出了一片延伸到江边的芦苇滩，而这片芦苇滩又成了血吸虫滋生的地方。新中国成立前许多人家到芦苇滩来打芦柴，不幸感染上血吸虫病，因而镇江成了血吸虫的重灾区。新中国成立后，地方政府立即行动起来，领导镇江人民掀起消灭血吸虫的运动。人民群众组织起来，在西面的芦苇滩挖淤泥，并立起牌子作为警示标志。"

讲到这里，佘开福又满心憧憬："现在新中国成立了，人民政府对镇江名胜古迹进行了有计划的整修，现在的镇江三山是一天一个样，已经快恢复到过去秀丽的风姿了，看吧，将来这里一定是全市劳动人民最喜欢的游憩场所！"

　　走到山顶，慈寿塔正在维修，改木制栏杆为钢筋混凝土结构，塔内的旋式木梯也正在加固，加强了安全防护。佘开福和柯善庆向两人解释，山上的建筑因为都在修缮施工，暂时不对外开放，就不上塔了。

　　塔下四面围墙上镶嵌着几块碑刻，一块是《重建慈寿塔记》石刻，记录了慈寿塔创建的历史；下面有一块"功德碑"，记录了募建慈寿塔佛像的官员、百姓人名。

　　另一面墙上有康熙皇帝、乾隆皇帝南巡游览金山及两江总督修复宝塔的一些历史片段记录，旁边的《重修慈寿塔记》记叙了金山寺住持隐儒建塔前后的事。

　　其中一块碑详细记录了慈寿塔的历史：

重修慈寿塔记

　　金山山腰有塔曰慈寿，旧名荐慈，固为二塔，对峙南北。（北宋）哲宗元符末（1100年）曾子宣丞相经始，以报亲恩而请名于朝。（南宋）孝宗乾道中（约1169年）释宝印增修之，顺帝至正元年（1341年）毁于火。（明）穆宗隆庆三年（1569年），释明了复之，改名慈寿，顾仅构北址之一也。清初又毁。大府捐廉营之。（清）咸丰癸丑（1853年）山经兵燹，屋庐荡然，惟塔独存，然而仅留轮廓。同治间文正曾公文忠李公，先后规复各宁，而塔则未遑谋及也。光绪乙未（1895年），主僧隐儒深以未克，重新为歉，于是不辞劳苦，南朔奔驰，阅六载乃告成矣，呜呼，征隐儒鸟能昭兹来许……圣祖高宗相继南巡，无不登瞻题咏……顺治戊子（1648年）若庵和尚重开大彻堂、禅堂而放青白二光，戊戌（1658年）冬又放白光。光绪壬寅（1902年）初夏望日一缕青光发雾中，直冲霄汉，已而塔尖，暨全身都现。宣统己酉（1909年），亦初夏望日，放青光而现全塔入云际，宛然两塔，益屡屡彰奇异，是以游人过必登览也。顾隐儒修后已越三十余年，迭经风雨剥蚀，不无堕颓，今青权老衲暨法嗣退居阴屏方丈静观、监院霜亭……居士乐善不疲慷慨募助，爰鸠工庀材，肇于庚午（1930年）仲春而藏于是年秋，计糜银币四千有奇，为时半载……

岁次庚午季秋月华山逸叟　潜识

东亭僧笃生厚培书

　　房、辛两人一边读，一边听着柯善庆的讲解，两人感慨道："原来这座宝塔最初是曾布为母亲祈福而建的，怪不得名为慈寿塔。这座塔几经火灾战乱，如今能修复得这么好，很不容易啊！"

　　原路而下，从金鳌岭下山朝金山的后山走去，岭下不多远有一座半亭，亭内有一座洞府，洞额题着"古仙人洞"。

　　房波好奇地问唐正心："这座仙人洞，也和白娘子传说有关吗？"

　　唐正心笑道："你对白娘子都入迷了。金山有四洞，朝阳洞、白龙洞、法海洞和这座仙人洞，仙人洞是过去道教留下的遗迹，传说是张果老、吕洞宾等仙人修行的地方。"

　　满肚子都是民间故事的唐正心，给大家讲了一个仙人洞由来的故事："相传张果老骑着毛驴要去天上参加蟠桃会，在天上行走时，飘来一阵香气，他心想，这香从未闻过，这是什么香味呢？于是他降下云头，下凡来到镇江城，一打听原来是镇江名菜肴肉的香味。"

　　"什么是肴肉呢？"唐正心接着说，"原来有一户人家小两口整天做肉制品，有一天，丈夫忙昏了头，白天忘了在肉里放盐，睡到夜里突然想起，就昏头昏脑地将盐放在蹄膀里。第二天一看肉，瘦肉发红，肥肉更白。心想怎么回事，一找原因，原来是自己错把硝当盐放在肉里了，看着这么多的肉倒掉可惜，不倒心里又不是个滋味。于是他把肉泡了又泡，洗了又洗，也没有心思切块，就用大火烧，烧了整整一天。烧出来的肉放在大盘里，上面用重物压，他想着把肉里面的硝水压出来些，忙到大半夜就去睡觉了。第二天一早起来一看，这个肉啊已结成带着肉冻的红色肉块，用刀切开奇香扑鼻，裹着姜丝蘸醋一尝，满嘴喷香。两口子给这种肉起了个名字——'水晶肴肉'。

　　"张果老下凡来，找到这家店，就着早茶，吃了几块水晶肴肉，然后骑驴在城里转了转，最后转到了金山，欣赏了金山的风景，看天色已晚，心想就住在金山吧。他在后山一看，夕阳下的江面波光粼粼，风景真是太美了，于是手一挥，一道电光一阵烟雾，等到烟消雾散，眼前出现了一个洞府，他就在洞里住了一晚。第二天一早，他被叽叽喳喳的百鸟叫声唤醒，走出洞府一看：江水托日出，如此美景不是人间仙境吗？他捋着胡子，自言自语说：'哈哈哈，不枉此行啊！'"

　　唐正心边讲故事，边模仿张果老捋胡子的动作，把众人给逗乐了。

沿院墙走过一座小石桥，唐正心说："前面就是白龙洞了。"

一座怪石嶙峋、题写着"古白龙洞"的洞口出现在面前，唐正心说过去金山寺里的老和尚称这个洞和上层的朝阳洞连在一起为"珠洞"。因为过去金山就在江里，江水会涨潮灌进来，潮退后洞壁上有水珠滴下，滴水的声音就像珍珠掉到玉盘上一样，"珠洞"由此得名。

进洞后，房波和辛野看到石壁上那条很深的裂缝，但凡看到这条深缝的游人，都会产生"古洞通往何处"的疑问，两人望着唐正心，等着他的答案。

但这个问题唐正心却答不出来，柯善庆笑着说："金山寺里有本书上说，古时候金山是在江心的，洞也在水边，上边的朝阳洞露出来，下面的白龙洞像一个池子通到长江，涨潮的时候，水跟洞口一样平；落潮的时候能进洞，但不论什么季节，洞里都有鱼虾。有信道的人说这是龙洞，就在洞旁建了一座顺济龙王庙，信神仙道术的人多了，拜了据说非常灵验，香火还很兴旺。现在金山上岸了，这里就全露出来了，但这个洞有没有连着江里的龙王水府，我可不知道。"

听柯善庆说完，唐正心手一指石壁上那两尊脸庞圆润、满脸笑意的白石女像，说："水漫金山里的白娘娘和法海，据说就在这座白龙洞里斗过法。"

性子急的辛野忙催问道："白娘娘在白龙洞'斗法海'？快说说，快说说。"

唐正心又摆起了龙门阵："话说水漫金山后，白娘娘一直把法海逼到后山，发现后山有个洞，以为这老和尚躲在洞里，便想进去追寻。原来后山这个洞在半山腰，下面就是悬崖陡壁，洞外杂草齐腰深，到处都是乱石，蝎子、蜈蚣多得怕人，洞口被枯藤茅草封住，只有一点点缝隙。这时，白娘子手持宝剑，拨开藤草，一股霉烘烘的气味直朝鼻子里头钻，洞里头黑漆漆、阴森森、寒飕飕、湿答答的，伸手不见五指。白娘子忙把莲灯点着，仗着一星星火光，把洞里照得有点儿亮了，仔细这么一看，洞里面矮矮趴趴、湿漉漉的，躬进去腰都直不起来。地下高一块，低一块，很难走哩。白娘娘深一脚、浅一脚，走不老远，陡然一阵风把灯吹灭了。白娘娘晓得里头有鬼，宝剑一横就往里钻。"

指着石壁上那条大裂缝，唐正心接着说："又走了不多远，一团团白气直往白娘娘身上缠。白娘娘大喝一声，宝剑一挥，斩断了白气。俗话说：'邪法镇妖，正气得宝。'白娘子一身正气，正能克邪，邪法就不灵了。

　　"这团白气是从哪里来的？原来法海并没有躲在洞里，而是躲在一块大岩石后面。见白娘娘进了洞，他就在洞口施起了邪法，想把白娘子闷死在洞里。他打的是如意算盘，可他不晓得这个洞非但不是死洞，而且还能够直通杭州咧！这真是搬起石头砸了自己的脚。

　　"白娘子斩断白气后，不知又走了多少时辰，才看见一线亮光，哪晓得这就到了杭州了。白娘子走到洞口时，洞外正好睡着一个人。这是什么人？听说是一个吃醉酒的醉汉，醉得就像一摊泥。白娘子从洞里跳出来，把这个醉汉吓了一大跳。醉汉睁眼一看，是个身穿白衣白裙、手拿宝剑的娘子，吓得酒醒了一大半，拔腿就跑。这一跑醉汉倒成了白娘娘的带路人了，白娘娘跟着这个醉汉一直跑到断桥，见到许仙，后来小青青也到了杭州。

　　"这个洞，由于白娘娘曾经钻过，而且她是第一个从镇江钻到杭州的，因此以后就叫白龙洞了，杭州那个出口的洞，据说就是黄龙洞。"

　　听完这个故事，辛野望着石壁上那条很深的裂缝，越看越神奇，恨不能钻进去探个究竟，看看是不是能从镇江钻到杭州，从白龙洞进去，从黄龙洞出来。

　　从白龙洞石阶向上就是上面的朝阳洞，柯善庆提醒大家要注意弯腰躬身，头不要撞了石壁，一出洞，抬眼看到岩壁上刻有"日照岩"三个大字。

　　古时候金山有"四岩"，分别是头陀岩、金玉岩、妙空岩和日照岩，这几块巨岩都在不同时期因为山体滑坡而坠入江中，为了让后人能寻找到金山这处看日出的著名胜景，修缮金山古迹的工匠在平整的北面岩壁上重新刻上了"日照岩"。

　　朝阳洞洞口的前方有一座木牌坊，木牌坊前面有一对望柱，旁边是两块石碑，一块正面书着"御码头"，背面书"沧江孤峰"；另一块正面书着"龙舟驻跸"，背面书"清圣祖康熙四次驻跸金山，清高宗乾隆六次驻跸金山，于此登岸。"

　　房波定睛一看，惊道："原来是康熙和乾隆两位皇帝御用的码头。"

　　柯善庆指着石碑和牌坊，笑着说："这里一共是三个码头，大码头、二码头和木码头。大码头就是御码头，是接待康熙皇帝和乾隆皇帝用的；二码头是接待贵宾用的；木码头是金山寺的和尚和普通游客、香客用的。"

　　佘开福跟着讲："金山寺的和尚闲下来跟我们讲古，说到乾隆皇帝下江南的时候，那场面真是大啊，镇江府的地方官们为了让皇帝高兴，还在岸边的御码头旁准备了表演节目，演的就是白娘子斗法海的《雷峰塔传奇》这一出戏，乾隆皇帝在龙舟上看得龙颜大悦。"唐正心在一旁听得啧啧称奇。

房波非常感慨："旧社会把人分成三六九等，连上岸的码头都要分三个等级。现在新中国成立了，只有分工不同，没有高低贵贱之分，人人都是平等的，这才是我们要建设的新社会。"

佘开福对房波说："是的，所以我们镇江也在加快努力，在用最快的速度把三山名胜建设成人民的公园。"他指着湖水说："这里经过疏浚后，改变了污泥淤塞的状况，湖水变得特别清澈。我们正在购置游船，让来金山的游客都能在这片围绕金山的广阔湖面上划船，感受当年水漫金山的意境。"

御码头旁有一块巨大的天然石块，像一头静卧的石牛安然地躺在那里，岿然不动，石块旁边枝藤蔓爱。巨石从金山脚下一直延伸到水中，五人站在巨石上向远处眺望，一层轻纱般的水汽从幽深的湖中涌起，让金山隐现出一份虚无缥缈的传奇感。

柯善庆对房、辛二人说："这块大石头叫'戏鼋石'，古时候金山后山的江面下有很多鼋鼍窟，生出许多大鼋。鼋是一种巨大的龟鳖，每到长江涨潮时，鼋群就出窟了，漂在江面上迎风戏浪。这些鼋也不怕人，有的还和金山寺的一位老和尚特别亲近，因为这个老和尚常把寺里厨房剩下的饭菜拌上香油拿去喂它。时间一长，只要老和尚在这石上敲木鱼，大鼋就应声而出，爬上这块巨石和老和尚戏玩，所以这块石头就被人叫作'戏鼋石'了。"

辛野忍不住问道："我看过《西游记》里唐僧西天取经路过通天河，就是被一只大鼋驮过河的，金山这片水下的鼋，是不是《西游记》里面的鼋？"

柯善庆想了一下，说道："就是《西游记》里驮唐僧师徒的鼋。我老家在无锡一带，无锡人称这种鼋叫'斑鳖'，脖子上都是斑点，像长了癞子一样，所以老百姓又叫它'癞头鼋'。无锡的名胜'鼋头渚'，据说就是因为太湖半岛里有块像'癞头鼋'的巨石而得名的。有人说，'癞头鼋'要是长到几丈长，就会修炼成'团鱼精'，是要吃人的。"

唐正心道："我听金山寺的和尚讲过一个故事，就是关于金山鼋怪吃人的。"

佘开福和柯善庆哈哈一笑，说："正心又要讲故事了，来来来，坐下给我们好好说道说道。"

几人盘腿坐在大石头上，听唐正心说故事。

唐正心说道："这个故事出自蒲松龄的《聊斋志异》，话说古时候有个山西的张老相公，他最宠爱的女儿要出嫁了，他希望女儿能风风光光地出嫁，于是他决定亲自为女儿置办嫁妆。他挑了个好日子，带着家眷和仆人，不远千里去江南购置嫁妆，船停靠在金山。张老相公想到城里去看看，走之前千叮万嘱：听说这江里有一种叫作'鼋'的水怪，一闻到肉香，就会浮出水面，掀翻船只，吞吃船上的人，所以做饭的时候一定要小心，千万不要在船上烹饪膻腥。张老相公上岸离开不久，家里人就忘记了他的嘱咐，在船上烤起肉来，丝毫没有意识到危险正朝他们袭来。"

虽说看过《聊斋志异》，但毕竟是身临其境地站在江边，房波和辛野听得紧张起来，气都不敢喘。

唐正心接着讲："突然间，水面掀起滔天巨浪，一个庞然大物从远处江底浮起，船上的人都来不及反应，小船就被卷入了巨浪中。原来是水中的鼋怪闻到了炙肉的香味，浮出了水面。巨浪吞没了张老相公的家人，他们一起成了鼋怪的食物。张老相公回来时，见到自家的船和家人都消失不见了，江上只剩几块残破的船板随着江波起伏，水中还散发着血腥味，便知道这里刚刚发生过一场惨绝人寰的悲剧，家人早已命丧鼋怪之口。他心中悲痛万分，决心要为家人报仇，于是他怀着一腔愤恨来到了江边的金山寺，向这里的高僧求教如何能杀死鼋怪。金山寺的僧人听说他要杀死鼋怪，吓了一大跳：'我们和它离得如此之近，每天都害怕被它祸害，因此像敬神一样供奉着它，祈求它不要发怒。当地人也经常宰杀牛羊作为祭品供奉，每次将祭品投入江中，它就会跃出水面吃掉。谁能有这个本事杀死它呢？'张老相公听了高僧的话，不但没有畏惧退缩，反而生出了一个计策。"

唐正心用手比画了一个大铁丸模样，接着说："张老相公向人打听到鼋怪潜伏的地方，雇了一些炼铁工，花费巨资在半山腰垒起一个炼铁炉。经过几天几夜的冶炼，工人们炼出了一块百余斤重的生铁块。他让几个身强力壮的男子用超大的铁钳夹住那块烧得通红的生铁，向鼋怪时常出没的江面投下去。鼋怪以为人们又向水中投喂祭祀用的牛羊，便'哗'地跃出水面，一口将那块巨铁吞入腹中。不多时，只见江面上巨浪翻涌，好久波浪才平息下来，再一看，那鼋怪的尸体浮上了水面。张老相公雇了船家，将鼋怪的尸体拖走。困扰当地数年的怪物终于被除去了，沿江附近的百姓再也不用害怕鼋怪的威胁了。行人客商和金山寺的和尚见鼋怪被除掉，都奔走相告。"

说完，唐正心做了个双手合十祈福的动作，"当地的人们感念张老相公的功德，在江边为他修建了一座祠堂，将他当作水神一样供奉起来。如今，在江南的一些地方还能见到张老相公的祠堂。"

房波和辛野听完故事，各有想法——

房波认为张老相公消灭了鼋怪，是为民除害，受到后人的纪念是应该的；辛野却认为张老相公明明知道江中有巨鼋还把家人留在船上，却没有做什么防范措施，仅仅是交代了几句，本身也有责任。这巨鼋如此庞大，是一种非常珍稀的水生动物，就这么被烧红的生铁烫死实在太可惜了，这种野生动物是应该被保护的。

说完，辛野从戏鼋石上一跳，跨上旁边的磐陀石，问道："现在长江里还有大鼋这种动物吗？"

柯善庆对镇江一带的长江水生动物有些研究，答道："江南这一带是鼋的发源地，鼋的习性是秋季在江边打洞，冬季藏在洞里冬眠。现在为了防水灾，长江两岸都兴建水利，修了牢固的石坝，这鼋没有了藏身冬眠的地方，就没了生存的环境，现在很少能看到了。"

说着，他用手指着远处的水面，"除了鼋，金山脚下的江里过去还有鼍。鼍就是鼍龙，即扬子鳄，也是一种珍贵的野生动物，俗称'猪婆龙'，历史上金山有'龙窝'，这里的'龙'指的就是'鼍'。"

辛野不由感叹："老话说'积水成渊，蛟龙生焉'，一点都不错。"

顺着御码头的小路向南走，房波和辛野看到不少园丁正在小广场种植花草，灌木环绕的草地上，广场四周的花坛上，花儿绽放，一群工人忙着建一座古色古香的房屋，工人们对两位走来询问的记者介绍："这是在建造一座'花中榭'。"

一位园丁对他俩说，这块空地没有什么高大的树木，显得空旷，所以先种植下花草，同时在这边建一座古典的房屋，将来房屋四周鸟语花香，人在奇花异草中休息，那不是很美吗？

房波和辛野忍不住跷起大拇指，点了一个赞："好个'花中榭'，这布景的心思真是巧妙，游客到这里来，看到繁花萦绕，背景又是金山，肯定会忍不住在这里拍张照片留念的。"

佘开福说："过去金山不仅有寺院，还有不少供居士和名人修行的小庵，有敬业庵、菩提庵、秀峰庵、华岩庵等，这些庵房都被精心布置过，有禅房庭院，有名花异草，有假山奇石，如今建设金山公园，也是依托这些园林的老底子进行恢复的。"

道路向前，不少工人正在开挖路边的水道，佘开福说："挖了水道之后，我们就要种上菱荷，还要在道路两边种上杨柳。"他用手指着不远处的草地，说道："那边的草地上还要种各种花草，沿途还要种植樱花、白玉兰、桃花、蜡梅、紫薇、紫荆、戚树、青枫、红叶李、海棠……春天到金山来欣赏百花，真是要多美有多美。对了，旁边还要建一个儿童乐园，有滑梯、跷跷板、秋千、球场。对了，还要有植物园和动物园，学生们每年的春、秋游就到这里来，保管让他们流连忘返。"

看着佘开福如数家珍地说着公园建设的远景，房、辛两位记者觉得他就像一个家庭的当家人一般，絮叨着自家的事情。在他的叙述下，记者们的脑海里也浮现出一座五彩缤纷、争奇斗艳的公园：春天有红梅，夏天有白莲，秋天有金桂，冬天有蜡梅，四季花常开，蝴蝶翩翩来，一群活泼可爱的孩子在公园的草地上玩着、跳着、唱着、笑着，真是一幅幸福的画面。

想到这里，房波和辛野连声说，等将来金山公园建设好了，一定要再来镇江，旧地重游。

中午，佘开福和柯善庆在金山食堂安排了午饭招待两人。金山食堂位于天王殿偏北，这是一排双层建筑，寺庙里的僧人、来金山游玩的游人都在这里用餐，食堂的传统菜、特色菜、时令菜受到香客、游人的普遍欢迎。

佘开福特别给他俩点了一盘"素火腿"，请他俩尝尝这以荤托素的味道，这是用豆腐皮为食材制作的镇江名素菜，蘸了点用恒顺香醋制作的生姜醋，吃到嘴里像真火腿的味道，香甜细嫩。还有两盘清炒油面筋、油焖竹笋，都让房波和辛野口感久嚼有余味，连下两小碗白米饭。

柯善庆对两人介绍，金山食堂所用的食材都是寺庙附近的田里种的，味料也是僧人自己做的，金山寺的炒菜佐料如菜油、豆豉、酱油都是自用自作，加上金山寺传统的素菜制作技艺，成就了金山寺素菜的特色。

金山景色（20 世纪 50 年代，金山公园提供）

看到两人对桌上的酱料赞不绝口，午饭后佘开福到食堂厨房拿了两个小陶罐过来，塞进两人的行李，说："这是金山寺自做的酱，味道特别鲜，元代有日本和尚东渡来金山寺学习，专门求学了制酱技术，并留下金山寺制酱天下第一的记载！"

行李都已经整理好，佘开福让柯善庆和唐正心送一下两人，唐正心帮他们去喊来一辆三轮车，装好行李，从金山出发顺着苏北路直到七号码头。

江边传来阵阵汽笛声，六圩的轮船一天有六班，这一班才进港，刚下完客，接客的叫喊声、拉客声、搬货声、叫卖声交织在一起，热闹非凡。房波和辛野下一站要去扬州采风，所以要坐轮渡船过长江到六圩再换乘汽车。

柯善庆和唐正心帮着把行李搬运上船，房波、辛野依依不舍地和两人握手告别："感谢你们这几天的接待，等你们把三山名胜建设成人民公园，我们再来镇江，祝你们工作一切顺利。"

一声汽笛，轮渡开启，扶在船栏杆的辛野向唐正心等人频频挥手，回想起这几天的镇江采风之旅真是收获颇丰，她唯一遗憾的是没能得到那张焦山鼎全形拓图。

"给你看一样东西。"站在她身旁的房波递过来一个小小的包裹。

辛野接过手，打开包裹发现竟是在焦山别峰庵看过的那轴焦山鼎拓图，她忙问道："这图白丁老师稀罕得很，怎么肯给你的？"

房波微笑着没有回答，但辛野猛然发现，别在他胸口的一支金笔不见了。

辛野心头涌起一阵暖流，她拿着包裹，另一只手牵着房波的手，拉得紧紧地。

返回金山的路上。

佘开福对柯善庆、唐正心说："《旅行杂志》两位记者的接待，辛苦你们了，期待他们回去后，好好把镇江名胜建设的进展宣传起来。目前，三山的清理工作基本完成了，市里对镇江风景名胜的建设非常重视，最近安排管委会写一份整体的《镇江市风景名胜纪要》，一方面是摸清楚咱们最近风景名胜的家底子，另一方面也是作为有步骤有计划推进建设的指导，最近我正在忙这个事呢。"

唐正心道："那真是太好啦！"

柯善庆道："焦山部分要麻烦你整理了，另外你在金山这边协助建设，对这里的名胜古迹了解得也多，也请帮忙汇总一下金山的资料，最后我来扎口汇编。"

唐正心挠挠头，不好意思地说："柯文书，我读书少，当年就在焦山跟着佛学院听了两三年，字还认不全呢，汇总资料这事我做不来呢。"

柯善庆伸手拍了拍他的肩膀，鼓励道："你能写会画，已经算是我们中间的知识分子了。不要怕，一边做一边学，我相信咱们一定能做好。"

经过两三个星期的实地勘察，唐正心把金山和焦山的名胜大致写了一个初稿。他在佘开福的指导下，又去市图书馆查了《镇江指南》等工具书，搜集了不少三山的资料。

其间，唐正心负责的文物馆工作有了突破进展——新中国成立之前担任副事之职、掌管金山寺杂务事宜的慈舟法师，移交给文物馆三件金山宝物。

自古，金山寺就有"三宝二像"之说："三宝"——周鼎、铜鼓和玉带；"二像"——苏东坡及其好友佛印禅师的雕像。"三宝二像"堪称金山寺的镇山之宝。

周鼎是周宣王时代的铜器。1884年，学者、藏书家叶志诜（汉阳人）将一只周鼎送给金山寺，他还画了一幅鼎的图，作了一首长诗，一同送给金山寺作为纪念。他在鼎图上记载说："鼎一，体圆，双耳三足。鼎口外缘作饕餮纹，间以雷篆。足亦列饕餮形弦文，以建初尺度之，高二尺四分；耳高五寸；阔六寸一分；口径一尺九寸四分；腹围六尺五寸。重右权三千六百三十一两五分。

铭十二行，百三十四字。刻腹内墙居中。"根据铭文，叶志诜判断这只鼎是周宣王北伐猃狁成功后，铸造出来酬劳遂启諆的，遂启諆大概是周宣王北伐时的一位统帅，所以这只鼎又叫作周遂启諆大鼎。

铜鼓是一种鼓状的铜器，高八寸八分，径一尺五寸七分，重二十三斤八两，是清代镇江知府魁元在广东获得后送给金山寺的。传说铜鼓是诸葛亮创制的，战斗时可以当作战鼓敲打，行军时还可以作为做饭的炊具，所以叫作"诸葛铜鼓"。其实这是西南少数民族的铜器，在我国云贵两省都可以找到。这种铜鼓很可能是诸葛亮进攻南方少数民族时，发现它很有用，就把它带回了中原，因此人们误以为是诸葛亮的发明创造。

关于苏东坡的玉带，还有一段苏东坡和金山寺的佳话。

话说有一年，苏东坡前往杭州赴任，路过润州，特地来拜访金山寺的大和尚佛印禅师。当时，佛印正准备为僧众说法，苏东坡也不客气，突然到来，闯入方丈室。佛印看到他进来，开玩笑地对他说："此间无坐处。"不让苏东坡就座。苏东坡知道这是大和尚打的机锋，于是他也以禅宗机锋回道："暂借佛印四大为座。"佛印一听，顺势问道："山僧有一问，学士道得，即请坐；道不得，那就留下你身上的玉带永镇山门。"苏东坡把身上的玉带解下放在茶几上，笑着说："请问吧。"佛印说："既然四大皆空，五蕴非有，居士向哪里坐？"

佛教认为地、水、火、风是组成物质的基本要素，简称"四大"。五蕴是指色蕴、受蕴、想蕴、行蕴、识蕴，这是组成人身的五个要素。苏东坡一想，是呀，"四大皆空、五蕴非有"，不是一无所有、空空如也了嘛，这何坐之有呀？他顿时语塞。佛印哈哈笑道："你输了！你输了！"苏东坡也大笑起来，爽快地认了输，并把玉带留在寺中，还写了《以玉带施元长老，元以衲裙相报次韵》诗两首给佛印禅师：

其一

百千灯作一灯光，尽是恒沙妙法王。

是故东坡不敢惜，借君四大作禅床。

病骨难堪玉带围，钝根仍落箭锋机。

欲教乞食歌姬院，故与云山旧衲衣。

其二

此带阅人如传舍，流传到我亦悠哉！

锦袍错落真相称，乞与佯狂老万回。

后来金山寺特建了一座"玉带堂"（又名玉鉴堂），把玉带放在那里供人观瞻。这条玉带，长约二尺，宽约二寸，上面缀着的玉石，有长方形、圆形、心形，共有20块，块块精美绝伦，至今已有近千年历史，恐怕是现在人们所能见到的苏东坡的唯一遗物了。

乾隆皇帝南巡下江南时，确认这条玉带上的玉片是正宗的宋代玉石，看到玉带残缺了四块玉，于是带回宫廷命玉工补齐，并作诗四首、跋文23字刻在所补的玉上，以作记录。苏东坡金山留玉带的故事，数百年来通过文人笔记、小说、戏曲、绘画等多种形式在民间广泛流传，所以这条玉带名气极大。

东坡玉带

"二像"也收藏在玉带堂里，一件是宋代名画家李龙眠画的《佛印像》，上面有苏辙所作的赞；另一件是苏东坡、佛印、小童、小沙弥的小雕像，宛然当年东坡访佛印叙谈的情景。

1948年金山寺发生火灾时，眼看火势已不可收拾，许多和尚忙于抢运仓库物资，但慈舟法师知道一般财物烧了还可以补回，文物烧了就无法弥补了，于是他带领一批和尚奋勇冲进火海，把"三宝"抢救了出来。可惜"二像"来不及抢出，化为了灰烬。

唐正心把这"三宝"收入库房，和新近收集来的一幅明代书画名家文徵明所绘的《金山图》并称为"金山四宝"。《金山图》中江水茫茫，微波粼粼，金山漂浮在波涛之上，山色青碧，上面有一栋栋画檐朱宇，使人仿佛看到了当年屹立江中的金山雄姿。当时金山的右侧还有一座小山，形状像笔架，叫笔架山，天下第一泉就在笔架山下。画后有文徵明自己所作的金山诗，字大数寸，潇洒可爱。

这四件宝贝作为文物馆的主要展览品，将展现给游客们。除了这四件宝贝，文物馆还收集到宋代的两个石刻、名臣宗泽的画像卷子，以及不少镇江籍书画家的字画。

第九章

公园初成立

焦山公园（1973 年，陈大经拍摄）

　　大约到了1952年的年底，柯善庆根据汇总的资料编撰的《镇江市风景名胜纪要》初稿完成，三山、南郊及市区其他名胜都编写得比较完整：

镇江市风景名胜纪要

甲、三山

金山

　　金山原在城西七里大江中。因大江北移，于清朝咸丰以后上陆。现在有马路直达山下。

　　金山是座英雄的山，宋代名将韩世忠曾在这里和金兵大战，他的夫人梁红玉亲执桴鼓。后来虞允文又在这里用水军击破了金兵的胆。

　　金山上的庙宇很多，一层层的殿堂，一栋栋的楼台，把山裹了起来，因此有"焦山山裹寺，金山寺裹山"的说法。

　　山上有金山寺，旧名泽心寺，传说始建于晋代。宋改名龙游寺，清朝康熙二十五年，改称江天寺，但一般称作金山寺，自晋到现在，屡遭火焚，屡焚屡建。1948年又发生大火，烧去大殿和方丈室等二百余间。这和咸丰三年藏四库全书的文宗阁的焚毁，都是镇江文物最大的损失。

金山的名胜古迹有：

（一）慈寿塔，高七级，在金山西北面，最初是六朝时建立的，中间几经兴废。最近修建是在光绪年间，登上塔的最上层，可以眺望大江南北和镇江全市。

（二）妙高峰，又名金鳌峰，即金山绝顶。上有江天一览亭，原有妙高台，宋代名歌手袁绚曾在这里歌唱苏东坡的《水调歌头》词。楼台在 1948 年的大火中被焚去。

（三）法海洞，在慈寿塔西侧下，洞中供奉着法海禅师的金身像。法海和尚确有其人，是唐代宰相裴休的儿子，故又叫裴头陀，对佛学很有研究，是金山寺开山的第二代祖师。《白蛇传》中的法海和白蛇斗法的故事，自然仅是神话，法海和尚也就成了传说中封建礼教的化身。

（四）白龙洞，又名朝阳洞，在金山东北脚下，洞里有两尊白石女像。据说是白娘子和小青，当然根据白蛇传附会来的，不过以前确有法海祛蟒、和尚降龙之类的传说。后来和白蛇传故事联系起来，就成了一个美丽的民间神话，洋溢着人民反抗封建礼教的精神。

（五）中泠泉，即天下第一泉。在金山西南，从前因泉在江中，汲取困难，遂特别为人重视，又经过历代名人如刘伯刍、陆羽、李德裕的品题，因而全国驰名。中泠泉的水除了味道甘洌外，还有一个特点，就是杯中倒满水，再往杯中加铜钱一二十枚，杯口水面凸出分余，像小馒头一样，但水不溢出。泉旁有花木楼台，全部被日帝国主义者破毁。现在人民政府的辅助之下，开始栽种花木，准备在此建可供游客休息饮茶的建筑。

（六）郭璞墓，相传东晋郭璞葬在此处。

（七）金山四宝：金山寺原有文物甚多，大火焚去一部分。现尚保存而较有价值者有下列四件：1. 周代铜鼎；2. 诸葛行军铜鼓；3. 宋诗人苏东坡的玉带；4. 明名画家文徵明画的《金山图》。

焦山

焦山在市东北九里大江中，本名樵山，与南岸象山相对峙，形势险要。宋张世杰曾在这里和元军大战，虽然失败，但他不肯屈服于武力的精神，仍是值得后人景仰的。

焦山上面树木茂密，下面江水奔腾，雄奇瑰丽，为国内稀有的佳景、避暑的胜地。从江边乘船可以直达。或陆行至象山，再乘渡船过江亦可。

焦山上最大的庙是定慧寺，建筑宏伟秀丽，自金山寺毁后，这里是镇江最大最好的庙了。定慧寺旧名普济禅院，创自汉兴平间。宋元祐后，规模日大，称普济禅寺。清康熙改名定慧寺，统称为焦山寺庙。宋韩世忠曾屯兵于此，邀击金人。

一入寺门即有"海不扬波"四字石刻，是胡缵宗写的。

寺门口西首有株古柏，据说是六朝时代植的，距今已有千年，现在大部分均已枯死。寺门东首有一株娑罗树，树叶是七出的，又名七叶树，据说是从海外移植而来的。

寺内大殿西侧有一处客堂，名枯木堂，又名海云堂。堂中以前有西周时代的无击鼎和西汉时代的陶陵鼎，是焦山有名的古物，不幸在日帝国主义侵占时期失去。客堂西首有双井称为东泠泉，系模仿金山的中泠泉。泉旁壁上有四个石刻的大字"中流砥柱"，是清代一位十五岁少年王燮和写的。

定慧寺之西，有一所华丽的阁，叫作华严阁。坐在上面，可以远眺镇江诸山。这里有茶座，可供游客饮茶。

从定慧寺向西，有小径曲折通山上。山顶有吸江亭，亭的楼上原有一尊四面佛。登临远眺，大江浩荡，洪流巨浪，冲山而遇，确有中流砥柱之感。

定慧寺东首。原有小庙十余座，都极精巧整洁。大部被日帝国主义者用炮轰毁，现在仅余玉峰庵、香林庵、石壁庵、重林庵、海云庵、文殊庵、自然庵几个了。这几个寺内的花木盆景都很有名，玉峰庵中的一株古槐，据说还是宋代种植的。

焦山的文物很多。最有名的是瘗鹤铭碑。

瘗鹤铭旧在山上，刻崖石上，不知何年，塌坠江中。清康熙时，陈鹏年募人挽出，迁到佛殿西侧。现在砌在华严阁西的壁上。瘗鹤铭在中国书学上占有突出的地位，宋代名画家黄山谷说"瘗鹤铭者，大字之祖也。"他又说"大字当如瘗鹤碑。"至于这个铭的书者是什么人，还没有定论，有人说是王羲之，有人说是陶弘景，也有人说是皮日休。

其他文物，现在都集中在香林庵公开展示，其中有些名贵的如杨继盛的墨迹等。

北固山

北固山又叫北顾山，在本市东北角，临近大江，形势险要，气象雄伟，为本市名胜之一。

山有三峰，前峰在马路之南，其上旧为镇江府府署，后改为镇江师范校舍，抗战期间全部被毁。中峰上旧有玄武殿，抗战前改建为气象台，现为水文站，一般人所说的北固山，即指此峰。后峰在中峰的北面，屹立江边，高十四五丈，上有甘露寺，为三峰中最胜处。除甘露寺外，原有建筑很多，都是历代劳动人民的杰作，抗战期间几全部为日帝国主义者焚毁。一九五一年开始市人民政府大力整修，将打造成为本市劳动人民业余游憩之所。

山上下名胜古迹很多。仅择优介绍如次：

（一）甘露寺，在后峰上。传说三国时刘备在这里和孙权的妹妹结婚。这只是一个有趣的传说，因为那时山上还没有甘露寺，根据史书上记载，甘露寺是唐代李德裕兴建的。

（二）狠石。后峰顶上一块羊形的石头，传说诸葛亮曾坐在上面和孙权商量破曹的计策，一说孙权曾坐在上面和刘备研究如何抵抗曹操。但这块狠石已非原石，据南宋诗人陆游说：石亡已久，仅取别石充数。

（三）"天下第一江山"六大字，原来是梁武帝萧衍所书，其石久不存，现在是南宋有名书家吴琚所书。

（四）摩云亭，又名凌云亭，在后峰绝顶，传说系孙夫人的祭江亭，也不可靠。

（五）铁塔。在后峰上，唐李德裕建。宋裴据重建，明代为海风吹折，重建造，道光二十五年五月鸦片战争英帝国主义者攻陷镇江，疑塔中有宝，捉民夫掘地，深丈余，不得，乃去其顶，毁其相轮而止。

（六）走马涧即跑马坡，在后峰西。传说系刘备走马处。

（七）观音洞。在后峰北石壁下，面大江，深三丈余。

（八）试剑石。在中峰西麓，系大石一块，中裂为二，传系刘备用剑劈开。

（九）太史慈墓。在中峰下，太史慈是三国东吴的青年将军。

此外还有多景楼（传说是孙夫人的梳妆台）、石骊楼都是著名古迹，可惜在抗日战争期间被日帝国主义者烧掉，有海岳庵久已毁坏。

乙、南郊三大寺

招隐寺

招隐寺在市南七里的招隐山（一名兽窟山）的山腰。寺周青松苍柏，修竹清泉，风景秀绝，秋季枫叶红遍山上，更显得美丽。

寺是宋景平元年昙所创，中间毁过几次，现在的寺是清光绪年间重建的。

六朝时有名的古典文学家梁昭明太子萧统曾在这里读书，并编撰了一部有名的古典文学选集《文选》。这部书在中国文学史上有极高的地位。现在寺中还有一座建筑，叫作昭明读书台，里面有一块石案，长约五尺，阔约三尺，据说昭明就是伏在这个案上苦读的。此外寺内还有一个增华阁，传说《文选》就是在这里完成的。

六朝时还有一位有名文学家和艺术家戴颙，隐居于此。他对诗书、音乐、美术、雕刻都有很高的造诣。他不肯做官，宁愿在这里过着穷苦的生活。山上黄鹂很多，春季一片婉转的鸣声，非常悦耳。戴颙就带着酒来听黄鹂歌唱。大殿旁的一所听鹂山房，据说就是戴颙听鹂的地方，可惜也被日帝国主义者焚毁了。

招隐寺附近有三个泉。一是虎跑泉，东晋法安禅师所创。传说是虎用爪刨地出水，因筑为泉，故名虎跑。泉上有亭叫虎泉亭，也叫万古常青亭。一是鹿跑泉，上有鹿跑亭，亦称如斯亭或观泉亭。一是珍珠泉，据说是昭明太子开凿的。上有珠泉亭，亦称及泉亭。

在唐代这里还有一种很有名的玉蕊花，关于它有许多神秘的传说。唐代以后，玉蕊花就没有了。但是山上还留有一座亭子叫作玉蕊亭。

竹林寺

竹林寺在市南夹山山麓，离市区四五里，由解放路经解放桥，沿林隐路，步行约一小时可达。

竹林寺是南郊三大寺中规模最大的一个。东晋时法安禅师始建，本名夹山禅院。明末崇祯年间，才改为竹林寺。寺门外原有大片竹林，先后为日帝国主义者、反动军队及流亡地主砍伐殆尽。寺外山上的树木亦多被毁，现已着手绿化。

寺前有伯先纪念亭和凝翠亭，游人可在此歇脚。

寺内有一座客堂，游客可以在此饮茶。客堂后山有一泉，叫林公泉，是明代林皋禅师开凿的，水极清澈。泉西游小园。循石级而上，有一座挹江亭，可以眺望大江。

山上还有洛浦基、狮子崖、百尺松等名胜旧址。

鹤林寺

鹤林寺本名竹林寺，在南郊磨笄山下，磨笄山北又有一座山叫作黄鹤山，本名黄鹄山。东晋末有一位农民出身的皇帝刘裕，年轻时在家种田，常到这里来玩，看到有些黄鹤飞舞。后来他做了皇帝，便把山名改为黄鹤山，把寺名改名鹤林寺。

寺建于东晋大兴四年，唐代又名古竹院，唐诗人李涉诗"因遇竹院逢僧话"即指此处。宋代一度改名为报恩光孝禅寺，后来又恢复鹤林寺名。自唐至今，毁而复建者有四次。从前它的规模很大，据说从前门到后门有三四里长。现在已多毁坏。

寺内有杜鹃楼，亦称杜鹃台。唐代这里的杜鹃花极负盛名，被认为是仙种，是神仙所栽植。唐末花和寺一齐被毁。现在杜鹃楼下有杜鹃花一株，是鹤林寺老和尚闻光所培养，也有二三十年的寿命了。

寺内有古墨林，壁上石刻很多，有苏东坡写的鹤林招隐诗、米芾写的"城市山林"四字、岳珂题古竹院僧房诗等都很名贵。

寺后磨笄山下，有马祖塔，塔下埋着鹤林寺开山祖师唐代名僧玄素禅师的骨灰。塔铭是唐代名文学家《吊古战场文》作者李华撰的。碑尚存寺中。

寺门对面有一座小坟。叫作米颠墓，相传乃米元章埋骨之所。米元章善写字，是宋代"苏黄米蔡"四大家之一，除能写字外，还善画山水人物，自成一派。

丙、其他名胜

（一）鲁肃墓：（确否待考）在北门外市第一中学操场。鲁肃是三国时东吴的名将。

（二）宗泽墓：在东门外京岘山上。宗泽是宋代的爱国将军。

（三）梦溪园：在东城乌风岭一带。宋代名学者沈括的住宅，风景极优美。但现在已成废墟。

（四）小九华山：在招隐山西北。山顶有幽栖寺，建于明末崇祯年间，篝深林密，环境绝幽。

（五）蒜山：今指市西银山之南，江边一堆高约二丈的石，石既不奇，上面又没有树木花草，一无可观。但古代的所谓蒜山，包括现在的银山和云台山，极有名气。周瑜和诸葛亮计算过如何抵抗曹操（因而亦名算山），（在这里，刘裕和孙恩进行过几十万人的大战）苏东坡也曾住过一个时期。

（六）伯先公园：为纪念资产阶级民主革命烈士赵伯先而创设，在云台山麓，依山而筑。树木繁茂，石径通幽，有自然之美。平地有花坛，有草地，有荷花池，池中有喷泉。池旁用山石砌成峰峦岩洞，错落有致。山顶为全市最高处，登临四顾，全市在望，山上有茶社、绍宗藏书楼，为本市人民游览和文化活动的中心场所。

（七）河滨公园：在双井路之西运河旁边，是就城墙基地建筑。地虽狭小，但花木很盛。河边一片垂杨，河中帆樯来往。内设有中苏友好展览室，清晨黄昏，游人极多。

（八）江滨公园：在市东北，北固山西，濒临大江。这里的花木也很繁茂，而且可以望江景听潮声。也是人们游憩的好地方。

（九）丁卯桥：唐代名诗人许浑的故居，在市东南八九里。

（十）市内有八山五岭，日精山、月华山、寿邱山、城隍山、唐颓山、紫金山、钱家山、达家山、乌风岭、骆驼岭、梅花岭、燕支岭、凤凰岭，以前都很有名。

这份4000多字的《镇江市风景名胜纪要》提报后，得到镇江市风景名胜修建委员会的表扬，经过专家的少许修改后，油印了大约2000册供建设单位作为修复镇江风景名胜时的指导文件。

房波和辛野（笔名星野）离开镇江后，给唐正心来过一次信，但他们写的关于镇江的文章一直没有见诸杂志，也许是出于选题考量，毕竟历来写镇江三山的文章较多。直到1952年6月，《旅行杂志》才发表了他们俩合写的《镇江南郊风景线》游记。一开头，游记就这样写道："提起了镇江名胜，大家都晓得京口三山——金山、焦山、北固山。'白娘娘水漫金山'的故事被编为戏剧，流传于广大民间，因而金焦北固之名便更无人不知。其实，镇江除了三山之胜，南郊诸山，如九华山、黄山，也莫不风景绝佳，景色宜人；而招隐、

《旅行杂志》刊登的《镇江南郊风景线》游记

竹林、幽栖诸寺，位于群山重峦中，苍松参天，怪石嶙峋，小桥流水，都是别有一种幽趣。"

　　游记着墨最多的是南郊，但文章配了三张图，分别是焦山全貌、北固山铁塔和北固山全貌。在结尾处，房波和辛野热情洋溢地写道："如金、焦、北固等山，解放前遭到怎样巨大的破坏，现在不都在人民政府的领导下，重见这些风景区了吗！政府拨了数百亿的经费重修金山，一九四八年被焚毁的著名的江天寺大殿亦已动工……"

　　在新中国成立初期，报纸杂志的影响力是巨大的，《旅行杂志》的文章引起了更多旅游者的关注，从1953年年初开始，来镇江游览三山、南郊的游客愈发多起来，金山、焦山两座公园的成立也紧锣密鼓地提上了日程。

　　时间过得很快，一晃就到了1953年。

　　人民政府连续两年派员到焦山组织僧人学习党的方针政策，保护庙产并生产自救，并开始有步骤地对焦山进行改造和扩建，组织群众修缮寺庙和园林建筑，焦山已经大为改观。

　　早在1952年年初，镇江市政府就对居住在岛上的村民进行了分期分批的搬迁，安置定点基本围绕在象山乡附近。由于宣传与组织工作的细致，以及村民的积极配合，拆建工作到年底就完成了。

　　1953年的上半年，隶属镇江市政府建设科的焦山办事处开始筹备，暂时由定慧寺方丈茗山法师担任主任。市政府建设科邀请了一批园林专家，对焦山进行了全面的规划和设计，根据焦山的地理环境、绿化条件，采取因地制宜的建设方针，使这座名山在短期内面貌得以迅速改变。这样，一座以传统佛教建筑为主体、具有中国佛禅园林特色的城市山林公园，以其江中浮玉般的旖旎风光，呈现在世人面前。

在焦山岛对岸的象山渡口，筹备处挂上了"焦山公园"木牌，第一批游客陆续乘坐八条小划子登岛游玩，没坐上小划子过江的游客，有的站在江边等，有的老人孩子就在象山下的避风馆歇脚。避风馆过去是座名为"圜悟庵"的小庵，是焦山寺庙的接待庵，晚清以后俗名叫避风馆。

十一国庆节是公园正式开放的第一天，门票减免，所以来游玩待渡的游客特别多。好在象山下也建了一条花溪，小道两边的空地上，林林总总的小商贩乘着公园开放摆摊设点忙着挣钱，有唱小曲的，玩木偶戏的，巧捏面塑浇糖人的，套藤圈的，打弹子糖的，打康乐球的，打气枪的，甚至还有摆专治跌打损伤卖狗皮膏药的，令人眼花缭乱。

各种风味小吃也不失时机地出现在了路边。一副副小吃担吱嘎吱嘎地挑了过来，卖油饼、汤圆、回炉干、麻团、糯米糖藕、成串熟荸荠、五香烂蚕豆的，还有卖风车、糖葫芦、梨膏糖的，扛着货架挂满五颜六色手工小百货一边摇拨浪鼓的，吹着笛子挑麦芽糖卖的……吆喝声、敲击声此起彼伏。

让小孩子最入迷的还得是吹糖人的，坐在担子上一吹一捏就出一个个白娘娘、小青青、善财童子、小和尚，插在稻草把子上，随风一颤一颤的。最引人注目的是卖棉花糖的老头儿，他嘴里哼着歌，脚一踏，一团"棉花"就飞舞出来，筷子一搅，送到你面前，很是神奇。

"有点过去庙会的热闹场面了。"望着江对岸的象山码头，看到拥簇着待渡的人群，茗山法师眉头微皱，他双手合十，对站在一旁建设科的佘开福施了一礼，才开口说道："焦山公园光用这些小划子来回接送，一趟也接送不了多少游客，而且还不安全，这如何是好呢？"

佘开福安慰法师道："茗山师父宽心，市政府正在协调从后三江营调船来焦山，估计就快批复下来了。"

一个上午，从焦山码头登岛的游人络绎不绝，小划子也忙得不停歇。

焦山上竹林茂盛，树木葱茏，桂花盛开，满眼青绿。如今的焦山，经过两年左右时间的整修，已清理了全部的废墟瓦砾，之前被日本侵略者炸毁的断墙残壁也已修复，建筑得到了重新使用。东到桂花园，西到华严阁，庵房建筑鳞次栉比，庭院小径古典幽雅，古树掩映，花木扶疏，一些原戴王村的村民也划

象山渡口（1973 年　陈大经拍摄）

着小船来到焦山，借着公园开业的人气旺，在沿途摆了不少土特摊子，看到游人就热情地招揽生意。定慧寺外自然形成了一条东西走向、漫长热闹的巷道街市，一条路把定慧寺、各庵和戴王村连成了一整段旅游动线。

正在这条道上参观的文教局局长姚荷生不由赞道："一直听说'焦山脚下一条街'，果然名不虚传，热闹非常。"

姚荷生和镇江图书馆的江源岷馆长跟着游人们漫步在这条热闹的道路上，原在山顶上的"古物陈列室"如今也移建到山下的香林庵，香林庵内有宝莲阁、江声阁、牡丹台，如今将宝莲阁做了修缮，改造成陈列室，所有文物都已集中在这座新"文物馆"陈列。

负责这块的是原来观音岩的住持六恒，因为额头宽广，说话嗓门又大，大家叫他"大鹅头"，他声音洪亮，正忙着和回焦山帮忙布展的唐正心给游人做讲解。

唐正心拿着一个用硬纸卷成的喇叭，对游人介绍："大家看，这面铜鼓是100 多年前两江总督张井赠送给焦山水晶庵的，张井也不知道这是当年伏波将军马援进攻交趾时所获的铜鼓，还是诸葛亮七擒孟获时所获的铜鼓，就给他命名'伏波铜鼓'。这铜鼓过去敲起来声音像癞蛤蟆的叫声。可惜的是抗战期间，水晶庵被日军的飞机轰炸过，后来从废墟里面找出铜鼓时，就只剩下一角鼓面了。想想我们中华儿女被日本鬼子欺负，我就很愤怒，这面铜鼓就是见证啊。"

"这是杨继盛的手迹，杨继盛是明朝的一位大忠臣，因上书弹劾奸相严嵩被下了大狱，这里展示的是他的六份墨宝，前五份是阮元赠送给焦山的，后一份是扬州丁维送给焦山的。"唐正心介绍着杨继盛的书法，有人看到杨继盛的墨宝，不禁肃然起敬。

六恒的大嗓门喊起来了："这是一件清朝皇帝的龙袍，光绪皇帝穿过的龙袍，龙袍的旁边是康有为手写的诗！"

他这一嗓子，吸引了更多的游客走进文物馆，姚荷生和江源岷也被吸引，走进了馆内。

他俩观赏了铜鼓、唐刻道德经幢、龙袍，还有年羹尧的铁战袍、四块有山水的小石、水浒英雄画谱等实物，其他如宋祥符年间赐汉隐士焦光应公诏的墨敕、贝叶经卷、墨拓兰亭卷、宋代名臣岳飞和文天祥的墨宝、唐代著名画家唐伯虎的"竹林七贤图"，二人边看边点头。

文物馆中还有一道特别的风景线，就是"镇江名人书画专栏"，有清初张玉书自作自写的《游西山诗》等，其中有一幅京江画派代表人物张崟的《焦山月夜图》，落笔浓重，姚荷生认为，对镇江山水体会不深的画家是很难画出这样好的作品的。

在姚荷生认真观看这些文物的时候，也有一些对此有深厚研究的游客提出了异议，一位戴眼镜的游客看上去很内行，指着那幅文天祥的墨迹说看着有点像赝品。唐正心向他解释道："这幅书法是明末文天祥的后裔文震孟赠送给焦山的，曾经有人认为是赝品，也有人认为是真迹，早些年康有为来焦山时也看过这幅画，觉得这幅画具有很高的文物价值。"听了解释，戴眼镜的游客默默思考了一会儿，在那边左看右看，不过还是一脸疑虑模样。

还有游客看了唐伯虎的《竹林七贤图》，左看看右看看，觉得也像是件赝品，一群人在馆里就争论起来了，但这幅画江源岷觉得画得还是很不错的。

有了游客的围观争论，文物馆里的氛围顿时活跃起来了。来看文物展的游人一多，不仅售出了很多门票，六恒和尚一上午还售卖了五六张《瘗鹤铭》拓图，他乐滋滋地将钱放进小木箱里，留作修缮焦山名胜的经费。

出了文物馆，姚荷生和江源岷参观了另一些地方后，又来到了自然庵。自然庵最早建在焦山山腰的观音崖上，明代弘治年间移建山下，靠近水晶庵不远。郑板桥曾是这座庵的座上宾，为自然庵写了一副名联：

山光扑面经风雨，江水回头当画屏。

并在庵中题了一首《题焦山自然庵墨竹》诗：

焦山静室十五家，家家有竹有篱笆。

画来出纸飞腾上，欲向天边扫云霞。

在庵门口，江源岷看了这副楹联，赞道："一幅好画，必须要配上好诗、好书法；一座好园，必须要配上好匾额、好楹联。运用文学艺术的美去赞颂自然美，对周围佳景予以启示，对意境予以渲染，则可获得使人浮想联翩、增加游兴的效果。"

自然庵的屋室保存得比较完整，有佛楼、北极阁、黄叶楼、梅花楼、画禅山房、观澜阁等，庭院里亭、井、假山、竹径，布置极为雅致。从清代乾隆朝起，历代自然庵住持都是擅诗画、精拓印的高人，"谈笑有鸿儒，往来无白丁"，庵藏文物字画甚丰。如今自然庵的住持宋静，文化程度也非常高，他带着两个徒弟刘祥昆和刘岫凡把庵房改作茶社，两个徒弟都是20岁上下，很是聪明伶俐。

看到有客人进来，刘祥昆热情地迎了过来，领着姚荷生和江源岷来到一个靠窗的座坐下，刘岫凡拎来一只铁皮大茶壶，为他们泡了一杯桂花茶，还抓了一把葵花籽放在桌上。

姚荷生一边慢慢地品饮，一边看着茶社的布置。这间茶社收拾打理得非常清爽，博古架上摆放着不少诗词书画的书籍，茶桌上还有一些用佛手、老莲蓬制作的摆件，显出茶社主人的品位。墙壁上一幅《瘗鹤铭》拓图引起了姚荷生的注意，"瘗鹤铭"石碑经过江水千年侵蚀，早已笔画模糊，而这幅落款是"焦山僧鹤洲手拓金石"的拓图却笔势圆劲，颇为精彩。

拓图右侧挂有一张泛黄泛银的老照片，照片的背景有点像焦山华严阁的石牌坊，照片上是一位面颊清癯的和尚，他戴着僧帽，站在寺庙外，不亢不卑，颇有宗师风范。姚荷生喝了一口茶，看站在一旁的刘祥昆模样伶俐，就扬手请他过来，询问道："小师父，请问这张老照片上的老法师是谁呀？"

刘祥昆虽穿着俗家的衣服，但自小跟着师父修行，很多行为已经习惯成自然，他上前双手合十行了一礼，指指照片上的和尚："这是我们焦山的和尚，这张照片说的是我们焦山和尚斗英国领事的事情。"

姚荷生的兴趣来了，请他说说。刘祥昆倒也不怯生，看这位客人又点茶又买重阳糕，还一脸和气，心生好感，他给姚荷生又抓了一把炒葵花籽放在桌上，讲起了这个故事：

"当年，英国领事看中了焦山的自然庵和观澜阁，跑到庵里来，清朝官员陪着他。庵里的和尚是个能干人，见洋人进来，他还是盘膝打坐，不理他们。英国领事和清朝官员看见和尚不动，就挥挥手说：'走！走！走！'狗腿子的翻译也跟着喊：'让开房子，让英国人办公！'"讲到这里，刘祥昆声音有点抬高，模仿着和尚的语气，说道："和尚说，'我们中国的礼节，是不能喧宾夺主，不晓得你们外国人什么规矩，不知道我们能不能到你们英国，叫你们让开，给我们住？'"

刘祥昆指指照片上的一行英文，继续讲道："英国领事在庵里转转，看看佛像，说'你们和尚庙里供此何用？供一千年供得活吗？'和尚说：'我们供佛像是信佛，你们供十字架，不晓得供一千年能否供活。'"

旧时焦山僧人（晚清，镇江市档案馆提供）

"洋鬼子说不过和尚，谈到后来，清朝官员硬做主，让英国领事暂住了一段时间，后来英国领事想在岛上建私人住宅，和尚说：'这地方是康熙皇帝御赐的，是当今皇上要我们看护的，宁可杀我头，地也不能让。'说到这里，刘祥昆抬头一脸骄傲，"焦山和尚就是这么硬正，英国人就没住成！"

听到这里，姚荷生和江源岷看着刘祥昆略带稚气却又满是倔强的脸，没憋得住，笑出声来了。

宋静住持看这两位游客气质和说话都不像普通人（历史上焦山各庵都以文人雅士为接待对象，庵里和尚都擅长察言观色）于是他借着给客人续水，也过来聊两句："刚才小徒讲的，就是我们自然庵清代道光、咸丰年间的住持定峰和尚，他是一位文学修养很高的僧人，过去，各方文人雅士都争相和他交往。"

姚荷生和江源岷站起行礼，笑着请宋静坐下，听他娓娓道来："根据《天津条约》，镇江开了商埠，成为英国的通商口岸，但当时镇江城还被太平军占领着，英国人想找个落脚的地方，焦山被英国人称为'银岛'，就乘船来到焦山，看中了自然庵，想要强占作为领事馆临时办公场地。"

听到姚荷生轻"哦"了一声，宋静继续讲述："地方官怕洋人，就默许英国领事进入自然庵赶走和尚、毁佛像，定峰住持上前阻止，反问英国领事，'在你们国家，可以强占住宅，随便把人赶出去吗？可以捣毁教堂里的耶稣像吗？'英国领事哑口无言，只好转变态度，订立租赁合同，定期付租金，直到镇江领事馆建成后搬走为止。后来英国领事又多次试图在焦山买地造别墅，定峰阻止说，焦山是皇帝行宫旧址，僧人只有看管职责，没有变卖权利，英国领事只好作罢。"

听了这些近代镇江掌故，姚荷生更是大感兴趣，宋静住持向他介绍："定峰主持的弟子鹤山和尚，和当时的定慧寺方丈芥航大和尚关系密切，共同维护焦山的利益，不受洋鬼子的侵犯，得到大家的赞扬；鹤山和尚的弟子六静，也是一代高僧，和长江巡阅史彭玉麟、江苏巡抚端方都有交往，六静和尚在焦山建了文昌阁、东升楼、三官殿，修缮了别峰庵、海神庵、吸江楼、宋寥阁等名胜；六静和尚的传人鹤洲，更是拓印《瘗鹤铭》的高手，翁同龢、梁启超、陈庆年这些名人都收藏有他的拓碑和青铜器手拓。"

随即，宋静住持指着墙上的那幅《瘗鹤铭》拓图，接着说道："两位客人请看，过去碑刻拓印都是以旧拓最佳，为什么呢？因为石刻越早越完整，拓出来就越清晰，像《瘗鹤铭》这样的石刻应该是落入江中之前的更清楚，下水之后被江水侵蚀，笔画就模糊了，但鹤洲和尚参考了焦山全形拓和日本一种雁皮纸零拓法，可以把《瘗鹤铭》拓得如此传神，您看这笔势多有劲。"

顺势，他让刘岫凡把书架上的几轴手拓拿过来给姚荷生和江源岷观赏，三人指点图谱，越谈越投契。

江源岷是图书馆的馆长，最喜收藏，对其中一幅《鹤铭》手拓越看越喜爱，这幅图字形完整，拓工细腻，底墨均匀，凹凸分明，是拓片中的上品。江源岷问道可否售卖，宋静告诉他需要2元人民币。按当时的物价水平这费用算高了，江源岷却连声说不贵，但摸遍了口袋，只带了几毛钱，他不好意思地说改天带了钱再来买。

又闲聊了一会儿，喝完茶，姚荷生和江源岷出了茶社说再去后山逛逛。望着他俩的背影，刘祥昆因为忙了一阵子最后客人没买拓印心情有点失落，对师父说："师父，那位客人还会来买拓图吗?"

宋静微微一笑，说："放心吧，这位客人是懂拓图的，他肯定会回头。"

出了茶社，姚、江二人走不多远就迈进了一个庭院，这里原是海云庵，庵内有宝墨轩、水陆阁，轩内有些明清碑刻，他俩边看边走，海云庵旁是石壁庵，姚荷生驻足观看了会墙上的《金刚经》石刻。

不觉来到了文昌阁，这厢佘开福、茗山法师正和文昌阁的住持厚宽说着话，看见姚、江两人向这边走来，佘开福和茗山法师迎上去连声说："怠慢姚局长了。"

茗山法师知道姚荷生是个爱开玩笑的人，对厚宽摇摇手，指着楼阁说："局长和馆长两位大人来视察工作，坐，请坐，请上座;茶，敬茶，敬香茶。"

厚宽住持是很聪慧的高僧，曾在南郊竹林寺当过住持的他，立即心领神会："好的好的，已经备好了香茶，请姚局长和江馆长移步上楼。"

听到这里，姚、江二人扑哧一下笑出声来。

原来，茗山法师这句话是有典故的，相传郑板桥来镇江焦山找地方读书时，先来到山下的一座庵，这座庵的住持和尚见郑板桥衣着简朴，便对他不太客气，仅勉强地招呼了一声"坐"，然后对小和尚说"茶"。

过了一会儿，住持和尚见郑板桥仔细观赏墙上的字画，谈吐不凡，待客态度就好了一些，客气地说"请坐"，并喊小和尚"敬茶"。

当住持和尚得知来者就是大名鼎鼎的郑板桥时，惊喜万分，态度马上转变，忙露出笑脸说："请上座!"又急忙吩咐小和尚："敬香茶!"

饮罢茶，郑板桥起身告辞，住持和尚请求郑板桥赐书墨宝。郑板桥对住持和尚看人待客的态度很不满意，于是挥手而书，上联是："坐，请坐，请上座！"下联是："茶，敬茶，敬香茶！"对仗工整，讽刺味极浓，住持和尚羞愧不已。

姚荷生手直摆，说："不喝茶啦，不喝茶啦，刚才已经在隔壁茶室喝过了。焦山公园造得这么好，两位主任真是辛苦了，特别是这些庵房庭院，恢复利用得这么好，今天一开园就吸引来这么多游客，两位主任真是功不可没！"

佘开福、茗山法师陪着姚、江两人走走逛逛，向他们汇报了目前焦山现存各庵的情况，以及建设焦山公园的思路。

这焦山虽是江中岛屿，但从宋、明朝开始，山上山下共存在过若干小庵。郑板桥在焦山读书的时候，焦山有十五个庵。后时有兴废增减，到了民国，焦山还有庵十三家，就是民间说的"十三房"。

最初，各庵的庵主是由大寺法系没有担任住持的僧人分住小庵担任。一度大寺的住持职位也由各庵主轮流担任，这些小庵和定慧寺的关系，有点像分公司和总公司，既有联系，又相对独立。后来庵房多了，各小庵有僧三五人，有的仅有一个当家和尚。

担任庵主的僧人，本身要具备很好的佛学修为，将小庵作为自己潜心修行的精舍和对外交流的场所。不少庵主结交到乐善好施的客人后，客人捐钱出力，帮助修缮庵房，建起有佛禅意境的古雅庭院。

比如文昌阁，就是晚清名臣彭玉麟牵头募集钱财建立的。彭玉麟任长江巡阅使后，与焦山定慧寺方丈芥航法师、自然庵鹤山和六静两位法师结缘。1874年5月，日本军队侵略台湾，并派军舰驶入厦门港，扬言要沿江西上，攻打南京。长江水师全面备战，彭玉麟主持江防建设，长驻焦山，主持焦山、象山、北固山一线炮台建设。在此期间，他不仅捐出了自己的养廉银，还向镇、扬士绅募集资金，将原有的几处建筑合并建成了文昌阁，并为文昌阁的"东升楼"题写了楼名。彭玉麟为焦山名胜做的贡献很多，定慧寺僧人曾在枕江阁后建了一座彭公祠祭祀他，祠中还有一座彭来阁，可惜在抗日战争中被毁。

焦山的庵房，见证了许多名人和这座名山的传奇过往。

四人在几棵高大银杏树前停了步。"文昌阁这一片原来有三座建筑，这是东升楼，那边是三官殿，供福禄寿三星，这一片在太平天国时被太平军毁了，后来在三官殿的旧址上建了梦焦仙馆，重建了文昌阁。"佘开福引路，边走边介绍。

如今的文昌阁是一座三层高四方形的砖瓦阁楼，底层是拱形门洞，墙壁上镶嵌着清朝修建文珠阁及文昌阁的碑记，不过碑上的文字已经漫漶不清了。

"向前走，这边一片就是过去的香林庵、自然庵、五圣庵等庵房了，在更早的时候，这里曾是乾隆皇帝的行宫！"佘开福从一侧青砖门转进一座开阔的园子。

乾隆皇帝六下江南，镇江是他进入江南的第一站，也是他离开江南的最后一站。乾隆过镇江有个特点，就是多走水路，在镇江的活动范围也大多在江上和江边的三山。皇帝、后妃外出，途中暂停小住称为驻跸，乾隆历次南巡到达镇江，17次到金山、7次到焦山、6次到北固山，驻跸在金山、焦山，所以金焦二山都建有他的行宫。

镇江的地方官员要负责皇帝在驻跸期间吃得好、住得好，还要保持愉悦的好心情，于是就在焦山陆续修建了三处行宫。这几处行宫占地宽广，建筑林立，庭院深深，花木扶疏，设施齐全。

"皇帝出巡，排场规模大，行宫也是非常讲究的，要有殿堂、朝房、寝宫、书房，供皇帝办公休息，也要有佛堂、亭阁、池桥、奇石、古树，以供皇帝休憩赏玩，还要安排好随从官员的憩息处。"讲到得意之处，佘开福手指对着楼阁虚晃着比画了四个字，"乾隆皇帝久居深宫，住到焦山行宫后特别喜欢这里的静谧和沧桑，加上品尝到珍贵的江鲜美食，龙颜大悦，给行宫御笔题写了'天开胜境'四个大字。"

"香林庵、自然庵这一处，是乾隆行宫旧址的主要建筑，焦山还有两处行宫，一处在焦山西峰顶。"佘开福手指向山的另一侧接着说，"西峰顶原有一座镜江楼，后来南巡官员来镇江时，为了方便乾隆驻跸焦山时登高望江，检阅京口水师，就将镜江楼改建成'上行宫'，后来乾隆每次来焦山都要登山来到这里。"

说着，佘开福想到了一件事，略微沉吟片刻又作了更准确的讲解，"'上行宫'的位置，就是西山顶上有一座旧炮台的地方，清末时两江总督张之洞在上行宫故址建立炮台，架了阿姆斯特朗快炮两尊，这两尊炮可以四面旋击，每分钟击炮10发。在抗战时这组炮台还参加了作战，协同东峰的炮台击毁了日军两辆坦克。"

"还有一处东行宫，就是我们刚才路过的那个广场，过去是渔民居住的戴王村，广场中央种着一棵400多年的枫杨树，原来这个地方是座竹楼，这座竹楼修建得非常雅致，乾隆皇帝特别喜欢。乾隆皇帝前两次南巡到焦山的时候，都在这座竹楼里休息、写诗，听地方官员汇报。"佘开福进焦山工作的时间不算长，但他查阅了不少资料，平常也经常请教定慧寺的僧人们，对这里的掌故竟是如数家珍，把乾隆下江南驻跸焦山的掌故都说得如此完整，姚荷生和茗山法师顿时对他刮目相看。

"乾隆皇帝住过的行宫，当地官员既不敢随便住人，又不敢将这些建筑另作他用。而乾隆皇帝之后没有皇帝再下江南南巡，许多年之后三座行宫就年久失修了。到了清末咸丰之后，太平天国等运动造成战乱，行宫地面建筑不同程度地被毁坏。"佘开福搓了搓手，接着讲述，"于是，寺庙在行宫的主建筑旧址上进行修缮，建造了石壁庵和香林庵；在接待随从官员的建筑旧址上修缮建了水晶庵、碧山庵，行宫院落的建筑旧址上修缮建起了画禅山房、槐荫精舍、梦焦仙馆、梅花楼、交翠轩、海云堂、枇杷园。"

姚荷生听得津津有味，不由高兴地说："看不出来啊，老佘，你把这焦山各庵的掌故讲得头头是道啊。"

佘开福咧嘴一笑："这都是跟茗山法师及各位园林专家们学的。"

茗山法师摇了摇手，说道："佘主任在学习上非常勤奋，他把我这里关于焦山的史志都拿去读了好多遍，师傅带进门，修行在各人，这焦山上的一砖一瓦，他比我还熟悉呢。"

佘开福也学着茗山法师，把手摇了摇，说："我这是班门弄斧，关公门前舞大刀，焦山的园林知识，我还要跟茗山法师多修行。"

说罢，众人相视一笑。

第十章

焦山十三房

中泠泉（20 世纪五六十年代，陈大经提供）

　　茗山法师这一年39岁，正是年富力强的年纪。他出生于江苏盐城，俗名钱延龄，父亲是前清秀才，家学渊源，所以茗山法师文化功底相当好。19岁在建湖县罗汉院出家，法名大鑫，法号茗山。1934年，他到焦山定慧寺受具足戒，并在佛学院学习。由于每科考试成绩俱佳，茗山受到佛学院院长智光法师器重，提前毕业，并担任定慧寺知客。近代高僧太虚法师到镇江讲经，茗山法师有幸成为他的侍者，受这位佛学大师的影响颇深。他受太虚法师之命到湖南衡阳、耒阳、祁阳、宁乡、长沙等地办理湖南佛教会务，创办佛学讲习所，开办"僧众救护训练班"。抗战全面爆发后，他多方筹集粮衣、支持抗战，几次面临生死考验，吃尽颠沛流离之苦，后被太虚法师收为法孙，继承了"沩仰宗"法系。

　　1946年，茗山代表湖南省佛教会参加中国佛教会在焦山举办的培训班，借此机会回到焦山。恰逢雪烦方丈退居，东初法师接任方丈，在传法仪式上，茗山被请为监院。三年后的1949年年初，为避战火，茗山法师带着定慧寺珍贵字画等文物前往雪烦法师任方丈的上海三昧寺，直到1951年受召将焦山文物带回，并再次出任定慧寺监院。当年秋天，政府任命茗山法师为定慧寺方丈。茗山法师初任方丈后，就开始处理焦山寺庵苦乐不均的矛盾，解决一些小庵的生存困难问题。他在佘开福等政府建设科同志的帮助下，将山中存在的十多个庵统一归并到定慧寺，成立了"焦山游客招待处"。解决好寺院收入和僧人生活后，建设科和招待处合建"焦山办事处"，茗山法师任主任委员，原香林庵当家和尚境融任副主任委员，主要工作就是成立"焦山公园"。茗山法师讲述起焦山各庵房的情况，更是让姚荷生和江源岷有了更多了解：

"自然庵的面积比较大，庵内有佛楼、北极阁、黄叶楼、梅花楼、画禅山房、观澜阁等建筑，这些建筑虽然年久，但保持得比较完好，建筑周边还布置了池、榭、亭、假山、竹林，是焦山园林艺术的代表建筑，所以这一片区主要做游客的接待服务，有茶社、住宿等，自然庵的住持宋静和他两个徒弟刘祥昆、刘岫凡负责这边。"

茗山法师继续向姚、江两人介绍："香林庵和海云庵也是保存得相对比较好的地方，庵里的宝莲阁和江声阁这些建筑的空间比较大，经过布置，改建成为文物馆，我们将焦山过去收藏的石碑、书画、文物等宝贝都拿出来展览，很受人民群众的欢迎。这片区域现在由海若庵当家慎然负责。"

走到枇杷园时，茗山法师抬手指向山顶："山顶西南崖那边是曾有30多间殿阁的观音阁，真是太可惜了，这观音阁有韦驮殿、夕阳楼、关帝庙、回光精舍，阁前有佳处亭。但是到了1937年12月，十几架日本飞机飞到焦山扔炸弹，把焦山上这座最能欣赏江景的庵房炸毁了。"

"山顶东北是别峰庵，当年佛印法师主持焦山的时候，发现两峰之间竟然是《华严经》中善财童子所参访的海门国海云和尚居住的地方。郑板桥到焦山在这里读书作画，一年后考中进士，实现了人生重大转折，并留下许多故事。"讲到一半，茗山法师遗憾地说，"山顶上的别峰庵被日本轰炸机炸毁了一半，很多珍贵字画都来不及抢救。现今在政府的帮助下做了修复，重建了庵院，四合院室内挂上郑板桥的书画、雪烦法师题名的焦山十六景，在别峰庵里那棵300多年桂花树旁又种了不少竹子。郑板桥这些居士都是'宁可食无肉，不可居无竹'的文人雅客，绿竹成荫符合名士身份，也能作为'郑板桥读书处'景点供游客们参观。"

叹息良久，四人向华严阁方向走去。

过石牌坊，经过一片庵舍旧址时，江源岷停了脚步，感叹道："最可惜的是华严阁旁的海西庵，这里原来是焦山书藏，藏书楼里有数万册自清朝就开始收藏的江南私家藏书，为保障藏书楼正常运转，省、府两级捐了近百亩田地，作为这座藏书楼的日常经费来源。可惜 1937 年 12 月被日本人的飞机炸毁了。"说到这里，江源岷的脸上流露出一丝苦楚。

江源岷作为镇江市图书馆的馆长，非常清楚镇江历史上藏书楼的掌故。海西庵的前身是明代的汉隐庵，庵内曾有佛香阁、浮玉山房、月波台、焦公祠等建筑。清代嘉庆年间，漕运总督阮元看中了这里，牵头由官方"江都丁观察淮"出资，在海西庵将浮玉山房改建为五层，楼上为焦山书藏，楼下为仰止轩，建成之后，悬挂米芾的"天下江山第一楼"牌匾。

阮元将自己私人收藏的古籍 1000 多册捐给了藏书楼，同时征集私家藏书20000 多册。建成的"焦山书藏"，如同官方图书馆一样，有专业的图书管理、借阅的规定。阮元还亲自过问书库布局，书橱以"瘗鹤铭"的 77 个大字为编号顺序。焦山书藏的管理事务则交由海西庵的庵主掌管。

到了民国时，张东山、柳诒徵等牵头成立了焦山书藏委员会，每年或定期开会商讨书藏有关事项，经过委员会的申请，当时的江苏省政府还给予了一定数目的拨款补助。不久之后，书藏委员会编印出"焦山书藏"等丛书。

不过，随着日军侵华战事的蔓延，焦山书藏遭遇了毁灭性的劫难。

茗山法师仰头看向海西庵旧址的虚空处，似乎也想起了那段不堪回首的往事，沉吟半晌才说出话来："七七事变后，日本侵略军从上海打到镇江，先占领象山，然后进攻焦山。当时焦山设有要塞司令部，江苏省省长韩紫石挑选人员组织了一连敢死队，命令他们死守焦山。日军曾用汽艇进攻多次，均被敢死队打退。日本侵略军不断从镇江增援，空军、海军同时猛攻焦山，与焦山守军进行了炮战。激战了三天三夜，焦山敢死队弹尽粮绝，焦山最终沦陷。海西庵在这场激战中，中了日军的燃烧弹起火，123 年历史的焦山书藏和海西庵一起毁于大火。"

当时焦山除避难离山者外还有僧众、民众 80 余人，德峻和尚率领他们躲在华严阁下东侧防空洞内，三天没有出洞吃饭，饿得身疲力尽。日军占领焦山后，到处搜查，发现了这个防空洞，强迫他们出来，叫他们跪在大殿丹墀上，架起机枪准备扫射。德峻和尚向翻译说明他们是僧人和老百姓，但日本军官不完全相信，一一检视每个人头上，发现其中 12 人头上有戴军帽的痕迹。这 12个人被日军拉出去用汽油浇身，被活活烧死，叫声凄厉，惨不忍闻。有两个老百姓躲在山林中也被日本兵打死。这些情景都写在德峻和尚的《焦山沦陷记》中。

日本兵在焦山到处搜寻《瘗鹤铭》石刻的下落，搜找不到，恼羞成怒，就山上山下抢劫了一番，最后放了一把火，焚毁了碧山庵、松廖庵、水晶庵等5处建筑及80多间寺房，不少僧人护寺心切，结果惨遭杀害。

想到此处，茗山法师心头一阵刺痛，他轻摇了摇头，尽力把这些痛苦回忆的浮影压下去。他掰着手指头，历数焦山上过去知名的庵房："别峰庵、云深庵、海峰庵、护法庵、玉峰庵、香林庵、海门庵、海云庵、海西庵、水晶庵、东庵、自然庵、石壁庵、五圣庵、朝阳庵、友竹庵……这些庵房的历代住持都是特别有能力的人，在建造亭台楼阁、竹径假山上耗尽心血，可以说每座庵房背后都有一个传奇故事。可惜的是，这些庵房历经战火，十毁其四，所藏瑰宝大多被毁，真是太让人痛心了。"

佘开福对焦山近代历史已甚是了解，纵然如此，再次听到法师叙述这段惨痛往事，心中也是充满了辛酸惋惜。

姚荷生对焦山寺庵掌故了解不多，听了这些过往也不由感慨道："法师能把寺庵统合起来，修缮恢复，真是功德无量。我游历江苏，发现江苏的园林很有特色，苏州园林是文人园林，扬州园林是盐商园林，而我们镇江园林的风格是佛禅意境。历史上的焦山，因为要接待的游人上至帝王、下至旅客，焦山的寺庙逐渐增加了园林的因素，又在寺旁建了紧邻的附属园。同时，寺庵景观向自然山水风景区转移，慢慢将自身融于自然风景中，形成山中有庵、庵中有景。焦山的佛禅园林非常难得，是镇江园林建筑的珍宝。我们要把镇江园林的特色尽力体现出来，为人民群众做好观赏游玩的服务。"

说话间，四人来到华严阁，这座江畔的二层楼建筑，最近经过整修油漆后，焕然一新，楼上东、南、西三面都是明亮的大玻璃窗，朝南的一面有许多根朱红大柱，映托着旁边的绿树，显得十分华丽。窗外有宽阔的阳台，台旁围有栏杆。凭栏眺望，风景极佳。

华严阁如今开设了素菜馆，这个素菜馆和宝墨轩附近的焦山食堂不一样。焦山食堂原先在玉峰庵，统一负责寺庙和尚和职工的伙食，后来又辟出一块地方为普通游客供应餐饮。华严阁的素菜馆供应的是纯素斋菜，专门为佛教信徒和吃斋的游客服务。素菜馆有雅座，茗山法师带三位客人进阁，上二楼选一靠窗的方桌入座，推窗看江景，视野开阔，江上白帆点点，金山和北固山近在咫尺，不由赞叹这真是一幅绝妙的江山美图。

华严阁（20 世纪 80 年代，陈大经拍摄）

大厨任家年在素菜馆，茗山法师吩咐他给客人们每人上一份桂花糖白果。江源岷看到碗里的几颗白果翠绿欲滴，桂花清香扑鼻，一时舍不得动口，竟然端着碗观赏了许久。

姚荷生用调羹舀了一颗，抿在嘴里细细品尝，只觉得白果口感面糯，一般白果入口都能吃到有点发苦的果心，他惊奇道："这白果怎么没有心啊？"

佘开福和江源岷听了这话，也忍不住各自舀了一颗放到嘴里细细咀嚼，然后眉头一挑，也问了同样的问题。

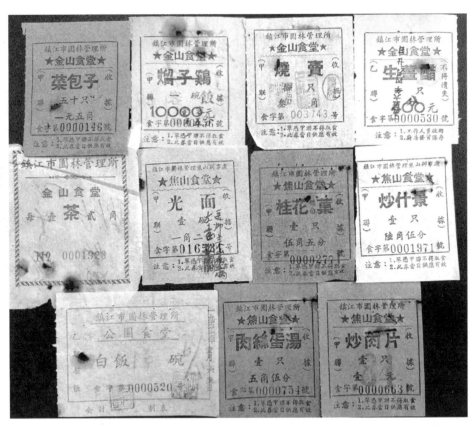

焦山公园食堂饭票（20世纪50年代，焦山公园提供）

　　茗山法师哈哈一笑，旁边的任家年笑着告诉他们，要做这一道桂花糖白果，是有独门秘诀的：一是要用焦山野生的百年老银杏树上的果实，这种果实颗粒较小，圆润，无心，吃起来糯糯的。而普通人工嫁接过的银杏树上结出的白果，果实有角，味道差，用来做糖白果就逊色了。打白果也很讲究，要用焦山独特的加工方法，将白果从树上打下后，人工敲去外衣，在敲去外衣时一定要戴上防护手套，否则外衣会损伤手。将带壳的白果下水煮开，使未成熟的果肉凝固，否则敲壳时果肉会碎并冒出白浆。煮开后再敲去白果外壳，取出果肉走水备用。二是有定慧寺自制的桂花酱。焦山有大量的桂花树，厨师为保证长年制作糖白果需要，创造了一种桂花保鲜的独特方法，即在每年桂花盛开时将桂花采下，先用明矾水过一下，捞起晾干，然后用白糖搅拌腌起来，使桂花的色香味都不被破坏。

　　江源岷听了非常佩服，他读过《清稗类钞·饮食类》，素来知晓焦山美食的名气：清末民初时全国"寺庙庵观素馔之著称于时者，京师为法源寺，镇江为定慧寺，上海为白云观，杭州为烟霞洞"。天下的寺庙庵观有千万座，但是，制作素斋入得了作者徐珂眼的，只有这四座，可想而知，焦山对素食食材的加工运用几乎已经到了出神入化的地步。曾经有位出自焦山的刘姓厨师自夸，"你想到什么菜，我都能用素食食材做出色、香、味、形兼备的菜品来"，足以证明焦山厨师的技艺精湛。

20 世纪 80 年代初，焦山的素菜馆浮玉斋（陈大经拍摄）

　　素菜馆的食材一半来自焦山的菜园和江滩，另一半是象山乡的村民划船送到焦山的。任家年介绍，游客招待处每年会收集山上山下银杏树的白果，处理好后请食堂师傅炒过，用纸捆包好，在山门口和玉峰庵的售货亭作为焦山特产售卖，来焦山的游客都喜欢买几包带回去。

　　售货亭除了售卖零食、香烟、特产等，亭前还摆放了很多公园职工自制的小盆栽，这些精致的小盆景也很受市民游客的欢迎。山门口售货亭前，蹲满了摆弄小盆栽的游人，这些游人都是在山上山下饱览了焦山风光、等待渡船的时候，对这些盆景产生兴趣的，不少人当作宝贝一样，买一盆带回去。

姚荷生和江源岷笑着对佘开福说："焦山的经营搞得不错，花卉盆景也大有可为，可以给金山公园作借鉴。"

茗山法师也笑着说道："现在我们焦山公园办事处分四个组，组长都由年富力强的年轻人担当，他们做事的积极性就高了，几个组的组员们每个星期都开展思想学习，生产和经营井然有序，都是为了搞好焦山公园的建设工作。"

佘开福对焦山的情况了解得多，在焦山公园建设工作过程中，政府派出工作组协调了定慧寺和各小庵的关系，又通过威信高、能力强的茗山法师调动了各方的主观能动性，焦山上下团结一致要把公园事务打理好。目前由定慧寺主抓财务和行政，境融和尚担任总务组组长；管理旅游接待和餐饮的招待组，由自然庵的刘岫凡任组长；负责各寺庵文物字画的文物组，由海若庵当家慎然任组长；负责菜园和江滩的生产组，由文殊阁的厚宽和玉峰庵的鉴泉任组长。四个组把公园业务处理得有条有理，这些都为金山公园的建设工作提供了宝贵经验。

中午，茗山法师招待三人在华严阁用了简餐，席间佘开福向姚荷生汇报道："姚局长，焦山公园马上要开园了，之后金山公园的开园就要成为更为重要的工作了，市领导对镇江的名胜修缮建设工作非常重视，也希望更多宣传我们镇江美丽的公园，所以要麻烦您给金山公园的开园及三山名胜多做一些宣传，让更多人了解镇江三山的风景和近况。"

姚荷生说："我创建的《大众日报》发行量较小，因为市文教局工作繁忙，我去年就辞去了社长一职，由章石承同志继任。《大众日报》今年初因纸张供应困难停刊了，报社人员由市委分配到各单位工作，目前正筹建《镇江市报》。镇江三山的宣传还是要找发行量大、影响力广的报纸杂志，我和上海《旅行杂志》杂志社的张玮主编熟悉，回去后我来联系他，通过他邀请《旅行杂志》记者来镇江采风，多进行一些关于金山、焦山的宣传报道。"

佘开福咧嘴笑道："那可真要感谢姚局长了，金山公园目前我们已经修缮了天王殿、慈寿塔、楞伽台、七峰亭等庙宇建筑，三思桥、扇面亭、梅岭、竹园也基本完工了，有些配套建设像露天舞台、展览馆也已经在扫尾了，我们一定加快进度，把公园建设好。"

姚荷生听了这话非常高兴，说："好，就等你们开园的好消息了。"

焦南航道（1982 年，陈大经拍摄）

11 月初的一个清晨，东方的天际渐渐发白，连绵起伏的宁镇山脉轮廓逐渐清晰起来。

"吁"的一声吆喝，蒙蒙细雨中，三辆驴车慢慢停在了金山的正门口。

等候在大门口的唐正心迎上去帮忙牵住驴拴好，对赶车的同志连声说："辛苦了，辛苦了，下雨天还跑这一趟。"

车上装着满满的货物，领头的是丹徒查泽乡政府的周照祥，他嘴里叼着一根烟杆，跟唐正心笑着打招呼道："下雨也不能误了金山办菊花展的大事啊。"他跳下车从怀里掏出一张纸条递过来。

唐正心接过条子，迎着光读上面的字：

今订烧七寸泥盆捌仟伍佰只，言明每只五分六厘，计人民币肆佰柒拾陆元正，货物火工要标准，按照规格交货，如不合格，皆归保人及定烧人共同负责，现收定费一百元，分两批送到。第一批肆仟伍佰只，六月十号送到，按货付款，第二批卅号送清，付款时间如有贻误，皆归保人与定货者照价赔款。

查看清楚柯善庆的印章无误后，唐正心点点头拉开大门，三辆驴车进了公园，在一片空地前停下，周照祥对车上几个伙计喊了一声："下货了，手脚注意啊，不要把花盆摔坏了。"

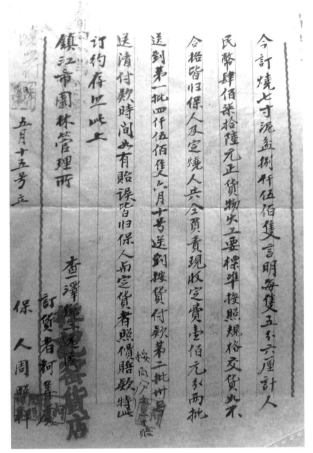

镇江园林管理所订购泥盆的条子（20 世纪 50 年代，金山公园提供）

祥记窑货店的伙计们跳下车，开始一扎一扎（泥盆五十个一扎）地卸货。唐正心提着一只花盆到大草坪去，草坪上几位园艺师傅正在搭一座木架子，唐正心从架子下层将陶泥花盆递过去，一位工人接过花盆，在架子上找空位一安，随即告诉他尺寸不差分毫。

　　唐正心点点头，核对好泥盆的数量后，从胸前口袋掏出钢笔，打了收条交给周照祥，并告诉他金山办事处的位置，让他去结账。

　　金山公园即将开园，到时要举办一场菊花游园会。自古以来，镇江人就有金秋赏菊的习俗。旧时金山寺为了吸引游人，每年的十一月都会举办菊花展览，但仅限于盆栽菊，且数量有限。

　　新中国成立后，人民政府花了大力气投入修复和建设，金山再次绽放出绚丽的光彩。为了让游人感受到它的巨变，这次的菊花展上，建设科在公园的大草坪上搭建了一座渡船形状的鲜花舞台，背景是一座"情系三山"的精美菊花造景，景台旁点缀着翻滚的浪花和飞舞的蝴蝶，周边布置着菊花盆景、菊花球与自然流畅的菊花带，整座花台造型充满生机活力，寓意镇江这座长江畔的山水城市从此乘风破浪。

　　草坪旁的环廊下，园林老艺师张顺戴着一副宽边眼镜，中等身材，穿着剪裁合适的长褂，干干净净、斯斯文文，正在用菊艺造型点缀着廊柱。菊花的栽培技艺是草本植物中最难的，因其几乎涵盖了花卉栽培的所有工序。为了筹备今年的菊花展，张顺带着徒弟们大半年前便开始育苗，再到分苗、培育、下盆、翻土、施肥、掐枝剪叶、摘心分蕾等程序，每个环节都不敢懈怠。在他的精心培育下，培育出帅旗、麒麟阁、十丈珠帘、虎啸、枫叶芦花等品种。

　　雨中菊花，分外娇艳。菊展中有秋魁迎客、红船飞渡、菊塔照影、名菊斗姿、百花争艳等景区，唐正心负责的是"花中榭"。进入这个景点，只见一座小院竹篱环绕，翠竹掩映，几间木屋显得古朴典雅，屋后有一片竹林，一座小山由满天星、小菊堆成，环顾院内，随处可见黄色的菊花。按照设计图一布置，一幅"采菊东篱下，悠然见南山"的画面豁然展现，简直把古代隐士的世外桃源搬进了金山。

　　不远处三桥亭的栏杆上，也布置着各色菊花花带，营造出一派平安吉祥、喜庆热烈的节庆氛围。

　　临近中午，柯善庆打着伞过来看布展情况，只见环廊下唐正心和几位园艺工人正围着张顺，聚精会神地听他传授培育菊花的经验："这个菊塔景观，是小菊通过分株出苗后，再一点一点地顺着长势绑扎到宝塔形状的钢架上，其间还要不断地为小菊摘心、分枝、修剪，让其枝叶蔓延直到覆盖造型。其间造型绑扎上万次，后期高处必须借助脚手架才能够到，所有工序繁复，但还必须一气呵成，相当考验养菊人的种植功夫。"

柯善庆走过去听了一会儿，拍了拍唐正心后背："张师傅的养菊技术秘诀，你也躲在这边偷学。"

唐正心回头一看，见是柯文书，手挠头嘿嘿一笑道："多学一点好啊，技多不压身。"

柯善庆也是一笑，突然问道："你是不是有个上海的女笔友，叫张小侬?"

这下唐正心不知如何回答，顿了顿，急忙又问："柯文书你怎么知道的?"

柯善庆道："市文教局的姚局长帮忙联系了上海《旅行杂志》社派记者来采访金山公园和焦山公园的事。今天有位叫张小侬的女同志带着介绍信来办事处，确是《旅行杂志》社的记者，现正在办事处和佘主任谈事。她一来就说和你认识，还是通信两年的好朋友。嗬，没想到你小子有这么漂亮的朋友，所以我赶紧过来找你。"

唐正心一听，有点慌张："那……那我先过去看看哦。"他竭力让自己的声音保持平和，转身快步向办事处走去。刚走了不多远，想起还没跟张顺和园林工友们打招呼，又转身向他们弯腰行了一礼，再向办事处急急走去，身后传来一串笑声。

柯善庆看他慌慌张张的背影，笑着摇了摇头。

一口气跑到办公区，唐正心听到接待室传来佘开福和一个女同志谈话的声音，他慢慢靠近窗户，透过玻璃朝里望去。

啊，他朝思暮想的姑娘，还是那么漂亮动人，一双杏一样的美目像含着露水，柳一样的细腰曲线柔美，如今她穿着一身得体的蓝布罩衫，手里拿着一本采访笔记在记录着什么。经历了近两年杂志社工作后，她的气质已成熟许多，但这个20岁的姑娘，还是让看到她的人如见春光，如见曙色。

一不小心，他踩到了院落里的一片碎瓦，发出"啪"的一声，接待室里的两人朝外望来。唐正心满脸通红站到门口，佘开福见是他，忙招呼他进屋："正心呀，快进来快进来，看看这是不是你的熟人张小侬记者。"

唐正心进了屋，窘迫得手脚不知道放哪好，倒是张小侬主动伸出手来："你好，唐讲解员，两年没见了，我的变化是不是很大呀?"

见到她伸过手来，唐正心定了定神，握住她的手，由衷地说："是的，变得更漂亮，也更有气质了。"

佘开福一看他们之间如此熟悉，笑着说："我下午要到金山区参加一个座谈，这样，就请正心陪同张记者在金山公园里走一走。明天再约时间，我们一起陪张记者到焦山去采访一下。"他见张小侬点点头同意，爽快地说道："行，就这么定了，马上中午了，我们先去食堂用餐。"

在金山食堂用过餐后，唐正心找来一把油纸伞，领着张小侬向大雄宝殿方向走去。沿着布置着各色菊花花带的园林道路来到高大山门前，张小侬看那副长联还在，那对明代石狮子还在，狮爪搂着的小狮子还是那么可爱。她伸出手来，抚着石狮青玉石质的背脊，两年前随丁先生一家来金山旅游的事历历在目。

进入山门便是天王殿，迎面石佛龛，弥勒佛迎门端坐，似乎在迎接每一位朝山进香的香客和游人，脸上笑容可掬，一副与世无争的憨厚之相。天王殿两边站着巨大的四大金刚，每人手执一器物，分别是剑、琵琶、雨伞、蛇。唐正心向大殿方向一指，说道："如今寺庙里已经清理得干干净净，还新筑了许多楼亭，今年请了专门雕绘的师傅来把长廊绘了一遍，画得可好看了。"

张小侬问道："你现在是金山公园的讲解员，还是焦山公园的讲解员？"

唐正心说："还在焦山工作，不过金山大雄宝殿旧址右首那边，新建了一幢二层楼房的文物馆，建设科让我来负责布展，所以也是金山公园的讲解。"

张小侬俏皮地一笑："从焦山来金山，你还是干的老本行呀，那带我去参观一下呗。"

这座口字形楼房的文物馆里，陈列了不少唐正心整理和搜集来的书画古物，还搜集有埃及古碑及世界名音乐家肖邦等的瓷像（为法国出品），看得张小侬啧啧称奇："看来你还有收藏家的潜质呢。"

唐正心说："金山寺中原来珍藏着一批名贵的文物，以前游人轻易看不到，可惜有不少珍品被大火烧毁了。"他指着南墙一排四个展柜接着说："这是金山最有名的四件镇山之宝，周鼎、东坡玉带、铜鼓和金山图，被称为'金山四宝'。"

为张小侬讲解了这四宝的来历后，唐正心给她讲了旁边展陈的宋代的两个石刻、宗泽的画像卷和历代金山绘画，等等。

宋代的两个石刻，一个是佛顶尊胜罗尼幢，是宋代一位叫刘伯庄的人为超度他的父母而建的，形状像石柱，有六面，上刻经文，直径尺余；另一个是雪浪石，石头上有波浪纹，一面刻有苏东坡写的诗，据说这块雪浪石原在定州苏公祠，清末被弃在南京某废园中，后来镇江一位姓于的民族资本家购藏家中，最近由其家人赠送给了金山公园。

宗泽的画像是一幅长卷。展开的长卷上有宗泽朝服纱帽的正像，也有他的常服像，画像后半段是宗氏的家谱，从宋代一直记到明代。长卷中还有宋高宗赵构的诰敕，以及许多历史名人的题字。题字中，最著名的如文天祥、陆秀夫、虞允文、吴璘、朱熹、宋濂、解缙、王守仁等，非常珍贵。这幅画像原是宗家后人送给焦山收藏的，抗战时期流落到上海，镇江解放后，被镇江寓沪人士找到，送回镇江，交给金山公园保管。

"金山四宝"中的文徵明《金山图》给唐正心布展带来了灵感。金山绮丽的风光、独特的佛寺，引无数文人雅士纷至沓来，参禅礼佛，把酒临风，吟诗作画，留下了众多有关金山的诗文图画。古代没有照相术，但先人留下了不少描绘金山的画卷。柯善庆带着唐正心拜访了市图书馆馆长江源岷，在江馆长的帮助下，花了很多时间寻找资料并制作了这些画的复制品，博物馆两侧的墙上，展陈着这些历代名家绘画的《金山图》，以便让现在的游客从画中看到金山的古时风貌，从而了解金山的辉煌灿烂和沧桑变迁。

起首的一幅《金山图》，据说也是现存最早的《金山图》，是北宋末年宫廷画师李唐绘制的《大江浮玉》，原图为绢本扇面画。李唐自靖康之难后来到南方，画作开始细腻地表达江南山河之秀，这幅图表现的是金山南面景观，描写清润细巧，工整严谨。宽阔大江之中，金山岛礁屹立，周边风涛环绕，渡口楼阁舟楫相望。山腰建有双塔，分立东西，似有飞动之势。这两座塔建于北宋元符末年，一曰"荐慈"，一曰"荐寿"，毁于明成化至弘治年间，图中的殿宇楼阁临江而建，岛屿两侧各有小山围绕，西为石簰山，东为鹘山。

第二幅《金山图》的作者是明代时日本僧人雪舟，他随同遣明使来到宁波，第二年途经杭州、镇江、南京，一路北上到北京。在镇江期间，他遍访名胜，实地写生，留下了描绘镇江全景的写实作品《唐土胜景图》。文物馆截取了其中的"金山"一段，从画中可见，金山山顶有双塔，图上重要的地点和建筑均有标注，如郭璞墓、妙高峰等。

旁边还有一张雪舟画的《大唐扬子江心龙游寺图》。凭写生资料和印象，雪舟绘制了金山寺的全景，运用界画方法描绘了金山寺的殿宇建筑、亭台楼阁，十分详尽。

第四幅是文徵明绘的《金山图》，文徵明画过好几幅关于金山的图，他26岁时赴应天府（南京）赶考，归途中沿着长江经过镇江，见浩渺长江中的金焦二山，两座小岛如同仙山浮现，于是画下了他第一幅《金焦落照图》。

右侧悬挂着文徵明的另一幅《金山图》，是一幅青绿山水画，画中描绘了万顷波涛之中的一座孤屿金山，俨然中流砥柱，波涛间点缀着风帆，山上树木扶疏，画后有文徵明所题金山诗，字大数寸，潇洒可爱。

王毂祥、张宏、方以智这些明末画家所作的《金山图》，都完全表现出金山"寺裹山"——山体不大却满布寺庙楼阁的特点。

文物馆的另一面墙上布置的是清代名家所绘的《金山图》，其中康熙、乾隆两位皇帝在百年间各六次南巡，都多次驻跸金山，两位皇帝留下的南巡图都非常纪实，途中都有金山。康熙第二次南巡结束后，征召画家冷枚、王云、杨晋等，由王翚领衔主绘完成《南巡图》，唐正心搜集到该图第六卷中的"金山"。

清代初、中期的高岑、张崟、钱维城、周镐这些名画师都以纪实的手法展现了"江中浮玉"金山的名胜景观。不过，在周镐所作的《京江二十四景·浮玉观涛》中，可以看到金山在清代嘉庆、道光年间已经开始和岸相连了，周边芦苇围绕，北向茫茫大江，波涛依旧。

唐正心招呼张小侬看他找到的几幅外国画师笔下的金山："这一幅是英国画家威廉·亚历山大的水彩画《金山图》，当时这位画家跟着英国使者马戛尔尼的使团来到中国，画了很多写生画，其中之一就记录了镇江金山。你看，乾隆时候的金山还是在江中的，江面上船舶往来，一派繁忙景象。金山上的亭塔楼宇，以及远处的云台山、蒜山都可以看得见。"

张小侬看着他指的这幅画，正觉得画中山下建筑有点欧洲小镇的味道，唐正心又介绍起旁边的那幅画了："这张铜版画的作者是法国皇家地理学家李洛格，他没有来过中国，是按照西方冒险家书中描绘的金山来画的。他画的金山上的建筑看起来更像是欧洲的城堡。"

在一个展橱里，放着一排老照片，唐正心依次介绍道："金山宝塔原是砖木结构楼阁式宝塔，在咸丰年间被太平军一把火烧了，宝塔外围的木阁楼被烧毁，只剩下砖砌塔芯。你看这几张外国人拍的老照片，金山宝塔就是光秃秃的模样。"

"这模样倒有点像杭州的雷峰塔。"张小侬去杭州游览过，雷峰塔就只剩下砖砌塔芯光秃秃的模样，她问道，"后来谁修好了这座宝塔呢？"

唐正心说："光绪年间的金山寺方丈隐儒法师发愿重修宝塔，他四处奔走，沿门托钵，五年募银近三万两，最后在两江总督刘坤一资助下重修了宝塔，取名慈寿塔，后面这几张老照片都是修好后的金山宝塔照片。民国时有照相馆到金山找好位置后租下场地，招揽游客拍照，来金山的游客大多都愿意花钱以宝塔为背景拍一张照片作纪念，生意可好了。"

隐儒法师重修后的金山宝塔（晚清，金山公园提供）

张小侬笑道："我在上海也学过摄影，还学过怎么冲洗照片，那我能不能来金山找个地方开照相馆呢？"

唐正心打趣道："那真是太好了。你要是能留在镇江，到时候我来帮你打打下手，做个伙计怎么样？"

张小侬道："行啊，唐伙计，带我去找个风景好的地方？"

唐正心也非常配合，右手一扬做了个请的动作："东家，您先请。"

　　两人相视一笑，心灵的距离，似乎又贴近了不少。

　　唐正心撑着油纸伞，领着张小侬从大殿旧址处循石阶登山，一路走去，金山到处繁花簇簇，绿叶森森，呼吸着充满菊香的清新空气，心胸顿时一畅。不一会儿，两人来到了观音阁，楼阁里面布置得很清雅，有几张竹椅可供游客小憩。

　　这里已是半山，举目四眺，镇江城中胜景历历在目。

　　由观音阁向左，又爬了几十层台阶，层层木栅保护的慈寿塔已近在眼前。如今，八面玲珑的宝塔早已粉刷一新，全身黄色，塔尖高指，在雨中越发显得雄伟、浑厚、凝重。

　　塔基石砌，七级浮屠。两人沿着扶梯登上塔高处，向四周看去，沿着长江一线的房屋依旧鳞次栉比。伫立山顶，江南胜景，远山近水，宛如一幅浓墨重彩的江南万里图，张小侬不由想起一句古诗："谁为丹青三昧手，为君满意写江南？"

　　一阵风过，檐口的风铃叮当作响，唤起了张小侬悠悠的遐思，她脑海里浮现起两年前和丁先生一家骑驴上金山登塔远眺的情景，当时丁家姑娘一边爬塔，还一边嚷嚷着要唐正心带他们去看水漫金山的"白娘娘斗法海"戏呢。

　　提到"白娘娘斗法海"，唐正心用手一指金山西侧的中泠泉方向，说："你还记得天下第一泉吗？如今那边建了一座茶社，可以吃茶读书，我把搜集到的几本《白蛇传》故事都放在那边供游客阅览。走，我带你去吃茶！"

　　唐正心领着张小侬下山，出山门后沿着芦苇滩走，出金山寺里许，就到了一片葱郁的绿洲，这就是天下第一泉——中泠泉了。如今的王公祠旁已移植来几排杨柳，那座纪念清代镇江知府王仁勘的"鉴亭"也经过了一番修葺，掩映在绿树丛中，与池中倒影相映成趣。

　　一泉池中的水已经过数次清淤淘洗，如今清冽碧绿。四周石栏栉风沐雨，池内水面泡如连珠，时时泛起秀丽的涟漪，成群的鱼儿忽隐忽现，追逐游耍，好不惬意。望着池中泉水，张小侬回想起当年她和丁家姑娘拽着唐正心，用他的红葫芦从池中汲来一葫芦泉水的往事，不禁掩口一笑。

　　王公祠如今已改建为"金山茶社"，门口贴着一副对联：

　　　　　　铜瓶愁汲中濡水，

　　　　　　不见茶山九十翁。

　　茶社和鉴亭、泉水在一轴线上，游人漫步来一泉赏景，可以临泉品茶，吟玩诗画，倒也极富情调。

　　茶社的布置很简单，墙壁悬挂着清末观察使沈秉成的《中泠泉记》，屋内有几张八仙桌，唐正心招呼张小侬靠窗坐下，然后提着一个汲桶，到池边打来一桶泉水。

　　拎着泉水进屋后，唐正心笑道："上次丁先生在杂志里写我们镇江的天下第一泉言过其实，今天我给你变个戏法，让你看看这口泉被称为天下第一，是有它的道理的。"

　　他取来一个玻璃杯，将杯子注满，然后放几枚硬币，只见硬币浮在水面上，竟然水位高出杯口而不溢。

　　张小侬瞪大了眼睛，唐正心得意地对她说："天下第一泉水质醇厚，味甘宜茶，名不虚传吧。"他先给她抓来一把葵花籽，然后变戏法一般地掏出一本粉红皮子的《绘图白娘娘雷峰塔》的册子，放在八仙桌上："这是上次在信中跟你提到的原本白蛇传传说，镇江城流传的白蛇传和别处不太一样，你尝尝我自种的瓜子，翻翻看这本书。"

第十一章

情定游园会

三山晨光（1957 年，陈大经提供）

　　张小侬好奇地拿起《绘图白娘娘雷峰塔》翻看起来，这本册子大约是晚清时期印刷的，一直被唐九姑收藏保存得很好，后来送给了唐正心。伴着窗外淅淅沥沥的雨声，张小侬打开书，虽然册中满满竖排的蝇头小字给阅读带来一点障碍，但一开篇"宋朝南渡业偏安，半壁江山弃了中原。西湖十景堪游赏，雷峰夕照是奇观。塔影儿倒悬低照水，浮屠高耸直上天。早晚风光遮日月，阴晴变幻起云烟。闲同野老谈今古，才把那仗佛降妖异事传"，寥寥数语后，奇幻瑰丽的神话故事和通俗易懂的曲调词句，就让她沉浸到书中世界了。

　　　　临安府学一秀士，姓许名宣美少年，
　　　　生来的唇红齿白多雅致，目秀眉清非等闲。
　　　　更兼他举止儿风流人品重，性格儿温柔情意儿真，
　　　　爱的是登山临水逢场乐，喜的是问柳寻花到处顽（玩）。
　　　　这一日游逛西湖归来晚，偏遇见春阴漠漠自生寒，
　　　　杨柳风飘杏花蕊，一阵阵春雨如膏洒麦田。
　　　　这许宣忙把衣衫都拽起，撑起了一柄青绸伞盖圆，
　　　　心忙意乱拣着路儿走，带水拖泥那一块儿干，
　　　　赶进了涌金门心才放下，这才敢穿街越巷慢俄延，

猛抬头见个佳人在前面走，但见她后影儿风流也画不全。

只思量是谁家宅眷迷了路，何处娇娥冒雨还。

我何不赶上前去将她看，也不枉相逢这一番。

这许宣赶行几步偷睛望，也只当是寻常女子粉婵娟，

猛然一见魂飘荡，恰便是一对飞瑶落眼前，

这一个一点樱唇生百媚，两条眉月挂双弯，

三绺梳头光可鉴，四鬓如云秀可餐。

五纹弱线浑身绣，六幅裙拖隐金莲，

七星簪艳艳堆云髻，八珠环袅袅坠香肩，

只道是九天仙女临凡事，哪知道是十地妖精降尘寰。

又见那一个十分娇媚难描画，九重春色也让她占先。

八仙图里仙姑降，七香车内丽人妍。

六珠衣轻盈遮玉体，五凤钗灿烂罩云鬟。

四时花新开还带露，三春柳乍起又含烟。

想不到无双美色今双遇，分明是第一佳人第一仙。

细看那穿白的倒像是个娘子，穿青的一定是丫鬟。

许宣如此心暗想，我今日三生有幸会桃源，

不由地移步向前开言问，说斗胆二位娘子听我言：

贵姓高名何方住，为何的冒雨冲风到此间？

那女子乍闻此言双含笑，半是欢喜半又是羞惭。

她二人一齐定睛把许宣看，只见他骨儿风流长得不凡。

面庞儿真真愧死倾国女，模样儿赛过卫阶与潘安。

天然的俊俏人间少，就是那子都出世也枉然。

必是前生缘法今生遇，千里姻缘一线儿牵。

喜得个青儿开言道：娘子啊为何对面相逢无一言？

转回身忙向许宣深深拜，说我娘子白氏家住在城南。

新近守寡身无主，我今日拜扫坟头化纸钱。

偏遇见纷纷细雨不住地下，因此上携手同回彼此挽。

官人是外乡可是本地？家住在城里还是乡间？

何处而来向何方而去也？我和你相逢也算有缘。

许宣说鄙人也在城南住，姓许名宣家业寒，

身在黉宫为秀士，受的是诗书喜的是清闲。

今日游湖归来的晚，偏遇着天气雨连绵，

紧走慢走才把城来进，不想又会见仙姑珠玉颜。

你看这雨也不住天色晚，家又遥远路又不干。

鞋子裤小难移步，弱体柔姿太可怜，

我居心同你们同路走，送你到家中我也心安。

只恐怕仙婆不肯与凡夫伴，颜厚儿相随倒要惹人嫌。

青儿又向佳人笑，说这秀才胆大似狂癫，

你听他的话头真有趣，世上哪里寻这样有情男？

礼貌儿谦恭情意儿重，声气儿柔和话语儿甜。

奉劝娘子休错过，何不学那文萧配彩鸾？

娘子说此人虽是多情种，还要试探他真心虔不虔。

你我行踪须秘密，休要泄露巧机关。

借他的伞儿打回去，约他来取在两日间。

那时我自有瞒天手，妙法通灵元上元。

不怕他不入那迷魂阵，就是那八洞神仙脱逃难。

岂不是人间天上无双美，土洞金屋巧姻缘。

明眸皓齿美红颜，装点风流美少年，

秋波一转迷人药，春山两道引魂幡。

金莲三寸纯钢的剑，春葱十指快似刀尖。

家家有个蛇精在，谁能看破机关把性命全。

小青儿奉命把伞借，说奉求遮雨护衣衫，

此时不敢劳君步，改日相邀到舍间。

许宣说不知尊府在何处，小书生岂敢无因擅扣关。

青儿说大街一直向南去，三条巷内路弯弯。

白板双门闲常掩，绝少邻居断往还。

君如到此休寻问，只管轻轻地扣响门双环。

里边自有人接待，宾主相逢好叙谈，

千万官人莫失信，我们好等候大驾只在这两天。

珍重郎君奴去也，接过伞重新致谢两三番。

白娘子万种娇羞她无一语，全在那一转秋波把心事传。

二人携手同撑伞，更比那雨中的鲜花态更妍。

恰好似大乔小乔同观画，桃叶桃根并渡船。

飞燕合德双拥背，虢国杨妃竟比肩。

细腰儿两样摇曳风中柳，娇面儿并蒂芬芳出水莲。

细身儿鸳鸯展翅藏荷盖，弱体儿乳燕双飞扑画帘。

绣鞋儿两痕湿透行得慢，裙带儿风刮飘扬雨不沾。

后影儿微步凌波出洛水，柔情儿朝云入梦暗巫山。

玉人儿飘然一对临凡界，彩云儿飞来遥下天。

许郎儿魂灵儿已被那情丝儿绕，看不见她的俏丽儿才把脚步悬。

回家坐卧都不定，暗想道今日相逢是哪世里的缘?

人间美女也曾看过，似这样天香国色然而难。

今生若不与她偕连理，枉作了天下有情男。

明朝一定将她访，看她是何等人家好把姻事联。

次日黎明忙梳洗，修容整佩换衣冠。

打扮得耀眼光辉浑身俏，收拾得凉鞋净裤更新鲜。

不住地来回望影低头看，怕的是不合时新样反惹得美人嫌。

真成个文人秀士书呆子，若遇着毒眼的佳人见必怜。

出了门照着她所说的道儿去，走过了长街又向南。

幽静之处无人行走，果见座白板朱门未启环。

轻轻地把门环儿敲了两下，隔墙儿风送娇音到耳边，

吱嘤嘤双环开处佳人闪，正是那昨朝借伞的小丫鬟。

说好一个不失信的人儿也，果真是志诚君子无戏言。

请进来吧娘子正在房中候，我二人打量着该来今果然。

许宣移步将重门进，走过了几处回廊别有洞天。

但只见红楼翠阁金光灿，月树云梯锦绣攒。

院内奇花映瑶草，房中绣幕挂雕檐。

暗想到我已生长二十岁，竟不知此地还有小桃源。

这许宣观定正然心诧异，忽听得环佩玎珰现玉颜。

织手儿慢掀帘槛露着半体，娇音儿似呖呖莺声花外圆。

说道是外有风请到房中座，我这里幽静无人好叙谈。

此时的许宣魂魄皆失散，忙向前举手躬身礼数全。

说小生是个下士多愚蠢，今日个轻造贵府脸太憨。

多蒙娘子垂青眼，我才敢斗胆前来特请安。

娘子说前日多承将伞借，我这里一日三秋把眼都盼穿。

今日光临真幸会，你我只见何必太谦。

叫青儿快备酒席留佳客，霎时间海馔山珍摆在面前。

他二人饮酒中间闲叙话，许宣说娘子芳龄几妙年，

府上还有何人也，竟没个男人家整理家园？

娘子说奴家今年十八岁，才嫁了个郎君就作了孤莺。

上无公姑下无妯娌，又不曾熊罴佳兆梦宜男，

仆婢逃亡家人散，只剩下心腹的青儿陪伴着咱。

敢问官人青春有几，家中事体莫相瞒。

许宣说小生今年二十岁，高堂永感忆春萱。

亦无伯叔终鲜兄弟，就是那宜尔室家尚且悬。

生平有志我常夸口，若不遇绝世佳人不作并头莲。

小青儿在旁听话暗中会意，含笑道今夕何夕我有句言。

你两个旷夫怨女真相配，孤凤求凰续断弦。

昨日个西湖偶遇是前生定，今日里坦腹东床莫扭天。

五福之中富最难，人生财与命相连。

居家谁不贪图利，为官哪个肯清廉。

钱能使鬼真堪怪，财可通神大有权。

你只看点石成金黄金布地，就是那作佛成仙也为的是钱。

他二人吉日良辰竟成大礼，小青儿当中撮合保作山。

娘子说你看这丫头真傻气，信口胡讲任意儿顽（玩）。

你知道奴家心上愿不愿，又不知郎君心意嫌不嫌。

招赘来家你知他肯不肯，终身佳信誓言谁知坚不坚？

青儿道他千肯万肯我知道，秀才家怎不思量中状元？

他二人含笑低头无一语，两下里送眉之间各自代欢。

小青儿自己持杯把合杯送，他二人故意推辞假作难。
这一个妆羞送眉松了意马，那一个烈火焚身放了心猿。
直等到莲漏深沉花荫转，小青儿情知撤了杯盏，
他二人芙蓉帐内鱼比目，鸳鸯枕上凤头弯。
只道你天上仙作了人间配，却原来山中怪成了世间缘。
这许宣自与白氏成亲后，陡然富贵不同先。
思食得食拣着样儿用，思衣得衣任着意儿穿，
穷秀才到此地位真受用，犹如平步上了青天。
谁知他得陇望蜀心还不足，又愁手内少银钱。
娘子说若愁银钱也容易，等明朝寻个财东借个几千。
许宣笑道休哄我，银子到一两八钱就卖难，
哪个肯成千成百借与你，就是借了来时怎样还？
娘子说能不能的你休管，葫芦儿不须擘破只擎圆。
到次日清晨许宣还卧榻，白氏说起来吧借的银子摆在床前。
许宣拿起一锭细细看，说这是什么东西真壮观。
白光儿的脸儿蜂窝儿细，沉甸甸的身儿纹溜儿圆。
娘子含笑道别说傻话，混了头听了要笑话咱。
到底是穷酸眼孔只有这般大，怪不得人说坐井莫观天。
你今日拿去将百物买，休学那看财奴的样子齐加贪。
常言道有钱使得鬼推磨，有了它人都尊敬父母一般。
许宣说多谢娘子指导我，我今日与银子大哥算有缘。
怀揣两锭出门去，要到街头逛一番。
恰走他姐姐门前过，暗想道疏淡了亲戚要惹人嫌。
我何不顺便将她看，也显得姊妹的情肠心挂牵。
进门来一见姐姐忙施礼，说兄弟今日前来特问安。
姐夫又向何方去，想是有买盗贩赃赚大钱。
许氏说他衙门终日忙公事，哪比得你在家受用白清闲？
听得说你近日招亲事，为何不通个信儿我想去赶赶华宴。
许宣说兄弟招赘白家女，就在这大街南去一转弯。
闲空时定请姐姐回家去，教她拜见你尊颜。

许氏说多日不来和你吃几盏，今日里算我给你贺喜的小杯盘。

许宣说感蒙承美意弟就领，饮酒时谈及家务诉贫寒。

许宣说姐姐不必愁难过，我有银相赠买田园。

将两锭元宝亲手给，他姐姐用手接来掂又掂。

说你几时发财如此用，许宣说新娶弟妇好妆奁，

姐姐你好好收藏休浪费，等闲莫对外人言。

他姐姐欢天喜地将银收起，将许宣流连至晚送出门阑。

又听得敲门声紧忙开放，原来是丈夫转回还。

只见他双眉紧锁无言语，短叹长吁不耐烦。

忙问道衙门今日有何事，为何事面带忧容不喜欢。

回说道昨晚县中失了盗，偷去了十锭官银国宝元。

说起这事儿真奇怪，衙门中银库最森严。

几丈高墙爬也爬不过，走更夫敲锣夜夜防闲。

门儿不开锁儿又不动，封皮儿不破印花儿不残。

银箱中失去了元宝十锭整，难道说生翅膀能飞上了天？

官府中派在了我身上，一定要真赃罪犯件件全，

无一点影像从何处办起，这比那捕盗拿贼事更难。

娘子说库中银子有何记号，丈夫说字号年月刻在上面。

娘子听说发了怔，暗思道方才的东西有些牵连。

欲说吧又舍不得双元宝，不说吧又怕有祸来缠。

夫妻对面话忧烦，其事缘由要慎言。

义士贤人真可敬，案情当下代鸣冤。

低声道我拾了两锭东西你细细看，可与那库中元宝是一般？

她丈夫接银过手留神看，说正是它你从何处得来不可瞒。

娘子说方才我兄弟来家内，看见我家中景况太艰难。

取出这两锭元宝交给我，他给咱度日使用买良田。

难为他骨肉情常真厚道，这如今谁肯帮人一文钱？

他既然仗义疏财怜恤我，咱莫要声张献与官。

倘若是走漏了风声传出去，官府岂肯善容宽？

人家美意反成恶意，恩将仇报心上也不安。

丈夫说此事如何担得起，咱俩的性命牵连在其间。
赶早儿出头才免罪，我不能把至亲骨肉脸面全。
怀揣着两锭元宝到县内，把以往的情由述一番，
县官说盗库妖人莫放走，忙标了火票飞签锁许宣。
众差役带锁提枷到他宅舍，白娘子隐身方法妙难言。
旋风一阵无了形影，把那些捕役官人唬了个难。
锁定了许宣带回衙内，少不得三推六问究根源。
白氏在逃无从审问，把许宣定成死罪锁牢间。
这许宣在监中思前想后真不解，娘子的方法妙无边，
库中的元宝她竟随心用，到这时形影全无一溜烟。
但只是既有仙家法术广，如何不救我奇冤？
正然的胡思乱想没主意，风过处一位佳人立面前。
细看时果然即是白娘子，说快来救我莫迟延。
娘子说不须性急当忍耐，这也是劫数难逃这几天。
我自有方法来救你，管保你大事全无永安然。
到夜间县官夫人同做梦，梦见了观音大士相庄严。
左有善财右有龙女，净瓶内带露杨枝色色鲜。
说许宣佛门弟子休伤害，快把他放锁开枷结善缘。
你夫妻将来有大难，全仗着此人搭救好团圆。
二人惊醒来一齐诧异，说菩萨显灵莫当顽（玩）。
夫人说何不将他开放了，县官说你怎知国家法度严。
我有个两全其美绝妙计，只叫他改配充军把性命全。
次日早登堂重审讯，问他个知情不举罪名宽。
把许宣发配在镇江府，依旧与娘子青儿整理家园。
许秀才自从发配江南去，赁房儿居住倒也安然。
就只是一切度用全无有，连那衣服簪环也都入了官。
无奈何与娘子青儿同商议，说道是仰屋之欢话果然。
娘子说自我看来没要紧，全也犯不上终日闷恹恹。
我想要将外面房间儿隔出去，开一个生药铺子度岁寒。
一只是可赚了银钱家中使，一只是你也可以解忧烦。

许宣说一切药材皆无有，拿着什么去卖钱？

娘子说只顾收拾无妨碍，我只有绝好的方法妙不可言。

到次日果然动工将活儿做起，隔出了前面房儿十数间。

收拾的门面五间出檐的铺子，彩画得耀眼争光色色鲜。

择日子贺喜开张将药卖，惊动了黎民百姓尽来观。

柜台前有几条黑漆板凳门旁摆，铁柜内抽屉格子设两边。

更有那几对竖柜在里边放，装的是值钱的贵药与那蜡皮丸。

后面是瓷樽药罐堆满架，正当中落地的钱柜把大镜悬。

棚上面架子三藩引方挂满，抽屉上粉油签子药名儿全。

匾上写仙济堂许家老药铺，门外边金字招牌可冲天。

左边写发兑云贵川广生熟药料，右边写拣选灵应的丸散与膏丹。

门面中间一副对，名人佳作七字言：

上一联"仙境奇方真国手"，下一联"济生妙药寿彭年"。

请了那柜上先生人数位，又有那刀上的切药在里边。

许官人柜房以内将堂坐，手拿着砝码天平与算盘。

一天内也卖钱至百十串，娘子说买卖好也剩不多钱，

暗差使小青儿到各处井中将毒撒，叫他们人人害病个个生痰。

必须要到我的铺中来买药，吃下去立时见效胜仙丹。

等我去铺中作个神通法，管保那一府的军民都来送钱。

赤日当空云不见，阵阵熏风自南边。

菖蒲泛酒澄清碧，照眼红榴血色鲜。

这妖精只为柔情恩和爱，全不顾造下罪孽恼神天。

不多日全城军民皆病倒，接连着传染到城外边。

四乡之内尤其甚，外州县家家病得更可怜。

也有的头昏眼花浑身冷，也有那恶心呕吐热难言。

也有那霍乱转筋不住走，也有那肚痛刮痧也不见全。

请医生对症药儿吃下去，犹如那石沉大海不相干。

病轻的不过多延三五日，急症候日以内命归泉。

满城中死的人口无其数，街市上人心惶惶胆也寒。

这个说估衣铺里装裹都卖尽，那个说木匠铺的棺材也卖完。

最可笑忙的个和尚满街走，一晚上赶当子要接七八个三。

闹得这合城军民人人怕，忽听说仙济堂卖的遇仙丹。

吃一个来好一个，立竿见影病即痊。

果真是王母的仙丹一般样，众军民只求得命也不怕花钱。

惊动了本府闻知心忙乱，说道是这样天灾岂等闲。

急急地通详上宪把凶灾报，表皇恩贩济药饵与民间。

一面说先开了官局七八处，动库项施舍丸散与膏丹。

这知府怜念黎民凶灾重，每日到各处局中看一番。

秉虔心斟酌药饵凶灾重，真诚意感动神天可见怜。

谁知道国家的钱粮都白费了，也没见治好一人把病痊。

愁得个慈心知府发急躁，门上人说仙济堂卖的遇仙丹。

每丸纹银二两整，吃下去无不立效病即痊。

知府说差人快买三千服，即刻施舍救民间。

自从这知府买了一次药，轰动了满城百姓与乡园。

仙济堂夜间连门也关不上，忙得个这十数个伙计也不安眠。

接连着外府州县也知道了，险些儿把仙济堂挤破来送银钱。

正正地卖了一百五十日，也不知银子挣了有几万千。

渐渐地毒气消散人心也定，娘子说银子有了吧不可再多贪。

官人那你的心上可还愁闷？许宣说不但不愁更喜欢。

从此后又要出外交朋友，做几件时样的衣裳身上穿。

在张小侬看书的时候，唐正心在后屋用松枝烧火煮好一壶泉水，从屋后拎来水吊子和茶叶罐，进屋来为张小侬泡了一杯清茶。张小侬正口渴，端起玻璃杯，细细啜饮，感觉一股清冽直入心扉，旅途的疲惫仿佛一扫而空，不由感叹这金山的第一泉水似有妙用，一饮不适顿消，变得神清气爽起来。

秋雨蒙蒙，两人在茶社里一边吃茶，一边聊着许仙和白娘娘的故事。唐正心告诉张小侬，开园那天，唐九姑要来公园表演《白娘娘雷峰塔记》中最精彩的《金钵三法》，这一出戏包含《端午惊魂》《盗仙草》和《水漫金山》三段最重要的内容。

室外风雨纷飞，室内却温暖如春，不觉一个下午过去了。

第二天风雨未停，佘开福安排唐正心带记者先到焦山公园参观。如今到焦山去有两条路径，一是乘轮渡直驶焦山；一是先到象山，然后乘摆渡到焦山。近来因为船少游人多，直驶焦山的轮渡已停止行驶，于是到焦山去只有采取后者了。唐正心到码头找来一辆有篷子的驴拉车子代步，经苏北路过北固山，沿途田畴纵横，农舍相连，真是一幅大好农村风光。

　　唐正心指着半山腰说："山上最近新修筑了一座'天下第一江山'石碑坊，甘露寺也翻修过了，听说过段时间，文教局还要组织专家来对铁塔进行考古发掘，柯文书对我们讲，铁塔下可能有宝贝呢。"

　　张小依一听特别感兴趣："会有什么宝贝？"

　　唐正心说："这我也不知道。不过听过去北固山上的和尚说，相传塔基下有如来佛的舍利子呢。"

　　一路谈笑，驴拉车"踢踢踏踏"来到象山，象山与焦山隔江相望，面对滔滔江水，"江中浮玉"尽收眼底。两人随着游人们踏着跳板上船，一条载满游客的木帆船扬帆起航，不一会儿工夫就到了江对面的焦山码头。

　　踏上岸即到定慧寺山门，张小依虽是故地重游，但进了山门游览了大殿后，发现整座焦山经过清理修缮已面目一新。唐正心领着她从定慧寺右行，小径曲折，院落幽静，来到由香林庵改建的古物陈列展览室，浏览了室内一百多件大小古物。游倦后，两人循原路折回到定慧寺西首的华严阁品茗小坐。

　　华严阁三面临江，

华严阁（20世纪70年代，陈大经拍摄）

明窗素壁，极为清净整洁，凭栏远眺，千里波光，尽在眼底。

两人正聊着天，猛听到一声浑厚的汽笛，从长江下游来的一艘汽轮，正乘风破浪地驶过焦山。

望着窗外的江景，张小侬感慨道："随着人民物质文化水平逐渐提高，镇江三山的面貌将不断地改变，在人民群众当家作主的世界里，它更加美丽，更为人民所爱恋，也将会吸引更多的人来游览。"

"可不能光顾着看景，佘主任说要带你走走看看，让你把镇江三山的变化写得花团锦簇，为我们做好宣传呢。"唐正心说。

"没问题，今天中午的素斋你请客，我保证写得好。"张小侬笑盈盈地说。

几天后。

11 月 18 日上午，金山公园的开园暨菊花游园盛会如期进行。

公园内彩旗飘扬，欢乐的歌声此起彼伏，整座名胜风景区洋溢着节日的气氛。

"咚咚锵，咚咚锵……"一阵激烈的锣鼓声敲了起来，公园还安排了一段舞狮表演。只见两头狮子张着口，边走边晃脑袋，狮头上的眼睛还会眨巴眨巴，形象十分逼真。一个手持彩球的舞球人大喝了一声，拿着狮球不停地挑逗狮子。两只狮子随即跟着狮球跑了起来，双脚在地上蹬来蹬去，时而做出扑、跳、滚的动作，时而又追着狮球奔个不停。忽然舞球人一跃骑到了绿狮子的背上，绿狮子在台上跳来跳去。红狮子则跃上了一人多高的台子蹿上蹿下，与舞狮人配合得相当默契，台下的人更是赞不绝口。舞狮结束，表演者掀开狮头露出了真容，赢得一片拍手叫好。

自古以来，镇江人就有金秋赏菊的习俗。菊花千姿百态，瑰丽无比，古人把梅、兰、竹、菊称作"花中四君子"。菊花虽然没有牡丹那样富丽，也没有兰花那样名贵，但作为傲霜之花，她那种高洁的气质和坚强的品格，历来受到世人的赞美。镇江是一座非常有文化底蕴的城市，镇江人爱菊，也喜欢赏菊。作为民国江苏省省会，在每年的孙中山先生诞辰纪念日，镇江都会在公园举办小型的赏菊游园活动。所以今年的菊花大会在金山公园举办的消息一传出，镇江人奔走相告。大会当天虽然还略有小雨，但一大早，仍有无数游客从四面八方涌入金山。

公园门前，用黄色菊花扎编成的"菊花大会"四字，让游人们眼前一亮。

进了金山寺大门，人们惊喜地发现，一种在北方常见、南方却很少有人栽培的丈菊这次在金山亮相，原大雄宝殿旧址上丈菊"鹤立鸡群"般地屹立于花海中，绽放着迎接游客。金山公园的园林工人栽培了20盆丈菊，平均高度都有4米，最高的接近5米，一株只开一朵花，高高在上、艳压群芳，游人需仰视观赏。

菊花大会最大的看点，便是造型各异的精美菊花造景。菊花造景从公园大门口一直绵延至大草坪舞台，那座"情系三山"的景台最为吸睛，该造景可谓一个菊花的微缩版"三山"，将金山、焦山、北固山等用菊花来编织绑扎，形成栩栩如生的三山立体画面，并用简洁明快的手法把多头菊、案头菊、独本菊、大立菊等菊花色带围合点缀，展现了菊花凌霜盛开的清秀神韵。

大草坪旁的门厅里面，靠墙摆放着7面一人多高、形态各异的"哈哈镜"，镜前的游客一个个都笑得前仰后合。

来公园游玩的孩子走到哈哈镜前看到自己的身影一下子变得肥胖，一下子变得细长，一下子变得大头小身，一下子又变得大腹便便，都忍不住笑个不停。

大约到了十点钟，淅沥的小雨停住了，天开始放晴。公园为感谢镇江各界对游园活动的热情支持，特别邀请了文化馆音乐组在公园大草坪演出，表演气氛十分热烈。而唐九姑在"情系三山"造景舞台上的《白蛇传》表演，更是将菊花大会推向了高潮。

随着一阵锣鼓声，草坪上黑压压的人群安静下来，板碟一敲，唐九姑和两位分别扮演许仙、小青的演员，从背景后慢慢移步上了"渡船"形舞台，她一开口，带起了台下一连串掌声：

这一日正逢五月端阳节，夫妻解粽整华筵，
许宣带笑闲游闷，折了枝石榴花儿云鬓簪。
娘子说奴比花儿谁更好，许宣说你是我解语鲜花妙难言。
他二人盏丢杯来情意儿美，行令猜谜话语甜。
不提防酒内雄黄辛热物，白娘子秉性生来怕人嫌，
开怀畅饮忘了那避忌，不多时药性行开心内烦。
四肢瘫软头发晕，说郎君呵且饶奴我要去眠。
语罢佳人回绣户，白娘子躺卧沙橱睡息甜。

这许宣自斟自酌没情趣，不觉得哈欠响连天。
说我何不也向纱橱卧，白日里相偎强如夜间。
将罗帐用手轻掀起，打量着倚翠偎红香玉颜。
忽然见一条长蛇横床上，满身鳞甲气腥膻。
二目半开光闪灿，口中吐信势蜿蜒。
哎呀了一声没二句，两脚跌倒地平川，
口吐白沫神魂散，二目歪斜往前翻。
帐中惊醒白娘子，就知道醉现原形吓死了夫男。
和青儿赶忙扶起高声唤，真魂散哪得再从还。
白娘子嘱咐青儿看守定，我快到蓬莱三岛去求丹。
千万休把他身躯坏，此一去求得仙丹大事完。
急忙忙一朵红云从地起，飞过了东洋大海到三山。
无心细看蓬莱景，直到了玉宇瑶楼洞府前。
守门的童子忙拦阻，说道是何处妖邪到此间。
娘子说我为丈夫身得病，特来求讨大仙丹。
敢烦仙童替我转禀，喜舍慈悲结善缘。
童子说你来此等候听法旨，转回身报知福禄寿三星。
这三星慧眼遥看皆知晓，说好妖蛇大胆前来窥洞天。
三星说九转仙丹无价宝，炉鼎制炼几千年，
岂肯轻付妖蛇手，擅夺乾坤造化权。
她是蛇怪成精真妖孽，怎叫他旋天转地弄机关。
快将妖蛇赶出去，休得污秽我仙山。
仙童答应传法旨，白娘子她时改变美朱颜。
说我好好央求你不与，一定要行强用武把脸皮翻。
拔出了背上两把昆吾剑，闪闪星光透胆寒。
惊动了三星离法座，说好孽畜擅动无明起祸端。
吩咐道白鹤仙童听法旨，派你作头阵先锋秉将度，
排成八卦雄黄阵，引她到阵里擒拿用箭攒。
提防她神通广大多变化，她在那深山修炼几千年。
仙鹤童子忙披挂，飞过了东洋大海到三山。

一个是灵鹤幻化持枪刺，一个是恶蛇成精仗剑还。

鏖战多时未分上下，这童子诈败佯输往阵里钻。

白娘子赶来不舍也入阵，果然是仙家法术妙难言。

乾一阵星辰摇晃天关动，坎二阵江海奔腾地轴翻。

艮三阵奇峰高耸天崩裂，震四阵电闪雷轰照胆寒，

巽五阵飞沙走石狂风起，离六阵热焰腾空烈火燃。

坤七阵尘寰大地都摇撼，兑八阵汪洋巨壑涌波澜。

摆定了乾坤八卦连环阵，又接着休生伤杜景死惊开户户全。

白娘子被天罗地网笼罩住，辨不出东西与南北，

又闻一阵雄黄气，热气腾腾扑鼻冲心往腹内钻。

常言道一物必然有一物制，不由地骨肉筋酥变化难。

弃宝剑还想用遁法，被白鹤一口衔来不放宽。

三星说孽畜真胆大，今日里被我擒拿还有何言？

白娘子叩头服罪尊仙长，我本是妖蛇变幻不敢瞒，

只因为惊死丈夫无法救，特特地到此求丹禀心虔。

望仙长大发慈悲将金丹赐，起死回生比二天。

愿修身顶礼来焚香树，感不尽浩荡恩波沛涌泉。

福禄二星都不给，说仙丹怎肯轻舍与人间。

白娘子长跪不起将头叩，说不舍仙丹我誓不还。

我虽异类也通人性，夫妻的恩爱总是一般，

他因我死不能搭救，还有何颜活在人间。

今日此来原拼着一死，就把我千刀万剐也心甘。

一点灵魂依依在法座下，省人说孽畜成精也把人道全。

南极子法座以上微微笑，说这孽畜一点痴情太可怜。

况且这许宣大数不该死，这孽畜腹中怀着贵男。

寿星说赐与她仙丹救夫主，也算是一桩善事结仙缘。

福禄二星方才依允，命仙童付与仙丹药一九。

白娘子领药又将三星谢，说我夫妇顶戴洪恩万万年。

回家中把许宣扶起端然坐，将灵丹撬起牙关送下丹田。

果然是仙家妙药真灵验，霎时间魄返魂飞又复原。

睁眼见娘子和青儿在床前立，说像做了一场大梦好难言。

昨日帐中是何物，想起来至今毛骨悚然。

白娘子一听此言心犯难，腹内辗转五七番，

手拿白绫整一幅，转身形使妙法扔在地平川。

望着青儿使眼色，小青儿去而复还告事端。

启禀娘娘得知晓，白蛇现在影壁前。

手拉许宣前去看，白娘子剑斩蛇虫免去疑心团。

放心吧将身息体无妨碍，我和你长生不老永团圆。

许仙官不解蛇精虚变化，竟将妖怪当神仙。

温柔乡里尝滋味，卧则并枕行则并肩。

也不想玉堂金马三学士，也不愿衣紫腰金一品官。

佛法无边照大千，神人队里道相传。

婆心一片通天境，善念慈悲度有缘。

虽然妖怪邪术广，怎能把我佛如来慧眼瞒。

师尊正在灵山坐，见妖星闪灿照江南。

默运神光知来历，悲世人凡胎肉眼太愚顽。

我若不大施法力将群生救，倒只怕江南一省命难全。

忙问道哪一位菩萨临凡世，下江南救群生把孽畜栓。

转过了智慧慈悲法长老，稽首说愿到金山走一番。

如来将三宗法宝亲手赐，第一是万佛袈裟号锦襕。

第二是九节锡杖惊神鬼，第三是紫金钵盂天地含色。

法海僧合掌当胸辞佛祖，作别了金刚罗汉与伽蓝。

一朵红云飞下人群里，就做个说法高僧住戒坛。

那日正然登坛坐，讲那些人间因果去来缘。

直讲到天花乱坠空中舞，一霎时大地涌金莲。

见一块顽石也来听讲，根器天生是许宣。

禅师一见说原来在这里，不枉我芒鞋踏破这些年。

把许宣让进方丈座，说看居士满面妖纹晦气缠。

性命须臾莫当儿戏，你把那过往的行藏不可瞒。

这许宣自从端阳惊破了胆，今日又见这桩唬更悚然。

把和白娘子西湖相会成亲事，照直从头讲一番，

又说她盗宝求丹法术妙，我疑惑不是神人便是仙。

禅师说你虽读书真无道眼，孽障相遭还认作良缘。

众生多犯邪淫戒，把粉骷髅当作美婵娟。

况她是蛇精变化虚形相，一定要将你性命残。

幸喜今朝遇见了我，管教你机关云雾见青天。

许宣听说惊魂丧胆，这才知端阳节帐中所见不虚传。

禅师说老僧此来原为救你，明朝随吾到金山。

你若要脱离苦海全性命，除非是削发出家结善缘。

只恐你看得破时打不过，空有慧剑斩不断迷关。

一句真言你细细想，万法是空终是禅。

片言提醒了许居士，向禅师稽首说愿学焉。

弟子时下就醒悟了，愿终身随侍师父把衣钵传。

与禅师约定日期到金山去，说道是我断不敢食言将大事耽。

说罢许宣辞禅师，果然回家一字也不言。

暗暗地敬谨持身不敢乱，时时刻刻秉心虔。

到那日斋戒沐浴清晨起，对娘子说我要到金山把愿还。

娘子说我从来最恨僧和道，那些人无事生非信口儿谈。

说的是有天无日虚头儿话，干的是念咒书符戏法儿全。

今日去是奴家放你去，不许到方丈之中和僧老谈。

早去早来休叫奴盼望，你若一步来迟我就咒你个难。

这许宣荷叶扁舟飘然去，一帆风只送到金山，

见了那波涛汹涌乾坤小，云雾空蒙宇宙漫。

南来北往船不定，无非利绊与名牵。

我如今打破迷关出世网，才知道野鹊无粮天地宽。

游览间不觉已到金山下，停舟系缆在寺门前。

但只见高耸耸七级浮屠凌霄汉，光闪闪大雄宝殿灿金蓝。

远迢迢不蹬千层凭虚砌，曲折折复道行空向上盘。

穷冥冥水底深藏郭璞墓，碧澄澄涌出江心第一泉。

峰头上江天一览四个字，半山腰苏公留带玉弯环。

这许宣心内有事无暇看，一直到方丈室中把佛祖参。

禅师说孺子此来真可教，你本是佛门的根器降尘凡。

你在此敬谨修行勿生妄想，要知道佛教儒教一样真诠。

那妖蛇不舍来寻你，我自有妙法驱邪教你生命全。

许居士稽首皈依佛座下，不多日失偶的佳人也赶上山。

与青儿乘风踏浪来得快，直登宝地叩禅关。

知客僧人忙接待，说娘子是烧香呢还愿呢还是游山？

娘子说我们找夫来至此，快送还人来不必多言。

你若是执迷不悟将他藏过，定教你满寺庙僧人顷刻完。

这众僧吐舌摇头都害怕，急忙忙报与尊师法海前。

许宣听说妖精到，唬得他魂灵儿飞在半天。

禅师说不必惊慌躲在座后，这孽畜一点痴情昧着本原。

言还未了抬头看，见妖精威风杀气到眼前。

佛光普照妙无边，三教观来总是禅。

扫尽红尘宜万法，磨开明镜照诸天。

且说那二妖举目把禅师看，则见他舍利金光正顶悬。

拔长眉悲悯世人皆堕落，运慧眼照见亏心暗室间。

倾佛耳听不尽古往今来事，开佛口说不尽消灾救难言。

原和那三世尊过去未来同一体，参破千佛偈眼耳鼻舌身意总非禅。

头戴着昆卢帽祥云霭霭笼三界，身穿着锦袈裟瑞气腾腾照大千。

腰披着百衲衣偏袒右肩垂长袖，项挂着千佛号一百八颗念珠圆。

手执着九龙头张牙舞爪仙人杖，足踏着猩红毡、达摩双履向西还。

背影后月一轮，头上金光高六丈，膝盘着花万朵座下西方九品莲。

左边是神韦陀威风凛凛手持一杵，头戴金盔身披金甲金刚不坏的杵降魔。

右边是小哪吒发盘双髻脚踏双轮，相貌堂堂枪挑一个百炼无损的乾坤圈。

禅师也把妖蛇看，果然是修炼千年变化全。
柳叶眉翠黛双弯藏杀气，杏子眼两眸秋水照人寒。
樱桃口变化成怒偏含笑，糯米牙转喜为嗔切齿尖。
瘦腰肢百战场中夸伶俐，嫩膀臂将军阵上呈威严。
起祥云金莲小脚腾云雾，行妙法十指尖尖把秘诀传。
头戴着渔翁斗笠绿蓑衣，耳垂着金镶八宝玉连环。
穿一件素罗衣赛过唐猊甲，罩一件孔雀毛当作软披肩。
短襟窄袖是楚虞姬将营探，侠女仗剑唐朝红拂在路间。
一轮秋水掩心宝镜胸前挂，两把龙泉宝剑脊背上头悬。
后随着小丫鬟浑身打扮皆青色，更觉得横眉怒目不堪观。
用手一指把和尚叫，快发慈心把我丈夫还。
出家之人方便为本，为何拆散我们好姻缘。
你若是将人藏过胡思赖，管教你祸到临头后悔难。
禅师说孽畜休怨我，你只该潜心修养在深山。
绝不该假变女形将人迷惑，犯下了弥天大罪怎宽容？
趁此时远避山林去，性命还能暂保全，
若再是贪嗔痴爱无改悔，叫神将压倒阴山永不还。
妖蛇见禅师识破真形相，说我虽是精灵礼义全，
你的真身也瞒不过我，你本是净土西天法海禅，
不在灵山修正果，反来到人世拆姻缘。
离人夫妇该何罪？咱们俩结下深仇似海山。
禅师说我来此原为收服你，度许宣脱难苦海上西天。
你也该及早回头思本性，休再想夫唱妇随百世缘。
妖蛇见禅师执意不肯放，说秃驴大胆敢妄言。
我看你是佛门弟子多敬重，不肯胡行竟悬慇。
必惹我略施小计将山困，你生死存亡顷刻间。
说霎间怒念真言拘众怪，把那些水底妖精俱会全。
鱼参政怒鳞鼓汤波翻海，虾元帅长髯喷起浪冲天。
蚌娘子口吐腥涎把毒雾洒，鳖丞相伸头缩脑把石岸翻。
霎时间巨浪奔腾迷宇宙，蛟龙怒吼混坤乾。

把一座金山团住都成了水世界，恰便是大海茫茫要寻岸难。

唬坏了满寺僧人无躲避，鬼哭神愁佛也不安。

禅师把佛赐的袈裟高挂起，只见那万道金光照耀波澜。

从来是邪不胜正一定的理，霎时间水退露青山。

青儿一见心诧异，说怪不得和尚出大言，

奉劝娘子休执性，果然佛法妙无边。

我想佛门终是慈悲者，须是要好好求他必放还。

白娘子无奈合掌朝上拜，说求我佛慈悲恕我太愚顽，

还我丈夫同偕老，终身顶礼奉香烟。

禅师说你丈夫知你是妖怪，不敢同你转家园，

就是勉强同你回家去，也不过外合中离彼此都嫌。

唐九姑和几位花鼓戏演员一天三场，唱完了《金钵三法》，既慷慨激昂又婉转俏丽的唱腔，真切自然又细腻传神的表演，赢得了观众阵阵雷鸣般的掌声，整座公园沉浸在万紫千红迎佳节、载歌载舞庆开园的欢乐氛围之中。

下午，一辆吉普车停在公园门口，几位身穿中山装的市领导下了车，走在前面的正是镇江市市长王鹏，他看到金山寺的妙华法师、慈舟法师和佘开福等公园工作人员迎了上来，笑着说："今天的游客这么多，说明游园会举办得很成功，听姚局长介绍，镇江自古就盛行赏花游园，现在依然风行不衰啊。"

妙华法师上前一礼，笑道："到了深秋，菊花凋谢，当年再无花可赏了。所以游客把爱花之情都集中到了菊花的身上了，这就是'不是花中偏爱菊，此花开尽更无花'啊！"

众人开怀一笑，进了公园，跟在王市长身旁的姚荷生一路走一路频频点头道："看得出金山公园非常用心，用这些五彩缤纷的菊花把古城镇江的美表现得淋漓尽致，用菊花的巧妙构思展现出镇江城市山林的特色，可谓独具匠心。"

金山寺的山门口，柯善庆和唐正心等人早已站在石狮子旁，见诸位领导已到，连忙上前开始了导游服务。

唐正心右手作引导状，轻声语道："请诸位领导入园观赏。"一路上，唐正心绘声绘色地介绍金山的历史，他的导游词经过柯善庆的润色，简洁而生动："金山，原在镇江市区西北的扬子江心，被称为'江心一朵芙蓉'。唐代诗人张祜诗句'树影中流见，钟声两岸闻'，就是当年金山的写照。清道光年间，

这座'千载江心寺'开始与南岸相连，成为江南著名的游览胜地。"

"金山寺始建于1500年前的东晋年间，是中国有名的古刹之一"，唐正心指着墙壁上"东晋古刹"四个大字，继续介绍："最初叫'泽心寺'，宋代皇帝曾赐名'龙游寺'。清代康熙南巡时，亲笔题写了'江天禅寺'匾额，至今仍悬挂在山门上。"

王鹏市长看到石狮旁的天王殿外墙壁上，有"民不能忘"四个字，问道："这四个字是什么来历呢？"

"民不能忘"碑（20世纪五六十年代）

唐正心答道："这是晚清光绪年间，镇江士绅商民为一位叫郭月楼的道员立的。郭道员为金山寺疏浚了便民河，不仅方便香客游客上金山，还便于渔民夜泊，商船停靠，成了安全的港湾，所以商民立碑纪念。"

王鹏市长点点头道："只要是为人民做好事，人民都会纪念他的。"

众人跟随唐正心走入寺院，眼前一片开阔。唐正心指着依山而建的楼阁廊塔说道："镇江有句老话'金山屋里山，焦山山里屋'，还有一句谚语'金山寺裹山，焦山山裹寺'。金山的建筑富有独特的风格，殿宇厅堂，幢幢相衔，亭台楼阁，层层相连，宝塔矗立于山巅之上，构成一组丹辉碧映的古建筑群。"

在经过文物馆的时候，唐正心讲道："金山自唐代起，便驰名中外，无数名人在此留下题字和画作。北宋时有宫廷画师李唐绘制了《大江浮玉》；明成化八年，日本画家雪舟和尚到此游览，绘有《大唐扬子江心金山龙游禅寺之图》，在日本广为流传。历代名人在金山留下了许多古迹和题咏，宋代苏东坡和金山寺方丈佛印斗智，输了玉带。'东坡玉带'成了金山的镇山之宝，至今保存在寺内。民间广泛流传的'白娘子水漫金山'的故事，给这座名山更增添了美丽而神秘的色彩。在新建的文物馆中，珍藏有著名的金山四宝和历代《金山图》。看过这些珍贵的文物，相信诸位领导对金山深厚的文化底蕴会有更深刻的认识。"

姚荷生看了一眼文物馆门口挂着的参观门票 1000 元（新币 1 角），转身对佘开福笑道："这个文物馆好，讲解员这么一介绍，游客的好奇心一起，都会买门票进馆一看究竟。"

妙华法师在一旁道："文物馆的门票收入都是用作重建大雄宝殿的经费。今后，除了大雄宝殿，还有藏经楼、妙高台、七峰阁，都将力图依次修建。"

王鹏市长赞道："金山公园成立后，一定会越来越好。在党的英明领导下，祖国昌盛、江山焕彩、名胜重光，金山将重新焕发青春，迎接四方游客。"

听了王鹏市长的勉励，众人都深受鼓舞。唐正心也倍加精神地做讲解，他指着山巅的宝塔道："金山建塔始于南朝，宋代曾建双塔，明代万历二年改建为一塔。现在的慈寿塔是清末建筑，砖木结构，八面七级。游人登上宝塔，只见群峰重叠，大江东去，都会心旷神怡。宋代著名的政治家王安石在诗中说道：'数重楼枕层层石，四壁窗开面面风。忽见鸟飞平地上，始惊身在半空中。'"

他讲解得兴起，又用手虚指宝塔右侧："慈寿塔之巅，建有一座石柱凉亭，即留云亭。这里可俯瞰金山诸景，更可放眼四面山光水色。亭里有清代康熙皇帝题字的石碑'江天一览'，那是他陪同太后游金山时，面对壮丽江山，书兴大发，奋笔写下的。因此留云亭又名'江天一览亭'。慈寿塔西南是妙高台遗址，传说梁红玉在此擂鼓战金山，为她的丈夫、南宋名将韩世忠抗金兵助阵，从此，'梁红玉击鼓战金山'成了世代相传的历史名剧。"

带着参观的领导和嘉宾拾阶走上金鳌岭，唐正心瞥了一眼，看到人群后背着相机作为随行记者的张小侬，他声情并茂地讲述"七峰亭和岳飞"的传说："七峰亭有个传说。南宋时，奸相秦桧假传圣旨，以十二道金牌把岳飞召回临安，岳飞路过金山寺，在金鳌岭见到了道悦禅师，道悦劝岳飞不要去临安，岳飞没有听从这个劝告。临别时，道悦念了一段偈语相赠：'风波亭下浪滔滔，千万留心把舵牢。谨防同舟人意歹，将身推落在波涛。'果然，岳飞到临安不久，就被秦桧害死在风波亭下。后人为纪念此事，在这里建了一座七峰亭。"

　　看到领导和嘉宾们听得入神，唐正心话锋一转，以七峰亭为背景，扬起手对着金山说："诸位领导、嘉宾，你们看，这个位置看金山，重重殿堂依山而起，宝塔宏伟壮观，是游览金山观赏名胜的最佳处。很多游客来到此处，都会照相留念，在此，我建议领导和嘉宾于此处合影一张，以见证来到镇江，拥有金山。"

　　王鹏市长和各位嘉宾听了这话，不由开怀大笑，站好后由张小依拍了一张合影。

　　拍过合影，唐正心又指向西侧道："在金山之西有著名的'天下第一泉'，此泉原在江心，名中泠泉。苏东坡在《游金山寺》一诗中说'中泠南畔石盘陀，古来出没随涛波。'唐代著名品茶家刘伯刍将这个泉水评为天下第一后，中泠泉名气就大了。自金山与陆地相连后，泉址也跟着上了岸。中泠泉水绿如翡翠，浓似琼浆，畅游金山之后，到金山茶社吃一杯'天下第一泉'的香茶，能感觉到其味甘冽，润浸肺腑，一解困乏。"

　　参观的众人笑着走下金鳌岭，向山北面走去，沿途唐正心讲解道："金山不仅以寺闻名，而且以洞著称。'法海''白龙'两洞与白娘子水漫金山的神话故事直接关联，令人神往。法海洞在慈寿塔西侧下，洞中有法海和尚的塑像。历史上的法海和尚叫裴头陀，河东人，是唐宣宗大中年间丞相裴休的儿子。裴休笃信佛教，因而送子出家，取名法海，先在江西庐山学道参禅，之后来金山，就在这个洞中住下，开山得金，修建寺庙，金山和金山寺即由此而得名。法海是金山寺的开山祖师，颇受后世佛门弟子的尊崇，而神话故事《白蛇传》中的法海，则是一个艺术形象。我们现在看到的白龙洞位于金山北麓，洞中有白娘子与小青的石像，洞中石壁上有一个黑洞洞的缝隙，人可以钻进去。"

　　众人刚走到洞口，听到不远处传来一阵急促的锣鼓声，佘开福对王鹏市长说："各位领导、嘉宾，今天的游园会我们还邀请了花鼓戏名家唐九姑来唱《白蛇传》，下午唱《水漫金山》。"

　　王鹏市长一听，招呼大家道："走，去看看。"

　　众人沿着山脚道路来到草坪上，只见鲜花布置的渡船舞台，唐九姑正表演到最精彩的段落：

　　　　佛号经声苦海间，莲生万朵渡迷关。

惠此令德而加护，舍彼有罪以从宽。

白娘子听罢低头唯堕泪，暗暗地悔恨端阳自己不端。

不由地复又叩头朝上拜，说我只求暂时一见了前缘。

这禅师如无见无闻全不理，这不触怒了妖邪把脸翻。

拔宝剑直奔莲台上，小哪吒忙用方天画戟拦。

一个是唇红齿白孩童样，一个是桃腮杏眼美红颜。

真果是道高一尺魔高一丈，两下里不见输赢在空际悬。

禅师见太子不能擒妖怪，将禅杖化作神龙飞上天。

妖蛇也把原身现，一龙一蛇斗在云端。

禅师又将法宝取，紫金钵包罗万象似天圆。

老禅师忙将法宝赐与韦陀手，的溜溜飞起虚空朝下钻。

忽然见万朵彩霞把钵托住，云端里一位尊师面色蓝。

右手执笔左手提斗，眼似金铃上下翻。

原来是踢斗魁星临凡界，只因为此怪怀胎是状元。

文曲星官托生尘世，投胎在蛇妖腹中生贵男。

因此上惊动百灵来相助，好妖蛇一阵旋风滚向南。

这禅师急忙收回佛门宝，说这其间原来还有这段缘。

这就是神仙也难逃大数，叫许宣你且回家把旧好联。

许宣说弟子回家性命难保，与妖怪的深仇大似天。

我情愿终身服侍随方丈，再不想恩爱牵连往里缠。

禅师说你只管回去无妨碍，我算你造孽的姻缘还有几天。

要等到文星刚弥月，那时节父子夫妻才不得团圆。

许宣无奈辞禅师，轻舟柔橹返临安。

刚来到断桥残雪西湖上，忽见那主仆双双立在面前。

猛然见了心惊胆战，忽忙忙将身藏躲在树林间。

又被那眼快的青儿偏看见，高声道薄幸的冤家快把命还。

我看你躲到何方去，狭路儿相逢冤报冤。

这许宣一闻此语越害怕，要有地缝儿也能钻。

复想到丑媳妇难免不把公婆见，这一回我的残生难保全。

捱磨了半日才走出林外，心儿中万种为难面带惭。

躬身施礼呼青姐。那青儿面红过耳两眼圆，

说道是你真真好个人儿也，辜负了娘子一片好心田。

你当初本是一穷鬼，书呆子样太寒酸，

自从与娘子成婚后，享尽荣华这几年，

住的是高楼大厦雕梁栋，卧的是绣被香衾熏麝兰。

吃的是山珍海馐般般美，穿的是锦缎纱罗件件全。

玩的是传奇异宝心长乐，看的是瑶草奇花满目欢。

且把这受用吃穿都休提起，似这般如花似玉的人儿伴你眠。

她把那千金的身子轻付你，还赔了一个大家园。

实指望百年偕老调琴瑟，谁知你耳软心活信外言。

竟听妖僧瞎胡扯，捏造非言如此翻。

若不是神通广大皇天佑，险些儿千年道行一朝捐。

亏了你还袖手旁观瞧胜败，可恨你下井投石的好算盘。

古今来负义忘恩你是头一个，就是那我佛慈悲要饶恕难。

小青儿越说越动气，白娘子低头无语自含羞。

千般怨恨在眉梢上，万种悲思在眼角间。

一声长叹双垂泪，说事到如今不必言。

究竟你我无有眼力，非关他薄幸变心田。

悲切切眼含秋水嘘嘘泣，乱纷纷腮滚珍珠个个圆，

别说许宣是多情种，就是那铁石心肠也要见怜。

忙向前在娘子身边低头跪倒，说劝娘子转息雷霆勉开笑颜。

千错万错是卑人错，只求你如天海量且容宽。

从今再不信和尚的话，白头相守永无嫌。

白娘子含泪低头无一语，任凭他央求赔礼五七番。

许宣说且还求青姐劝一面，青儿说你好个人儿叫我也难言。

三个人彼此相看多一会，到底是娘子的柔情易转还。

说许郎呵以后切不可再如此，我与你夫妻恩爱这些年，

你我的姻缘天配定，任凭是西天佛祖要拆散也难。

起来罢大家一同回家去，你看看唬得脸面子焦黄真正可怜。

许宣作揖忙致谢，倒把个抱不平的青儿气炸了肝。

　　　　说这样东西还要与他讲好，难为他丧尽天良不顾咎。

　　　　要叫我一刀两断勾断了罢，出出我这一腔怨气也心甘。

　　　　许宣说罢了么别要数落我，你只顾我从今休提起从前。

　　　　说话间不觉天色晚，落霞残照日衔山。

　　　　三潭印月真如洗，两峰插云笼素烟。

　　　　南院晚钟声初起，两岸荷风露未干。

　　　　说不尽西湖晚景真堪画，秋水长天一色连。

　　唱到最后一句，唐九姑将这个"连"字唱得婉转悠长，广场上的市民游客按捺不住激动，报以热烈的掌声，连连叫好。

　　妙华法师和慈舟法师穿着僧衣，比较引人注目，有市民看到两位法师陪同的一群干部模样的人也在鼓掌，其中几位还有点脸熟，仔细一看，不由惊呼道："王鹏市长来了！"

　　广场上的市民游客纷纷朝这边望来，佘开福看到人们都靠拢过来，他快步走到舞台前，声音洪亮道："同志们，今天《白蛇传》的戏好不好？"

　　"好！"

　　"今天金山赏菊游园会的菊花，美不美？"

　　"美！"

　　"同志们，今天，镇江市人民政府王鹏市长也来到了金山公园，和大家一起听戏赏菊，我们用热烈的掌声欢迎王市长给大家讲几句好不好？"

　　掌声中，王鹏市长走上花台，热情洋溢地讲话："同志们，千百年来，'水漫金山''刘备招亲''大字之祖'等优美的民间传说脍炙人口，号称'天下第一江山'的京口三山也名闻遐迩。看水，江似青罗；观山，山如碧玉。三山招来了多少骚人墨客为之讴歌，陶冶了世代镇江人民的情操。

　　"近几年，人民政府拨出巨款清理修缮了金山、焦山的建筑，金山江天禅寺、焦山定慧寺已修葺一新，翻修了甘露寺，修筑了'天下第一江山'石碑坊，素有'城市山林'之称的南郊风景区也加快了复建步伐，招隐山上的听鹂山房、虎跑泉、读书台等相继恢复。今天金山公园开园，巍峨的金山飞峙大江之滨，慈寿塔立于山巅之上，厅堂殿宇、亭台楼阁依山而建，山寺浑然一体，蔚为壮观。镇江的山山水水，既苍劲雄浑，又清雅秀丽。陈毅同志曾说过，到镇江后不要看画了，这里就是一幅万里长江画卷。

如今，在党的指引下，镇江人民意气风发，挥舞如椽彩笔，在故乡的山水长轴上描绘更新更美的图画！"

广场上的游人都感受到了热烈的气氛，人头攒动，雷鸣般的掌声经久不歇，金山公园成了欢乐的海洋。

下午四点半后，游人渐渐散去。

唐正心也忙歇下来，简单地打扫了一下文物馆，最后带上门，发现庭院里张小侬站在一棵雪松下，淡蓝色的衣衫在晚风中微微飘动，她向金山顶上望着。

他轻步走过去，顺着她的角度也向山顶望去，只见庙宇房舍随山势盘旋而上，一塔一亭构成了山的顶点，如烟似雾的细雨飘飞，整座金山寺和山结为一体，像一幅泼墨丹青。

见张小侬还在出神，唐正心轻咳一声，张小侬微微转身，俏美的脸上露出了欣喜的微笑。

从重重叠叠的建筑物中走出来，直出公园大门，唐正心骑车带着张小侬沿着江边马路来到平政桥。

薄暮弥漫，江中荡起轻烟，长江渐渐沉入朦胧月色。突然，桥边的玉兰花灯亮了，天上的繁星，桥上的街灯，江中的渔火，给这江边的夜增添了几分迷人的姿色。江边一排码头的灯光，像一颗颗扬子江畔的璀璨新星，熠熠生辉，光彩夺目。

听见江中传来一声声低鸣的汽笛，那是南来北往的物资运输船，两人心中仿佛感受到工业脉搏的波动，聆听到祖国前进的步履。

唐正心递过去一本笔记本，看到红色封面上印有"新民主"三字，张小侬心中一动——这是两年前她跟随丁先生游览三山，临别时送给唐正心的。

她翻看着这本密密麻麻写满钢笔字的笔记本，上面是唐正心用心一笔一画记录的三山民间故事：《马娘和金山寺》《法海洞》《击鼓战金山》《老鹳河》《东坡输玉带》……

合上笔记本，张小侬从包中掏出一个红色的葫芦，唐正心也看得真切，正是当年他帮张小侬去取一泉水，后来给她带走的那个盛水葫芦。

捧着这个红葫芦，唐正心百感交集，一时不知该从哪说起，半天才回过神来，说了句："你在《旅行杂志》社还好吗？"

提到《旅行杂志》，张小侬就像打开了话匣子："杂志社待遇不算好，不过能学到不少东西，还能到很多地方去采访。"

原来，新中国成立后，《旅行杂志》留在大陆的编辑重组了编辑部，继续出版杂志，稿件反映的都是对新政权的拥护，对国家的热爱，以及对社会主义阵营国家的赞扬。投稿的也大多是文化人，介绍祖国壮丽山河的文章让人们看到了国家的发展、人民群众改天换地的力量。不过，到了1953年年底，杂志社因为资金问题，预备在年后出版完最后几期就暂时停刊了。

"杂志社张主编和镇江市文教局的姚荷生局长是好友，他跟姚局长打过招呼，《旅行杂志》停刊后，就安排我到镇江来协助筹办《镇江市报》。"张小侬笑着说道。

"真的吗？那你以后就留在镇江工作了，对吧？"唐正心满脸惊喜。

"嗯。"张小侬含羞道。

唐正心把手伸过去，握住她的手，张小侬抬起头，温柔一笑。

《旅行杂志》封面（1954年）

第十二章

风雨情自珍

大江风貌

　　70 多年后，2024 年某个春日，金山公园里游人如织。

　　金山公园旁的白娘子爱情园游船码头热闹非凡，看到横幅匾牌就知道，今天安排的是"游湖看三山"活动。

　　"今天我一天的会议安排得满满的，你一定要为嘉宾们讲解好。"张俊强在关照做导游服务的尹倩。

　　"放心吧，保证完成任务。"尹倩招呼着嘉宾们上船，待游客们坐好，她手拿扩音器，满面笑容地走到游船上，开始了讲解：

　　"各位游客，欢迎乘坐金山湖画舫船。镇江是长江和运河交汇点上的历史文化名城，有 3000 多年的历史，自古以来为东南重镇。三国时代东吴的孙权，曾据此为都城。据《润州图经》记载：'金鳌浮玉二山，为江汉朝宗于海之门户。'这金鳌就是金山。金山湖景区位于金山北麓，是国家 863 水环境专项课题的依托工程，这个工程是一项集防洪、休憩、旅游及水环境改善于一体的系统工程。"

　　游船启动了，舒适的座椅上坐着曾参与修建金山古建筑的许金龙。75 岁，一口标准镇江口音的他，和离退休老同志们受邀来参加"游湖看三山"的游览活动，正在兴致勃勃地看着风景。

　　在经过一片荷塘时，尹倩为大家介绍："现在我们正位于金山湖风景区——白娘子爱情文化园，这里原先是金山周边淤塘，现在退渔还湖，结合镇江水专项的治理和对金山水环境进行生态修复，从而造就了新的景区。文化园区占地108公顷，水面积68公顷，划分为湖西、湖中、湖东、湖北四个景域。桃红柳绿的湖中白岛、许堤、连岛桥梁，将湖西、湖东景观联系起来，形成景观蕴文、文化聚魂的情缘文化游览区。塑造再现谢恩慕爱、灵丹普济、忠贞爱情的白娘子与许仙的爱情故事。大家现在看到的这一片湖湾，被称为荷花淀，占地2.9公顷。春季柳絮纷飞，小荷露尖；夏秋红荷摇风，满湖艳丽；冬季柳丝披雪，残荷有声，真正是一块佳景胜地啊！"

　　"这边过去是金山鱼池。以前，站在金山上向下看，就是这样一块块的水塘，我还看到有人在塘里撑着小船捕鱼。我们现在观赏荷花的这一块，都是原来的鱼池。"许金龙指着荷塘说。

　　望着湖中摇曳的荷叶，坐在前排的陆志红也说："我是1992年进园林工作的，那时候金山鱼池还在，我记得鱼池种植了一片规模很大的荷花塘，到了夏天荷花开的时候很漂亮。"

　　游船经过千叶廊桥的时候，尹倩特别为大家讲解："千叶廊桥寓意千年等一回，桥坐落在西入口与金山宝塔的中轴线上，南北穿越荷花淀中。桥的南端，有三段独立互不相连的木廊，呈三角形分布。延伸线最南端的木廊为朝圣门，朝圣门北面的木廊为报恩门。与朝圣门、报恩门的连线形成55度角的为清波门。匠心独创的设计者，将构筑与民间传说融为一体，朝圣门寓意天地间，人仙必经之门；清波门为侧门，寓意小青在昆仑修炼的地方。小青与白娘子初遇不识，她蛮横与白娘子交手，后来败输诚顺。报恩门则是白蛇为报救命之恩而转世谈情之寓意。"

　　游船缓缓经过岸边的"白蛇传"雕塑，尹倩介绍："当时设计这处景点的时候，三山民间故事非遗项目的搜集整理者许金龙先生给我们提出了很多好建议，把这些传说典故应用到景区建设中。如今，来镇江游玩的游客，都喜欢在这里拍照留念，这里成了镇江有名的网红打卡点，让我们为许老师鼓掌。"

　　掌声中，和镇江园林系统渊源颇深的许金龙心中涌起了许多往事：

　　1953年年底，镇江建立金山公园、焦山公园后，在1954年上半年成立镇江园林管理所，隶属市政府建设科，佘开福任所长。园林机构成立后，主要负责管理市区风景区、公园及主要道路绿化工作，在修复名胜古迹的过程中保护景区的完整性和自然风貌。

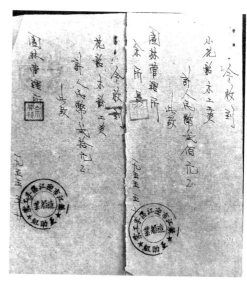

园林管理所订购花船和小花船的收据（1955 年，金山公园提供）

唐正心也成为园林职工，负责金山公园和焦山公园文物馆的讲解工作，还参加了 1959 年建立北固山公园的工作。为做好名胜风景区的讲解工作，他和柯善庆等开始了对镇江三山民间故事的搜集整理工作，还在组宣科为这些民间故事专门建了资料库，留下了很多故事手稿。20 世纪 70 年代，当时刚参加工作的许金龙，在一次活动中听了唐正心金山、焦山的导游讲解后，对三山民间故事产生了浓厚兴趣，也加入到了搜集整理故事的行列中。

镇江园林机构下辖的金山、焦山、北固山、河滨、伯先、南山等公园，都非常重视历史挖掘和民间故事资料库建设，每年都会组织百花节、桂花节、菊花展、民间故事游园会等活动，通过采编、笔录等形式搜集到了很多三山民间故事，最终由集体再创作后在三山风景区中做讲解导游或艺术表演，广受好评。

进入 21 世纪后，镇江的园林风景名胜划归镇江文旅集团，张俊强、许昆、尹倩等工作人员在前人的基础上对三山民间故事资料库进行再挖掘、再开发，邀请了许金龙老师指导，加以镇江方言元素，使其更具艺术价值和地域特色。这些历经三代人接力整理出的三山民间故事，现在已申报了京口区非遗项目，有的被收藏于"中国语言资源有声数据库"，有的被改编为舞台剧，如同一本镇江版的 365 夜故事，以期给来镇游客带来最佳的旅游体验。

一只水鸟从芦苇中钻出，飞快地在湖面上扑腾跳跃，留下一连串涟漪，也打断了许金龙的思绪。

尹倩的讲解也接近了尾声："现在我们就位于游船观览金山寺最佳的位置

了，大家看金山的建筑风格独特，依山而造，殿宇厅堂，亭台楼阁，椽木栋接，栉比相衔，丹碧辉映，加之慈寿塔耸立于金山之巅，拔地而起，突兀云天，使整个金山仿佛就是一座宏伟壮丽的寺庙，构成了一种寺裹山的奇特风貌。由此金山寺成为我国四大名寺之一，故自古以来人们称之为'绝胜的金山'。各位游客，我们已经进入金山公园，即将到达此次游船航行的终点，但愿这一切能给您留下难忘的印象，感谢各位的到来。"

嘉宾们下了游船步行在栈道上，金山公园里人流涌动，在景区"泽心坊"商业街前有不少展牌，第一块展牌上印着20世纪50年代初《旅行杂志》来镇江寻访名胜的图文介绍。

大家静听镇江旅游发展公司工作人员许昆的介绍："……景区提质扩容行动，镇江文旅集团全方位进行了金山、北固山、焦山景区部分地质灾害风险点治理；'大江见证，红色传承'红色教育线路游、荷花季、夕阳游等水上游热度不断提升；春天里和长江新天地两大街区组成的金山东街项目，总面积约9.6万平方米，为

焦山办事处申请补助表（1957 年，焦山公园提供）

金山湖板块旅游区域提供约 700 个车位和多元的文旅街区体验；以研学教育为主的南山六艺馆升级改造项目正加速推进……"

陆志红跟许金龙小声说："他就是上次给我们讲三山民间故事的那位非遗

传承人，听说是你的儿子，将门出虎子，讲得真好！"

许金龙一笑："嘿嘿，听说申报市级非遗项目已经通过了，现在应该称三山民间传说市级非遗项目了。"

下午，在座谈会上，许金龙和大家分享了金山、焦山两座公园初建时的往事，并把唐正心给他的一些唱本、笔记等老物件捐赠给了公园。

会上，镇江文旅集团的领导给许金龙、吴国杰等做出过特殊贡献的热心市民颁发了证书和纪念册。

晚宴后，许金龙乘车回中南世纪城的家。路上，一天的参观游览不断地在他脑海中闪现。

美丽的长江路花团锦簇，青山苍翠秀丽，绿树高大从容，芳草跃跃起舞。古朴和现代在这条大道上有机结合，到处充满了温柔和细腻，彰显出生机和活力。晚霞映红江面，远方的湖光山色尽收眼底，令人心旷神怡。远远望去，金山湖面的夜游船来往穿梭，春江潮广场市民们休闲散步。

华灯初放之时，夜幕下的长江路火树银花，绽放出奇光异彩，花篮式新河桥飞虹横跨，金山壹号游轮高朋满座，广场舞人群热情奔放。这正是：三山江滨静如娴，欣然百姓尽开颜。

车子路过焦山公园广场时，广场上空飘扬着祝贺的条幅，中央陈列着70年前三山的大幅老照片，这是当年唐正心和张小侬给许金龙的，把这些老物件保存下来真不容易，后来许金龙又赠给了金山、焦山公园。听说年底园林建设的老同事们还要组织一次大聚会，多年未会面的老战友将会在这里喜泣相拥，共叙往昔，回眸那段难忘的岁月。

许金龙手抚着烫金封面的纪念册，脸上露出笑容，等待着美好的明天。